›Lug und Trug‹ – das ist das Buch der Täuschungen und Abstürze. Und dennoch streben in diesem Betrüger-Dreieck alle Beteiligten nach Ehrlichkeit und Authentizität.

Ein guter Sohn erzählt seiner lieben Mutter, er schreibe an einem baltischen Familienroman. In Wirklichkeit übersetzt er als arbeitsloser Stadtmagazin-Redakteur einen Porno, um das Portemonnaie zu füllen …

Carla erzählt ihren Freundinnen von der Tour durch Kanada: Wie schändlich der Ehemann ihr mitspielen wollte und wie sie es ihm aber schließlich gezeigt habe in dieser Wildnis …

Ein junges, aber schon zu lange verheiratetes Ehepaar erhofft sich von der Exotik Indonesiens neuen erotischen Aufwind …

Drei »exemplarische Erzählungen« um die Tücken der Täuschung und Selbsttäuschung – zur tiefschürfenden Selbsterkenntnis. Oder auch nicht …

Robert Gernhardt, 1937 geboren in Reval/Estland, studierte Malerei und Germanistik in Stuttgart und Berlin. Er lebt als freier Schriftsteller, Maler, Zeichner und Karikaturist in Frankfurt am Main. Als Fischer Taschenbuch sind von Gernhardt außerdem erschienen: die Gedichtbände ›Wörtersee‹ (Bd. 13226), ›Besternte Ernte‹ (mit F. W. Bernstein, Bd. 13229), ›Körper in Cafés‹ (Bd. 13398), ›Weiche Ziele‹ (Bd. 12985), ›Lichte Gedichte‹ (Bd. 14108) und ›Berliner Zehner‹ (Bd. 15850), das Lese- und Bilderbuch ›Über alles‹ (Bd. 12985), ›Die Wahrheit über Arnold Hau‹ (mit F. W. Bernstein und F. K. Waechter, Bd. 13230), ›Die Blusen des Böhmen‹ (Bd. 13228), ›Glück Glanz Ruhm‹ (Bd. 13399), ›Es gibt kein richtiges Leben im valschen‹ (Bd. 12984), ›Hört, hört! Das WimS-Vorlesebuch‹ (Bd. 13227), ›Wege zum Ruhm‹ (Bd. 13400), ›In Zungen reden‹ (Bd. 14759), ›Der letzte Zeichner‹ (Bd. 14987), ›Erna, der Baum nadelt!‹ (Bd. 15767), ›Die Falle‹ (Bd. 15786) und der Roman ›Ich Ich Ich‹ (Bd. 16073). Robert Gernhardt wurde mit mehreren Preisen ausgezeichnet, u. a. mit dem Preis der Literatour Nord, dem Bertolt-Brecht-Preis, dem Erich-Kästner-Preis sowie dem e. o. plauen-Preis. Informationen zum Werk bietet der Band ›Alles über den Künstler‹ (Bd. 15769), herausgegeben von Lutz Hagestedt. Zuletzt veröffentlichte Robert Gernhardt den Gedichtband ›Im Glück und anderswo‹ im S. Fischer Verlag.

Unsere Adresse im Internet: www.fischer-tb.de

Robert Gernhardt

Lug und Trug

Drei exemplarische Erzählungen

Fischer Taschenbuch Verlag

Veröffentlicht im Fischer Taschenbuch Verlag,
einem Unternehmen der S. Fischer Verlag GmbH,
Frankfurt am Main, Juni 2003

© Robert Gernhardt 1983
Alle Rechte S. Fischer Verlag GmbH,
Frankfurt am Main
Satz: Pinkuin Satz und Datentechnik, Berlin
Druck und Bindung: Clausen & Bosse, Leck
Printed in Germany
ISBN 3-596-16074-X

INHALT

TÜBINGEN
ODER
BELEGTE SEELEN

Der Sohn sah hoch, da er den Blick der Mutter auf sich ruhen fühlte. Einen Lidschlag lang schauten die beiden einander an, dann hatte die Mutter ihre Augen bereits wieder auf ihr Strickzeug gesenkt.

»Du willst keinen Kaffee«, sagte sie, aber der Sohn kannte die Mutter gut genug, um ihren Satz als Frage zu begreifen. Er erwog, sie wegen ihrer Ausdrucksweise zur Rede zu stellen, dann aber ging er wieder einmal – zum wievielten Mal? – den Weg des geringsten Widerstandes: »Doch, ich hätte gerne einen Kaffee.«

Er lächelte ihr aufmunternd zu, als sie ihr Strickzeug beiseite legte und etwas steif, wie es schien fast lahmend, über die Terrasse ging. Sie ist alt geworden, dachte er und bedauerte sich: Es würde wieder einmal keine Abrechnung geben. So gut er sich auszukennen glaubte in den Methoden seiner Mutter, dieser nun schon seit Jahren fälligen Abrechnung zu entgehen – und bisher war ihr das stets und zur Gänze gelungen –, so sehr erstaunten ihn ihre unablässig abgewandelten Tricks und ihre scheinbar unerschöpflichen Vermeidungsressourcen. Jetzt wurde sie also auch noch alt. Ganz was Neues! Kaum daß er es gelernt hatte, ihre stets verschlüsselten Botschaften zu verstehen, ihre Aussagesätze in Fragesätze zu überführen und den ihnen zugrundeliegenden Code zu knacken – stets nämlich waren die Aussagen so formuliert, daß sie den Angeredeten in Zugzwang setzten und zur Gegenrede nötigten, während die Redende sicher sein konnte, keinerlei Ablehnung oder gar Verneinung erleiden zu müssen, etwas, das bei einer unverstellten Frage hin und wieder die unausbleibliche Folge gewesen wäre –, kaum also war der Sohn den Finten der Mutter mental gewachsen, kaum glaubte er sich gegen ihre Listen intellektuell gewappnet, da sah er sich schon wieder emotional entwaffnet: Kinder und Alte zu schonen war schließlich eines jener Gebote, auf denen jedwede Kultur, auch die primitivste, gründete. Aber wer hatte ihn eigentlich geschont, als er ein Kind war?

Die Abwesenheit der Mutter nutzte der Sohn, um etwas in *Cassell's German & English Dictionary* nachzuschlagen. Das vertraut rote und vertrauenerweckend dikke Nachschlagewerk stammte aus dem Bücherschrank der Mutter und erinnerte, neben weiteren Lehrbüchern und Grammatiken, an jene Helden- und Nachkriegszeit, da sie, die Mutter, die Familie durch Nachhilfestunden in Englisch und Französisch über Wasser gehalten hatte. Der Sohn blickte erst prüfend über die Schulter, dann öffnete er rasch das Lexikon. Hoffentlich taugte es was.

»*cumulus* – die Haufenwolke«, »*cune-ate* – keilförmig«, »*cunning* – listig« – jetzt hätte eigentlich *cunt* kommen müssen, statt dessen folgte »*cup* – die Tasse, Schale, der Becher«. Ärgerlich schlug der Sohn das Buch zu. Im sehr viel dünneren Taschen-Langenscheidt hatte er *cunt* gefunden; wieso eigentlich hatte er den Langenscheidt nicht mitgenommen? Doch sogleich fiel ihm ein, daß der ja Verena gehörte und daß die ihn wahrscheinlich gerade in einen der vielen Pappkartons packte, deren Anblick ihm derart auf die Nerven gegangen war, daß er es schließlich nicht mehr ausgehalten und sich bei der Mutter angemeldet hatte: Er brauche etwas Provinz, Natur und Sammlung – ob er über die Pfingsttage vorbeischauen dürfe.

Die Antwort war geradezu überschwenglich zustimmend ausgefallen: Dann könne er doch auch an der Geburtstagsfeier teilnehmen, zu welcher der Vetter die weitverstreute Verwandtschaft am Pfingstmontag eingeladen habe, selbst die kleine Kirsten aus Schweden werde erwartet. Doch der Sohn war hart geblieben: Keine Familienfeiern, auch dann nicht, wenn ein durchaus geschätzter Vetter fünfzig werde. Er könne zur Zeit nun mal keine Unruhe vertragen, eine schwierige Arbeit benötige seine ganze Kraft. Nein, Verena könne leider nicht mitkommen. Ja, schade.

Der Sohn stand auf und trat aus dem Schatten der Markise. So hatte Pfingsten zu sein: so kühl und verschattet drinnen, so wärmend und heilend draußen, so klar Luft und Sicht, so kontrastreich Licht und Schatten, so gedämpft die Menschenlaute in den Nachbargärten, so herzzerreißend der Gesang der Amseln, jener vielstimmige Chor, der sich ausgerechnet den Garten der Mutter zum Mittelpunkt allen Lockens, Jubilierens und Triumphierens ausgesucht zu haben schien, derart machtvoll erscholl es von der Fernsehantenne des Hauses weit in die grüne Nachbarschaft. Und nun begann auch noch in der Ferne jemand ein Waldhorn zu spielen, indes ein Windstoß vom Tal her durch all das Grün ging, ein wohliges Schaudern, das sich von Baum zu Baum, von Garten zu Garten fortsetzte, bis hin zum Waldrand, an welchem der Unermüdliche die Jagdsignale blies, »Fuchs tot«, »Has tot«, »Hirsch tot«.

Der Sohn kannte ihn bereits vom Vorjahr. Im letzten Juni hatten sie ihn bei einem Spaziergang gesehen, Verena und er, und er erinnerte sich, mit welch mühsam gewahrtem Ernst sie an dem Blasenden vorbeigegangen waren, einem langbärtigen, grüngekleideten, über und über mit Eichenblatt, Sauzahn, Hirschhorn und Gamsbart behängten Mann. Offenbar ein Verwirrter, der in ihnen widerstreitende Gefühle geweckt hatte, Mitleid und Spottlust. Außer Sichtweite hatten sie dann doch losprusten müssen und einander während des kurzen Heimwegs immer neue Jagdsignale zutrompetet, von Hirsch tot und Arsch tot über Gans tot zu Schwanz tot. Schmetternd hatte der Sohn dazu den Beginn von Beethovens Fünfter intoniert; als sie am Haus der Mutter klingelten, tränten seine Augen vor Lachen. Nun fehlte nicht viel, und er hätte wirklich geweint, da kam die Mutter mit dem Kaffee- und Kuchentablett. »Schön, der Garten.« – »Ja, sehr schön.« – »Und eine so klare Sicht.« – »Geradezu unwirklich klar.« Der Sohn räumte eilfertig Papiere und Bücher zusammen, um Platz für die Kaffeetafel zu schaffen. Für einen Augenblick löste sich dabei der Packpapierumschlag vom Taschenbuch, hastig strich ihn der Sohn glatt, unauffällig schob er das schmale Buch unter den gut 1200 Seiten starken Cassell's. Welch ungleiches Paar, dachte er, während er ein Deckblatt so auf den Manuskriptstapel legte, daß nichts Geschriebenes sichtbar blieb.

Daß er das alles doch liegenlassen solle, beschwor ihn die Mutter, sie wolle seine Arbeit weder behindern noch unterbrechen. Das sei kein Problem, antwortete der Sohn.

»Wahrscheinlich ist es noch zu früh, die Markise einzurollen«, sagte die Mutter, worauf der Sohn wortlos aufstand und zum Hebel griff.

Wieso kann man sich mit dieser Frau eigentlich nicht streiten, dachte er mutlos, da fiel ihm ein, daß er sich eigentlich niemals mit einer Frau so richtig gestritten hatte, schon gar nicht mit Verena. Der hätte er ja um ein Haar noch beim Auszug aus der gemeinsamen Wohnung geholfen, man wollte sich doch als Freunde trennen nach all den Jahren. Man? Wer eigentlich hatte sein Selbstgefühl im Laufe der Zeit derart unterwandert, daß er nicht einmal dazu in der Lage war, von sich selber in der ersten Person zu denken?

»Du mußt jetzt keinen Streuselkuchen essen«, sagte die Mutter und schob den Kuchenteller fast unmerklich näher. »Du hast schon als Kind lieber Salziges gegessen. Leider habe ich heute früh keine Seelen mehr bekommen.«

»Ich will aber Streuselkuchen essen«, erwiderte der Sohn heftig. »Niemand ißt zum Nachmittagskaffee Seelen.«

»Du hast das aber früher getan«, versetzte die Mutter lächelnd.

Der Sohn biß verbittert in den Kuchen. Was eigentlich gab dieser Frau das Recht, ihn, nur weil er früher einmal schwäbisches Kümmelgebäck gemocht hatte, bis an sein Lebensende mit schwäbischem Kümmelgebäck zu traktieren? Zugleich mußte er widerwillig einräumen, daß sie ihm nicht salziges Gebäck, sondern derart verlockenden Kuchen vorgesetzt hatte, daß es ihm schwerfiel, seine Gier zu zügeln. Kuchen und Kaffee – dem Jugendlichen waren diese Genüsse als der Gipfel verderbter Spießigkeit vorgekommen, nun dachte er anders. Jetzt hätte er gerne noch einen Cognac gehabt, um die erprobte Trias bourgeoiser Laster abzurunden, doch nach dem zu verlangen, verbot ihm die gleiche Kindesscham, die es ihm hatte geboten erscheinen lassen, das Taschenbuch, ein *Beeline Classic* mit dem Titel *Horny Girls*, für die Dauer seines Besuchs in Packpapier einzuschlagen. Fürsorglich rückte der Sohn am Cassell's, der all das belastende Papier auf dem Gartenstuhl neben ihm beschwerte; sorgenvoll blickte die Mutter.

»Und du kommst mit deinem Roman gut voran?«

»Ja, ganz gut.«

»Aber versuch auch, dich ein bißchen zu erholen.«

»Du weißt doch, daß ich mich hier immer erhole, auch dann, wenn ich arbeite.«

»Schade, daß Verena nicht mitkommen konnte.«

»Ja, Mutter, sehr schade.«

Der Sohn lächelte bedauernd, fast schmerzlich. Teilnahme malte sich im Gesicht der Mutter, da lachte er auf.

Die Mutter blickte fragend, der Sohn log etwas von einem Eichhörnchen, das so komische Sprünge zwischen den Tannen da vollführt habe. Die Mutter blickte sich um, was den Sohn dazu veranlaßte, weiterzulügen: Das Eichhörnchen sei leider bereits Richtung Waldrand verschwunden.

Daß er doch eigentlich nicht gerne lüge, dachte der Sohn, daß er alles in allem in seinem Leben auch nicht allzuhäufig gelogen habe, daß die Belogenen aber so gut wie immer Frauen gewesen seien. Wieso eigentlich? Und wen hatte er mehr belogen: Verena? Oder seine Mutter? Im Moment jedenfalls war wieder die Mutter dran.

»Ein ganz großes, fuchsrotes Eichhörnchen, das sich während der Sprünge von Baum zu Baum auch noch mehrfach um seine eigene Achse gedreht hat.«

»Tiere hast du schon als kleiner Junge geliebt«, erwiderte die Mutter. »Als wir das erste Mal im Zirkus waren, dein Vater, du und ich, da wolltest du hinterher unbedingt ein Zebu sein.«

»Ein Zebu? Du meinst, ein Höckerrind?«

Der Sohn konnte sich nicht an einen solchen Wunsch erinnern; doch traf das nicht für so gut wie all das zu, was sich während seiner ersten Lebensjahre ereignet hatte? Und berechtigte ihn der Umstand, daß seine Mutter völlig frei über seine frühe Biographie verfügen konnte, nicht dazu, den Rest seines Lebens nach eigenem Gutdünken so zu modeln, daß sie keine Handhabe fand, das, was aus ihm hätte werden können, anklagend neben das zu halten, was aus ihm geworden war?

»Nein, kein Höckerrind, ein Zebu. Du warst ganz versessen darauf, ein Zebu zu sein. Aber noch lieber warst du natürlich ein Flügel-Pua.«

»Ein Flügel-Pua?« fragte der Sohn hilfreich, obwohl er die Geschichte schon häufig gehört hatte.

»So nanntest du den Pegasus auf dem Giebel des Posener Stadttheaters. Du hast vor Begeisterung geschrien, wenn du ihn sahst. Und du wolltest unbedingt ebenfalls ein Flügelpferd werden. Ich mußte dir im Badezimmer zwei Waschlappen auf die Schultern legen, das waren die Flügel, du warst das Pua, und zusammen ergab das alles ein Flügel-Pua.«

Du kannst mir viel erzählen, dachte der Sohn und wußte selber nicht so recht, ob er das versöhnlich oder anklagend meinte. Wie um sich für diese Unsicherheit zu bestrafen, nahm er noch ein Stück Kuchen. Oder tat er es, um sichtbar Abbitte für seine schwankenden Gedanken zu leisten? Oder schlicht aus Freßsucht?

Der Sohn, der sich bereits seit längerer Zeit damit abgefunden hatte, daß alledem bodenlose Flachheit eignete – seiner Geschichte, seinen Gefühlen, seinen Motiven –, war zutiefst überzeugt von der Nutzlosigkeit jeglicher Selbstbespiegelung, doch in Gegenwart der Mutter boten selbst scheinbar gesichertste Erkenntnisse keinerlei Schutz. Wie der Bespiegelung entgehen, wenn man einem Spiegel gegenübersaß, ganz gleich, ob der nun verzerrte oder schönte?

Wie von der eigenen Geschichte absehen angesichts ihrer fleischgewordenen Quelle? Die Mutter hatte ihn als Flügel-Pua gesehen, nun sah er sich unwillkürlich auch so, als schmächtigen, lächerlich dekorierten Knaben, der nackt auf dem Bauch lag und danach verlangte, ein anderer zu sein. Der freilich wäre er heute auch gerne gewesen. Aber was war dieser andere eigentlich für einer?

»Du willst keinen Kaffee mehr«, fragte die Mutter, und der Sohn nickte bestätigend. »Nein danke, keinen Kaffee mehr.«

»Dann räum' ich mal ab, damit du ungestört weiterarbeiten kannst.«

Der Sohn dankte und schaute der Mutter dabei zu, wie sie langsam das Geschirr auf das Tablett stellte. Ihre Hände zitterten leicht, und das leise Klirren, das ihren Gang ins Haus begleitete, trieb ihm erneut Tränen in die Augen.

»Ich bin heute ziemlich nah am Wasser gebaut«, dachte er und hätte sich für diesen Ausdruck ohrfeigen können. Wo kam der nun wieder her? Von ihr hatte er den nicht, in diesem Punkt wenigstens war die Mutter unschuldig. Ob Verena ihn in sein Leben und Denken eingeschleppt hatte? Das sähe ihr eigentlich sehr ähnlich, überlegte er und befahl sich, auf andere Gedanken zu kommen. Er schloß die Augen und hielt den Kopf der Sonne entgegen. Wind, Wärme, Waldhorn, dachte er. Zwanglos alliterierend hängte sich »Verena« an. Seufzend griff der Sohn zum Cassell's.

»*horny* – hornig, hörnern, hornartig«.

»*Horny Girls*« wären demnach »Hornartige Mädchen«, eigentlich gar nicht so schlecht. Laut seinen Exzerpten hatte sich der Langenscheidt zwar weniger etepetete angestellt, war aber ebenfalls nicht ganz auf der Höhe der Zeit: »hornig, schwielig, geil (Mann)«.

Im Buch jedoch gaben ohne Frage geile Mädchen den Ton an: »Jodi und Rosa können nicht genug von dem guten, guten Stoff bekommen. Sie lieben es, wenn Männer sie hart hernehmen, stramme Liebhaber, die sexuell verkommen sind.« Da würde ihnen eine hornartige Beschaffenheit eigentlich ganz gute Dienste leisten, dachte der Sohn und wunderte sich zugleich darüber, wie der Klappentext den Inhalt des Werks referierte.

Soweit er das Buch kannte, und er kannte immerhin bereits elf Kapitel, waren die Männer bisher stets Opfer gewesen, die reichlich unschuldige, wenn auch willige Beute noch jungfräulicher Mädchen, die sehr bestimmte Vorstellungen davon hatten, wozu Männer gut waren und wie weit die Kerls gehen durften. Einstweilen jedenfalls. Denn nun schien die neunzehnjährige Jodi die Vorspielchen leid und drauf und dran zu sein, ihren sechsundvierzigjährigen, verwitweten Vater Wallace zu verführen. »*The family that lays together stays together*«, hatte Robert Crumb einst gedichtet und dazu eine fröhlich ineinander verschränkte amerikanische Durchschnittsfamilie gezeichnet – der schien diese Jodi nacheifern zu wollen. Daß der Crumb-Vers ein schönes Motto für das Buch wäre, dachte der Sohn, wohl wissend, daß er damit bei Nagel nicht durchkäme. Der hatte ihm bereits in der Probeübersetzung der ersten zehn Seiten jeden Scherz gestrichen, darunter einen, dem er wirklich nachtrauerte: »*All characters and events depicted in this book are purely fictitious*« – »Alle Personen und Ereignisse, die dieses Buch schildert, sind immer rein ficktief.«

»Jux ist Jux, und Sex ist Sex«, hatte Nagel während der Korrektur gesagt und hinzugefügt: »Ich verlege keine Literatur, ich verlege Pornos. Des Amerikanischen scheinst du ja mächtig zu sein, also halte dich bitte auch an den Wortlaut. Cunt übersetze bitte immer mit ›Fotze‹. ›Möse‹ oder gar ›Muschi‹ verniedlichen den Körperteil, ›Scheide‹ oder ›Vagina‹ bringen ihn auf medizinisches Niveau runter. Unsere Leser wissen gottlob noch, was sie wollen, und genau das sollen sie auch kriegen. Sie wollen ›Fotze‹, ›Schwanz‹ und ›ficken‹, daher werden sie nicht mit ›Bärchen‹, ›Glied‹ oder ›vögeln‹ abgespeist. Gott erhalte ›Fotze‹, ›Schwanz‹ und ›ficken‹, Wörter mit einem wundersamerweise immer noch unverbrauchten Wallungswert, welcher allein dafür sorgt, daß die guten alten Verbalpornos bis auf den heutigen Tag sich haben halten können. Ein aussterbendes Genre, mein Lieber, nur dank ›Fotze‹, ›Schwanz‹ und ›ficken‹ noch nicht ganz vom Erdboden verschwunden! Spätere Zeiten werden dieser Literatur nostalgische Anthologien widmen und demutsvolle Doktorarbeiten! Dann, wenn der durchschnittliche Pornophile, total verkabelt und durch computergesteuerte Elektroden erregt, vor dem Monitor sitzt und sich das synchron ablaufende Video reinzieht, auf welchem die immer näher rückende Frau ihm zuflüstert: ›Und jetzt greif' ich dir an die Eier ... Oh, ich liebe es, dir an die Eier zu greifen, du hast so feste Eier ... Wie muß sich da erst dein Schwanz anfühlen, bitte, bitte, laß mich deinen Riesenschwanz fühlen‹ – ein Riesenmarkt, der sich da auftut! Allerdings auch einer, der Rieseninvestitionen erfordert! Da werden wir Billig- und Verbalwichser nicht mehr mithalten können, da wird der Sprachkick nur noch einer von vielen sein: Vor deinen Augen öffnen sich die schimmerndsten Schenkel, erweitert der Spalt sich der feuchtesten Fotze, zugleich stülpt kontrahierend ein warm gleitender Zylinder sich über deinen Schwanz, und während die sekretierende, motorisch betriebene Röhre unendlich einfühlsam sich rauf und runter bewegt und die vollsynchronisierten Eierkribbler deinen Eiern tausend unendlich lustvolle Impulse geben, Feinstreize, von denen eine naturgemäß grobe Frauenhand nur träumen kann – während dies bereits bis zum Zerspringen dich aufgeilt, ertönt zu alledem auch noch die rauchigste aller verworfenen Weiberstimmen oder, falls du es gern jungfräulich hast, als Kontrastprogramm das brüchigste und hingebungsvollste Mädchengepiepse, und all das flüstert, stöhnt und schluchzt stereo in deinem Kopf: ›Halt mich, nimm mich, fick mich!‹ Und das sind nur zwei von x möglichen Programmen! Denn du selber hast es ja in der Hand, ob du manuell oder maschinell befriedigt wirst, ob Mädchen oder Frauen, Knaben oder Männer sich dir hingeben oder dich hernehmen, ob Schwarze oder Weiße, Braune oder Gelbe, ob sie es in deutsch oder englisch oder in sonst einer Sprache des Erdballs tun, ob dezent oder indezent, ob stöhnend vor Erwartung oder fluchend vor Erregung, während du immer lüsterner Knöpfe drückst und Hebel umlegst, um dir immer entschiedener deinen ganz speziellen Cocktail zusammenzumixen – es ist ja alles kompatibel, Arsch und Schwanz oder Schwanz und Mund, Mund und Arsch oder Arsch und Vibrator, Vibrator und Fotze oder Fotze und Mund« – der Sohn hatte dem Obszönitätenschwall des Verlegers scheinbar ungerührt zugehört, manchmal in sich hineingelächelt, wenn er Adorno-Anklänge aus dessen, wie erzählt wurde, äußerst radikaler Studentenzeit herauszuhören glaubte, und häufig verstohlen zu den Nachbartischen hinübergeschaut. Doch obwohl sein Gesprächspartner eine nicht nur derbe, sondern auch laute Sprache führte, war offenbar keiner der Gäste des Cafés auf sie aufmerksam geworden, und nun, da sie zum Abschluß des Treffens Geschäftliches erörterten, drohte ohnehin keine Gefahr mehr.

Ob er ihm den ganzen Schrott bis Mitte Mai, bis zum 15. Mai, genau gesagt, übersetzen könne? Ach nein, das sei ja der Pfingstmontag. Aber am 16. Mai müsse er das Manuskript in Händen haben, hundertprozentig, darauf könne er sich doch verlassen, oder?

Der Sohn hatte Nagel beruhigend zugenickt und den Vorschuß eingesteckt. Er war bereits seit geraumer Zeit ohne feste Anstellung und brauchte das Geld.

»Ich bin froh, daß du wieder schreibst«, sagte die Mutter, während sie ihr Strickzeug aufnahm. »Ich hatte schon immer das Gefühl, daß du dich in dieser Zeitung nicht richtig entfalten konntest.« Die Zeitung war ein Stadtblatt, dem ein neuer Besitzer ein drastisches Sparprogramm verordnet hatte, und der Sohn, zuständig für Film und Fressen, war eines der ersten Opfer gewesen.

»Es gehört bestimmt Mut dazu, eine solch sichere Existenz aufzugeben. Aber du hast schon immer deinen eigenen Kopf gehabt. Worum geht es denn in deinem Roman?«

Der Sohn machte eine vage Handbewegung. Die Handlung müsse sich entfalten, da er niemals nach Plan auf ein feststehendes Ziel hin schreibe, sich vielmehr selber von seinem Text und dessen Entwicklung überraschen lasse.

»Hast du denn schon einen Verlag für dein Buch?«

Es gebe da Interessenten, sagte der Sohn und verwünschte sich dafür, daß er der Mutter jemals etwas von einem Roman erzählt hatte. Was ging es die eigentlich an, woran er gerade schrieb? Nun saß er in selbstverschuldeter Zwickmühle. Einerseits hatte er erst etwa 90 der 180 Seiten übersetzt, während der Pfingsttage würde er unablässig ins Original und hin und wieder auch in den Cassell's schauen müssen, andererseits galt es, den Schein des Originalautors zu wahren. Was, wenn die Mutter Verdacht schöpfte? Was, wenn sie ihn in Verkennung der Fakten mit Englischproblemen befaßt wähnte, die er für den Fortgang der Romanhandlung zu bewältigen hatte? Was, wenn sie ihm ihre vielfach bewährte, staatlich diplomierte Übersetzungshilfe anbot? Der Sohn fluchte halblaut.

Er hätte sich natürlich nach oben verfügen können, in das Zimmer seiner Jugend, doch war ihm der Gedanke unangenehm, aus klarer Luft und heilender Wärme in jenen beengten Raum zu wechseln; und die Vorstellung, dort, am Schauplatz längst versunkener, selbstvergessener Ausschweifungen, die immer ausschweifendere Geschichte von Jodi und Wallace und Rosa und Paul zu Papier bringen zu müssen, ließ ihn schaudern.

Obgleich der Sohn das Berechnende seiner Vorlage spöttisch durchschaute, und das Berechenbare jedweder Pornographie fast verächtlich belächelte, hatte er beim Übersetzen doch immer wieder die kränkende Erfahrung machen müssen, daß sein Körper sich wenig um die Einsichten seines Kopfes scherte. Aber war das wirklich der Körper, der sich da so selbstherrlich über Kunstverstand, guten Geschmack und besseres Wissen hinwegsetzte? War der nicht lediglich ausführendes Organ des von Wort und Bild gereizten Hirns? Lag da nicht der Kopf mit sich selbst im Widerstreit, indes der Körper und die Schwellkörper willig die unterschiedlichsten Befehle ausführten, mal Blut ins Gemächte pumpten, mal klaglos das eben Gepumpte wieder abführten – uns doch egal, ob es Schwanz oder Hirn versorgt …?

Der Sohn, der nur zu gut wußte, daß auch keine noch so bemühte Reflexion ihn vor einer Erektion bewahren konnte, hatte beschlossen, letzterer dadurch zu begegnen, daß er in seiner Übersetzung die *four letter words* vorläufig aussparte, jene in der Tat fast stets vierbuchstabigen Reizsignale, die den Text verläßlich durchzogen, da es von Seite eins an stets um das eine gegangen war, also auch um jene Körperteile und Tätigkeiten, die dem einen dienten: *cock, ball, cunt, suck, womb, tits, knob, fuck, poke* und, last, not least, sein Sorgenkind *come*. Wie nur sollte er *come* übersetzen? Der Langenscheidt hatte nicht weitergeholfen, und natürlich fehlte auch in den zweieinhalb Spalten, die der Cassell's diesem Suchwort widmete, jenes Substantiv, das im Text unfehlbar dann auftauchte, wenn Rosa sich wieder mal Pauls *cock* angenommen hatte.

Ich hätte zur Sicherheit Nagel fragen sollen, dachte der Sohn, möglicherweise kennt der ein weniger klinisches Wort als Sperma. Doch ob die deutsche Sprache überhaupt mit einem solchen Begriff aufwarten kann?

Mit einem Blick auf die Mutter ordnete der Sohn seine Papiere, dann setzte er die Sonnenbrille auf und griff zum Kugelschreiber. Ein Elsternschrei ließ ihn hochschauen. Gleißend landete der Vogel auf der Fernsehantenne, mit angelegten Flügeln stürzte er in den Nachbargarten, erst kurz vor Erreichen des Erdbodens bremste er seinen Flug. Ein fast demonstrativ lässig ausgeführtes Manöver, das den Sohn an die Turmsprünge seiner Jugendzeit erinnerte, an Negerköpper vom Dreier und vorgebliche

Bauchklatscher vom Fünfer, die sich, zur Freude feixender Freunde und angesichts hoffentlich banger Bewunderinnen, im letzten Moment in Arschbomben oder ähnliche Juxfiguren verwandelten.

Daß die Elster zur Arschbombe nicht imstande sei, dachte der Sohn, dafür freilich konnte sie weiterfliegen. Fast neidisch sah er ihr dabei zu, wie sie beschwingt Höhe gewann und mehr gleitend als flügelschlagend das Weite suchte.

Es sei doch wunderschön, fragte die Mutter, und dem Sohn blieb nichts anderes übrig, als bestätigend zu nicken.

Wann er denn zu Abend essen wolle? Er zuckte die Achseln. Ob er einen speziellen Wunsch habe? Er schüttelte den Kopf. Es sei doch recht, wenn sie drinnen äßen? Er nickte abermals. Dann gehe sie schon mal in die Küche. Der Sohn lächelte aufmunternd und sah der Mutter erleichtert nach.

Kaum daß sie fort war, las er die letzten Seiten seiner Übersetzung, und sogleich fiel ihm wieder ein, mit welch unguten Gefühlen er dem Fortgang seiner Arbeit entgegengeblickt hatte. Die hatte er wegen der Sache mit Verena für fast eine Woche unterbrechen müssen, nun erinnerte er sich wieder daran, wie widerwärtig ihm das alles gewesen war, nicht nur die dreist spekulative Art, mit der sich da geile Mädchen nach strammen Schwänzen verzehrten – Rosa nach dem von Paul und Jodi nach dem ihres Vaters –, sondern auch die Tatsache, daß all der Dreck ihn nicht unberührt gelassen hatte. Am peinlichsten aber waren seine Rechtfertigungsversuche ausgefallen, als Verena erfahren hatte, was er da übersetzte. Das seien doch alles unheimlich starke, selbstbestimmte Frauen, die sich frei von Vorurteilen ihre Lust dort suchten, wo es ihnen paßte, hatte er beteuert, und schamrot erinnerte er sich an seinen letzten tölpelhaften Vorschlag, mit Verena zu schlafen, ein Ansinnen, das auf nur zu berechtigte Verwunderung gestoßen war: »Das haben wir doch nun wirklich hinter uns!«

Das und alles andere auch, dachte der Sohn, mit Jan dagegen hat sie das alles noch vor sich, bis auf das eine natürlich, das treiben die ja schon seit einem dreiviertel Jahr. Diese Schweine!

Er befahl sich, nicht mehr daran zu denken, und griff zum Buch, doch die Zeilen verschwammen vor seinen Augen. Nicht daran denken, während er einen Porno übersetzen mußte! Nun lief auch noch die Nase. Rotz und Wasser, dachte er, Schmerz und Trauer. Selbstmitleid und Eigenliebe, widersprach er sich und griff zum Kugelschreiber.

»12. Kapitel«, übersetzte er, »Jodi streckte sich auf der Couch aus, ihren Kopf auf die Schenkel ihres Vaters gebettet. Ihr Gesicht war nun nur noch Zentimeter von seinem   entfernt. Wallace hatte sich in seinen Abendanzug geworfen, und Jodi platzte fast vor Neugierde. Trug er nun Unterhosen oder nicht? Wahrscheinlich ja, dachte sie. Alter Racker« – aber bedeutete *meany* überhaupt dergleichen? Der Cassell's kannte lediglich *mean,* ein Wort, zu dem er freilich gleich zwölf Bedeutungen beizusteuern wußte. Adjektive, die der Sohn mit jähem Erkennen allesamt an seine Adresse gerichtet sah: »gering, unbedeutend, gemein, schäbig, geizig, knausrig, filzig, knickrig, niedrig, ärmlich, armselig, erbärmlich«. War *meany* nach alldem nicht eher ein Geizkragen? So knausrig, daß er sich zwar einen Abendanzug, jedoch keine Unterhosen leistete? Der Sohn rätselte erst, dann stutzte er. *Dressing gown* – war das überhaupt ein Abendanzug? Hier nun wußte der Cassell's Rat, unvermittelt sah sich der Vater des Anzugs entledigt und in einen Morgenrock gesteckt, was die Fantasien der Tochter sogleich plausibler machte: »Alles, was ich will, ist, ihn zu fühlen, ihn etwas liebhaben zu können. Sie konnte sich sei-

nen   in ihren Händen vorstellen, den schweren   zwischen seinen Beinen, wie sie ihn streichelte und herzte« – Eine Tochter, die den *cock* ihres Vaters herzt! Die reinste Gartenlaube, Nagel würde sie ihm
hohnlachend um die Ohren schlagen! Soll er doch, dachte
der Sohn mit fast fröhlichem Abscheu und hätte den Spaß
liebend gern dadurch noch weiter getrieben, daß er *cock*
durch jenes Wort ersetzte, mit dem man sein Glied in seinen Kindertagen bezeichnet hatte, durch »Lingelang«.
Man? Sie hatte ihn so genannt, weiß der Himmel aus welchen Gründen. Ihn? War er für sie nicht »das« Lingelang
gewesen? Hatte sie ihr unverkennbar männliches Kind
etwa mit einem sächlichen Geschlecht ausgestattet und
aufwachsen lassen?

Im unabweisbaren Gefühl, auf einer heißen Spur zu
sein, versuchte der Sohn sich daran zu erinnern, welch andere, teils private, teils öffentliche Kosenamen ihm für
den Penis einfielen, und stets waren sie erwartungsgemäß
männlichen Geschlechts: der Schniepel, der Pimmel, der
Zups, der Schniedelwutz; wenn sie nicht sogar das Mas-
kuline des männlichen Gliedes unverstellt hervorhoben:
der Ziesemann, der Pillermann. Wie zweideutig sich daneben das Lingelang ausnahm. In welche Doppelrolle er
bereits in frühester Kindheit gedrängt worden war! Wieso
eigentlich?

»Sie sah den scharfen Strom seines Pimpersafts vor
sich, der aus seinem Lingelang heraussprizte. Sie wollte
ihn schmecken, seinen kostbaren Pimpersaft, sie wollte
spüren, wie sein Lingelang in ihrem Mund schrumpfte,
nur, um es danach wieder anschwellen zu fühlen. Seitdem
sie gesehen hatte, wie er nach seiner Rückkehr ins Bad gegangen war, hatte Jodi vom Lingelang ihres Vaters geträumt. Selbst als Rosa heute morgen ihr Kätzchen gegess-
en hatte« – der Sohn brach ab. Für diesen Scherz hatte
ihn Nagel bereits gerügt, als sie die Probeübersetzung

durchgegangen waren, sofern er ihn denn überhaupt als Witz begriffen hatte: »Wenn Jodi ›*Eat me*‹ sagt, dann meint sie ›Leck mich‹. ›*Eat my pussy*‹ bedeutet demnach ›Leck meine Fotze‹ – klar?« – »Klar«, hatte der Sohn geantwortet. Fick dich doch ins Knie, dachte er nun. Niemand kann mich dazu zwingen, diesen inzestuösen Irrsinn auch noch mit Herzblut zu übersetzen. Niemand kann mir Stilvorschriften machen und Abgabetermine einklagen. Niemand kann von mir verlangen, daß ich diesen Dreck überhaupt in die Sprache Luthers und Goethes übertrage. Niemand.

Da war die Elster wieder. Wunderbar landete sie auf der schön leuchtenden Kiefer.

Daß ja auch niemand das alles von ihm verlangte, dachte der Sohn. Daß er seine Dienste selber angeboten hatte, weil der Mensch ja leben mußte, und daß er eine korrekte Übersetzung zum vereinbarten Termin abgeben würde, da Zuverlässigkeit und Pünktlichkeit Tugenden waren, die man nicht ungestraft mit Füßen trat. Erledigte er dagegen diesen Auftrag zufriedenstellend, so hatte ihm Nagel weitere Aufgaben in Aussicht gestellt. Noch mehr *cocks* und *cunts, tits* und *balls!* Den Sohn schauderte.

Aus dem Nachbargarten war bereits seit geraumer Zeit Geräusch und Geruch herübergedrungen, da wurde gegrillt und geredet. Nun mahnte eine Frau eindringlich zur Ruhe, worauf die vorwiegend jungen Menschen sich an den Händen faßten und singend bekundeten, wie das Wasser sein zu wollen, da das weiche Wasser den Stein bezwinge. Über schlichten Gitarrenakkorden und wenig moduliertem Jungmännerbrummen erhoben sich die zweiten und dritten Stimmen der Mädchen, ein eingeübter Chor von bezwingender Einfalt und tränentreibender Berechnung. Eine Hecke trennte die Grundstücke, doch die wies Löcher und kahle Stellen auf, so daß der Sohn die Szenerie im großen ganzen überblicken konnte: den

Rauch, der vom Grillgerät aufstieg, die Lampions zwischen den Bäumen, die sommerlich gekleideten Jugendlichen im so vorteilhaften Helldunkel von blauem Schatten und rotgoldenem Abendlicht. Ein schwarzhaariges Mädchen stand in der Mitte des sitzenden Menschenkreises und schlug die Gitarre, im Takt wippte sie dabei auf und nieder. Unerwartet deutlich, fast schneidend, hob sich ihre Stimme von denen der anderen ab.

»Berühre meine Brüste, Vati, dachte sie. Nur ein wenig. Du mußt sie nicht anpacken, laß einfach deine Hände auf ihnen ruhen. Fühl, wie die Warzen sich dir entgegenrekken …« Es geht nicht, dachte der Sohn, es geht nicht! Seit wann reckten sich Warzen entgegen? Aber was machten Warzen statt dessen?

Aufblickend nahm er wahr, wie die Gitarrenspielerin ins Licht trat, wie sich sogleich unter der Friedenstaube ihres T-Shirts Verheißungsvolles rundete und wie die späte Sonne auch noch der kleinsten Erhebung zu lockender Deutlichkeit verhalf.

»Piroggen muß man warm essen«, sagte die Mutter, die in der Verandatür stand. »Aber ich kann sie auch später noch einmal aufwärmen. Natürlich schmecken sie dann nicht mehr so gut.«

Der Sohn ordnete hastig seine Papiere und beeilte sich zu versichern, daß er die Piroggen sogleich und frischgebacken verzehren wolle, auch die Kohlsuppe müsse ja heiß gegessen werden. Gebannt sah er bei diesen Worten die Brüste der Sängerin ein letztes Mal aufglühen, bevor ein fast violetter Schatten all das erregende Relief endgültig einebnete.

»Die tollen wie das Wasserschwein«, sagte er und folgte der Mutter ins Wohnzimmer.

»Ja, die Frau Schäble hat sich sehr in der Friedensbewegung engagiert«, erwiderte sie. »Hoffentlich stört dich das nicht bei deiner Arbeit!«

Der Sohn breitete die Arme aus. »Wenn's der Sicherung des Friedens dient!«

Er blickte auf den Tisch, da hatte alles seine Ordnung. In den vertrauten Steingutschalen der rote Borschtsch, aus welchem ein noch fast festumrissener, jedoch erkennbar ins Formlose drängender Klacks saure Sahne strahlend herausleuchtete. Auf dem glänzenden Teller, dem durch alle Fluchten wundersamerweise geretteten Überbleibsel des einst so vielteiligen Familiensilbers, das mit Hackfleisch und scharfem Fisch gefüllte Gebäck. Die Weinflasche schließlich, natürlich ein Trollinger, neben der ein Korkenzieher lag. Der Sohn schickte sich an, die Flasche zu öffnen, die Mutter verharrte stehend. »Vielleicht trinkst du gar keinen Wein mehr.«

»Aber natürlich trinke ich Wein«, versicherte der Sohn.

»Das war einmal dein Lieblingswein.«

»Das ist immer noch mein Lieblingswein«, sagte er fast beschwörend und goß sich zum Beweis ein randvolles Glas ein. »Zum Wohl, Mutter. Setz dich doch! Alles wird kalt!«

SONNTAG

Als der Sohn zum Frühstück herunterkam, erwartete ihn die Mutter mit einer Überraschung. Sie reichte ihm ein Heft und weidete sich an seinem Erstaunen darüber, daß diese Kladde überhaupt noch existierte. Sie habe doch alles von ihm aufgehoben, seine ganzen frühen Aufsätze und Gedichte. Das da habe sie erst kürzlich wiedergelesen, und wieder einmal sei ihr bewußt geworden, wie früh bereits sich seine große Sprachbegabung gezeigt habe. Der Sohn blätterte wortlos in dem Heft, das er, vermutlich als Sechzehnjähriger, mit Versen gefüllt hatte, die er nun, nach anfänglichem Widerwillen, mit respektvoller

Rührung, ja gerührtem Respekt las. Alles aus zweiter Hand, gewiß, ein Gemenge aus frühem Brecht, spätem Benn und weniger deutlichen Ingredienzen, aber nicht schlecht gemacht. Frühreif, dachte der Sohn, während er fast reflexhaft Hebungen zählte, Reimwörter prüfte und Versformen kontrollierte. Daß er schon damals Inhalte eher dazu benutzt und gebraucht habe, sich zu bedecken, statt sich zu entblößen, dachte er, und das bereits als Pubertierender, zu einer Zeit also, in welcher der Riß sich endgültig aufgetan hatte, der ihn noch heute spaltete, der Abgrund, welcher, offenbar unüberbrückbar, das Begehren von der Erfüllung schied, das Ich vom Anderen, die Person von der Welt. Damals spätestens war ihm klargeworden, daß er nie ein Flügel-Pua werden würde, statt dessen hatte er jenes Geschöpf gesattelt, welches der Sage nach jeden Riß zu überqueren vermochte, den Pegasus. Daß er das Tier auf Anhieb recht kunstvoll zu reiten verstanden hatte, dachte der Sohn, es aber immer gezügelt, ihm niemals wirklich die Sporen gegeben habe. Daß sich für solch ängstliche Zurückhaltung unschwer eine Ursache finden ließe, überlegte er, wagte er nur einen mitleidlosen Blick auf seine Anfänge ebenso wie auf jene, die versucht hatten, Richtung und Ziel seiner Entwicklung mitzubestimmen. Daß es bei solcher Überprüfung nicht um Schuld gehe, sicherlich aber um Verantwortung, dachte er blätternd, da überraschten ihn vier Zeilen auf einer sonst leeren Seite:

Als ich in tiefen Leiden
verzweifelnd wollt ermatten
da sah ich deinen Schatten
hin über meine Diele gleiten

Er blätterte angeregt um, doch zu seiner Enttäuschung folgten keine weiteren Verse. Schade, dachte er und las die

Strophe noch mal, das ist nicht schlecht, wirklich, damals war ich manchmal wirklich gut.

Das Telefon klingelte, für einen Moment fürchtete der Sohn, Verena könnte am Apparat sein. Doch noch bevor er aufstehen konnte, hatte die Mutter bereits »Das ist sicher Wolf!« ausgerufen und abgehoben: »Wolf, bist du es?« Es war Wolf, der jüngere Bruder, der in Genf als Physiker arbeitete und nun anrief, um der Mutter ein frohes Pfingstfest zu wünschen. Die kam ganz erfüllt zum Frühstückstisch zurück. Wolf gehe es gut, er bestelle ihm, dem älteren Bruder, schöne Grüße und beste Wünsche, sie habe auch Wolf von ihm gegrüßt. Der werde heute und morgen glücklicherweise mal ausspannen können, eigentlich sei das ja trotz aller Erfolge, Reisen und des hohen Einkommens kein Leben, das er da in der Schweiz führe, immer nur Arbeit und keine Familie, nicht einmal eine Frau, wieviel besser er es da doch mit Verena habe. Der Sohn nickte halbherzig und gab der Mutter das Heft zurück. Da er wußte, wie stolz sie auf Wolfs Erfolge war, litt er jedesmal mit ihr, wenn sie diese in seiner Gegenwart herunterspielte und im Gegenzug die Verdienste des Älteren herausstrich oder all das gluckenhaft zusammenkratzte, was ihr irgend geeignet schien, ihm ein wenn auch noch so bescheidenes Postament zu errichten, einen Denkmalssockel, auf welchen sie ihn stellen konnte, damit er, so erhöht, der Welt, vor allem aber ihr selber, halbwegs repräsentabel erschien. Früher hatte ihm diese Fürsorge geschmeichelt, ja es hatte sogar eine Zeit gegeben, in welcher er sich von der Mutter vollkommen zu Recht herausgehoben fühlte, wenn auch nicht im Hinblick auf Geleistetes, so doch als Vorschuß für jene Taten und Werke, die er ohne Frage leisten und schaffen würde, sobald ihm nur etwas Zeit für sich selber bliebe. Doch irgendwann waren ihm erste Zweifel gekommen, teils an seiner Befähigung, jemals einen Sockel rechtfertigen zu können, teils an der Lauterkeit der mütterlichen Motive. Wollte die denn wirklich aus ihm einen Goethe machen? Nicht vielmehr aus sich eine Mutter Aja, die fortan im Gefolge des berühmten Sohnes Einzug halten konnte in Biographien, Briefbände und Literaturgeschichten?

»Du willst jetzt sicher arbeiten«, fragte die Mutter, stand aber noch nicht auf, sondern blätterte demonstrativ im Heft. »Du hast früher so schöne Gedichte geschrieben. Schreib doch mal wieder Gedichte!« Der Sohn, der seit dem mehr als zwanzig Jahre zurückliegenden Abitur nicht mehr gedichtet hatte, wies mürrisch darauf hin, daß ihm seine Prosa schon genügend zu schaffen mache. Vor der Arbeit aber wolle er noch rasch ins Bad fahren – ob er das Fahrrad der Mutter nehmen könne?

Er kehrte bald zurück. Er habe ja nur einige Runden schwimmen wollen, sagte er, und schwieg von all dem, was ihm das Schwimmbad seiner Jugend so rasch und gründlich verleidet hatte: die 50-Meter-Bahn, die er einst in einem Durchgang tauchend geschafft hatte, der Sprungturm, von dessen Brettern ihm die tollsten Kapriolen gelungen waren. Noch bedrängender als solch umflorte Vergangenheit freilich war ihm die Gegenwart zu Leibe gerückt in Gestalt all der Familien, die ihm an allen Ecken und Enden des Bades, auf Liegewiesen und Sonnenbänken, unbarmherzig vor Augen geführt hatten, wie vollkommen verbraucht die meisten der Eltern neben ihren Kindern wirkten, so, als gehörten sie eigentlich zwei gänzlich verschiedenen Arten an, hier die Unförmigen, Unschönen, Ungelenken, dort die Geschmeidigen, Glänzenden, Glatten. Für die maliziöse Pointe schließlich sorgte der große Spiegel neben den Umkleidekabinen, in welchen er nach dem kurzen Bad geschaut hatte, getrieben von der wirren Hoffnung, das bißchen Sport müsse seine Erscheinung auch ein bißchen zum Sportlichen hin verändert haben: Daß so gar kein Zweifel daran möglich war, zu welcher Spezies der da gehörte!

Die Mutter empfing ihn geistesabwesend, fast bedrückt. Während sie den Geschirrschrank einräumte, schwieg sie derart beredt, daß der Sohn zähneknirschend in sie drang: »Ist was?«

Nein, nichts. Aber die kleine Kirsten sei doch zu Besuch hier, sie wohne bei Gudrun, und die nun habe angefragt, ob es recht sei, wenn sie nachmittags mal vorbeischauten. Das betreffe aber nicht ihn. Sofern er arbeiten wolle, könne er es selbstverständlich bei einer kurzen Begrüßung belassen, obwohl sich natürlich beide bereits sehr auf ihn freuten, besonders die kleine Kirsten.

»Mal sehen, wie ich vorankomme«, erwiderte der Sohn.

Er kam schlecht voran. Zu beruhigend wärmte die Sonne, zu ausdauernd saß die Mutter auf der Gartenbank. Strickend und in respektvollem Abstand zum Sohn zwar, doch so, daß sie ihn unter Kontrolle hatte. Immer häufiger legte der den Stift beiseite, immer öfter mußte er sich zur Arbeit anhalten. Daß die sich aber auch derart hinzog!

Auch für Jodi freilich liefen die Dinge vorerst nicht in die Richtung, in welche die liebende Tochter sie gerne gelenkt hätte und in die sie sich nach Lage der Dinge unweigerlich entwickeln mußten. Wallace, der liebevolle Vater nämlich, litt nach einem Überseeflug an der Zeitverschiebung, überdies waren die beiden in eine Feriensiedlung in den Rockies gefahren. Ein weiterer Grund für ihn, müde zu sein, und für sie, sich mittels der Dusche zu befriedigen. »›Bald‹, flüsterte sie, ›sehr bald.‹« Doch am nächsten Morgen ging es erst mal durch den sich langsam erwärmenden Wald, ein Spaziergang, den Vater Wallace zu Fotos seiner Tochter nutzte und sie zu immer nichtsnutzigeren Posen, »ihre Brüste nackt, ihre Brustwarzen sich in der kühlen Bergluft versteifend. ›Gefallen dir meine Brüste, Vati?‹ fragte sie ruhig. ›Sie sind wunderschön‹, sagte Wallace.«

Der Sohn spürte, wie sich auch bei ihm etwas versteifte. Er wußte sich durch Kleidung und Tisch einwandfrei geschützt und fühlte sich dennoch durchschaut, wann immer der Blick der Mutter sich von der Handarbeit ab- und ihm zuwandte. »Jodi drückte ihre Brüste zusammen und beugte ihren Kopf so weit hinunter, daß sie mit ihrer langen Zunge die aufgerichteten Warzen lecken konnte. Dann hob sie ihre Augen und schaute ihrem Vater ins Gesicht. Sie hielt ihre Brüste immer noch fest und ließ ihre Daumen über die harten Warzen laufen in einer langsamen, sinnlichen Weise (auf langsam sinnliche Art?). Nimm sie, Vati, dachte sie, drück sie. Saug sie.«

Eine feine Tochter, dachte der Sohn und hätte wohl selber nicht so recht zu sagen vermocht, ob das noch als ironischer Stoßseufzer zu werten war. Er hatte keine Kinder, die Mädchen aber, denen er vor einer Stunde noch im Schwimmbad nachgeschaut hatte, hätten vermutlich allesamt seine Töchter gewesen sein können. Wie hätte er wohl reagiert, wenn eines dieser straffen Wesen mit den Worten »Nimm sie, saug sie« vor ihn hingetreten wäre?

Das seien akademische Fragen, wies sich der Sohn zurecht und blätterte versteckt im Buch, um zu erfahren, wie viele Seiten Jodi noch brauchen würde, um zur Erfüllung ihrer Wünsche zu gelangen. Sie schien sich damit Zeit zu lassen, oder vielmehr Bill Buxom, der Verfasser des ganzen Schleims. Kein Wunder, schließlich war er erst auf Seite 101 und mußte noch bis Seite 180 für dauernde Höhepunkte sorgen, zugleich aber den letzten und entscheidenden Stich bis zum Schluß aufsparen. Kursorische Lektüre hatte den Sohn bereits davon unterrichtet, daß Jodi und der Vater einander auf allerhand ausgefallene Arten befriedigen sollten, bevor sie zu einer vergleichsweise normalen Entjungferung schritten. Aber konnte von einem normalen Geschlechtsverkehr zwischen Vater und Tochter überhaupt die Rede sein?

Der Sohn bedachte seine Erektion und horchte in sich hinein. Erregte ihn die Geschichte deshalb, weil es da ein Mann und eine Frau miteinander trieben oder aus dem Grunde, daß es Vater und Tochter waren? Er meinte letzteres mit gutem Gewissen verneinen zu können, glaubte jedoch deutlich zu spüren, daß Bill Buxom sich von dieser Paarung einen besonderen Kick für den Leser versprochen hatte. Ja, es schien sogar, als habe die Konstellation auch den Autor selber nicht ganz gleichgültig gelassen, zu oft stammelte, stöhnte, wisperte, keuchte und schrie sein Geschöpf Jodi ihr »Oh, Daddy!«. Den hatte der Sohn bisher stets mit »Vati« übersetzt, nun mehrten sich seine Zweifel, ob er damit fortfahren solle. »Oh, Vati!« Klang das eigentlich noch verworfen? Nicht schon lächerlich?

Das Buch war ein *Beeline Classic*, einer von mehr als hundert Bänden dieser, glaubte man dem Anhang, sehr beliebten Reihe, die offenbar unterschiedliche Interessen ganz gezielt belieferte, in Unterreihen, die »Heiße Frauen«, »Verlorene Unschuld« oder »Familienbande« hießen. Kurze Inhaltsangaben ließen keinen Zweifel an der Stoßrichtung dieser Serien. In »Familienbande« trieben es Mutter und Sohn, Schwester und Schwester, Tante und Nichten sowie Neffen, Schwester und Bruder, Onkel und Nichte; es schien also einen regelrechten Markt für Inzest zu geben.

Der Sohn, der sich keineswegs frei von Sonderwünschen wußte, horchte tiefer in sich. Wurde da nicht doch irgendeine Saite angerührt bei der Vorstellung, es mit irgendeinem Familienmitglied zu treiben? Er sah auf und schaute die Mutter an, die konzentriert die Maschen prüfte. Ödipus – Schnödipus?

Wie so viele ihrer Generation waren sein Bruder und er

vaterlos aufgewachsen, während des Krieges bereits, da der Vater meist im Felde war, in Norwegen, und nach dem Krieg, da er im Felde blieb. Die Mutter aber war keine neue Verbindung eingegangen, so daß die beiden Söhne sie auch in der Folgezeit mit niemandem hatten teilen müssen. Alles Umstände, die dem Vaterhaß nicht gerade Vorschub geleistet hatten. Doch entfiel damit auch die Mutterliebe?

Wieder horchte der Sohn, so tief es irgend ging, in sich, wieder krähte da kein inzestuöser Hahn. Oder hatte ein perfekt funktionierendes Verdrängungssystem das Tier in derart schalldichte Verliese der Person verbracht, daß es sich trotz wütendsten Krähens kein Gehör zu verschaffen vermochte? Bei allem Respekt vor der Gestalt dessen, der all diese verborgenen Wünsche aufgedeckt und so ungemein bildhaft beim Namen genannt hatte, war es dem Sohn zunehmend schwerer gefallen, dessen Lehre mit seinen eigenen Erfahrungen zur Deckung zu bringen.

So weit er zurückdenken konnte, hatte er die Mutter nicht als Gegenstand des Begehrens gesehen, sondern als Hüterin von Sittengesetz und Seelenreinheit erlebt. Doch wie weit konnte er eigentlich zurückdenken? Und inwieweit seiner Erinnerung trauen?

Der Sohn hatte die ersten Kinderjahre in einer Stadt verbracht, die heute in Polen liegt und damals, trotz deutscher Besetzung und Einverleibung, vor allem von Polen bewohnt wurde. An polnische Köchinnen und Kindermädchen erinnerte er sich, an gesichtslose, alterslose Wesen, deren angestammter Ort die große, dunkle Küche war. Zu denen konnte man gehen, wenn man Gesellschaft brauchte, an denen mußte man aber auch immer dann vorbeigehen, wenn man die Toilette am Ende des langen Flurs aufsuchte, oft eilig, mit von der Mutter bereits gelösten, wohl auch heruntergelassenen Hosen, die um die Knöchel schleiften und den ohnehin peinlichen Gang furchterregend verlangsamten. Hatten ihm diese doppeldeutigen Wesen noch auf andere Weise Angst eingeflößt?

Zu den frühesten Schrecken des Sohnes gehörten die Menschenfresser, die, und das ahnte das Kind nicht nur, das wußte es mit Sicherheit, in einem ganz bestimmten Haus der Straße lebten. Das Kind hatte zwar niemals Menschenfresser zu Gesicht bekommen, war aber durch einen Traum von der Richtigkeit seines Wissens bestätigt worden: In der menschenleeren Straße hatte sich ein Fahrrad bewegt, ohne daß es jemand gefahren oder geschoben hätte, und es war in der Toreinfahrt des Nachbarhauses verschwunden. Die Menschenfresser waren demnach unsichtbar, und während des nächsten Spaziergangs hatte das Kind der Mutter aufgeregt von seinem Wissen berichtet.

Der Sohn wußte nicht zu sagen, was daraufhin geschehen war. Hatte die Mutter ihm widersprochen? Vermutlich. War es ihr gelungen, seinen Verdacht zu zerstreuen?

Fast knatternder Flügelschlag ließ den Sohn hochblicken; eine Formation von vier weißen Tauben kam über das Dach, drehte eine Schleife und landete auf der Birke im Nachbargarten. Dort stand noch immer das Grillgerät auf dem sonst leeren, glitzernden Rasen, und beim Anblick des dunklen Gestells fühlte der Sohn ein unbestimmtes Verlangen.

»Kannst du dich noch an die Menschenfresser erinnern?« fragte er die Mutter, die ihr Strickzeug sinken ließ.

»Welche Menschenfresser?«

»Die in Posen.«

»In Posen gab's doch keine Menschenfresser!«

»Und warum hatte ich dann Angst vor ihnen?«

»Du?«

Ja, ich, dachte der Sohn gekränkt. Wenn sie schon seine Erinnerungen in Beschlag genommen hatte, könnte sie wenigstens davon ablassen, auch noch seine Gefühle in

Zweifel zu ziehen. Dem Sohn, der irgendwann einmal gelernt hatte, wie unstatthaft, ja unmenschlich ein solcher Zweifel sei, fiel ein, wie oft Verena und er diesen Vorwurf gegeneinander erhoben hatten. Aufseufzend schwieg er.

»Was war mit den Menschenfressern in Posen?«

»Ach nichts.«

Wollte die Mutter sich nicht erinnern, oder konnte sie es nicht? Hatte sie ihm nicht selber einmal davon erzählt, welch düstere Reden die Mägde in der dunklen Küche führten, damals, als rundum Krieg herrschte und in der Stadt das Gerücht ging, die Bediensteten seien allesamt Mitglieder eines Widerstands, der darauf zielte, die Herrschaft auszurotten, ohne Ansehen des Alters? Ein mehr als zweifelhaftes Gerücht, dachte der Sohn. Zumindest ein nur sehr unvollkommen ausgeführter Auftrag, da nicht nur er und sein Bruder ihn überlebt hatten, sondern auch all die anderen Kusinen und Vettern, Tanten und Onkel der so unüberschaubar zahlreichen Verwandtschaft, welche es bei Kriegsanfang, ebenso wie seine Familie, aus dem Baltikum unter die Polen verschlagen hatte.

So jedenfalls, so vage und so schicksalsträchtig, war ihm der Vorgang häufig mitgeteilt worden; der Sohn erinnerte sich freilich auch an frühere, sehr viel strahlendere Wendungen: »Heim ins Reich« sei die Reise gegangen. »Der Führer hat gerufen, wir folgen«, hieß die Begründung. Nur daß das Ziel dieser Heimkehrer nicht die Heimat der Deutschen gewesen war, sondern die der Polen. Und die hatten vor dem Kommen dieser Heimatsuchenden sicherlich nicht nur in den Küchen der Wohnungen gelebt und gearbeitet. Wie eigentlich waren die Wohn-, Schlaf- und Kinderzimmer geräumt worden? Ebenso rasch, wie die damals Nachrückenden etwas mehr als fünf Jahre später ihrerseits ausgezogen waren, nur mit dem nötigsten Handgepäck und ohne eine Vorstellung davon, ob es noch einmal irgendwo ein Dach über dem Kopf geben würde?

»Es ist zu heiß zum Schreiben«, fragte die Mutter.

Der Sohn fühlte sich ertappt und hob begütigend die Hände. »Ich denke nur etwas nach.«

»Du hast schon als Kind gerne nachgedacht. Immer bist du mit neuen Fragen gekommen. Einmal hast du gefragt, wo der Speerbär wohnt und ob ein Bär überhaupt mit einem Speer kämpfen kann.«

Der Sohn, der die Geschichte kannte, tat erstaunt. »Der Speerbär?«

»So hast du das Wort Sperber ausgesprochen.«

Die Mutter lächelte, und der Sohn lächelte zurück. Was für ein furchtbar bildungsbeflissener Idiot ich doch damals gewesen sein muß, dachte er. Und wie schrecklich, daß ich es immer noch bin. Hätte ich sonst etwas von einem Roman erzählt?

»Kommen auch Tiere in deinem Roman vor?« fragte die Mutter.

»Nur ein Camembär.«

»Willst du etwas essen?«

»Nein, nein«, wehrte der Sohn ab.

»Du willst keinen Kaffee?« Wieder verneinte der Sohn, kurz darauf freilich hätte er die Mutter gerne in der Küche gewußt.

Jodi war zu früher Stunde in das Schlafzimmer ihres Vaters geschlichen und hatte damit begonnen, den Verschlafenen zu streicheln, zu herzen und zu befriedigen: »Und wenn auch neun Zehntel der Weltbevölkerung das, was sie da trieben, verdammten – na wenn schon. Er war ihr Vater, und sie liebte ihn, und er hatte es verdient, von ihr auf jede Weise (Art?), zu der sie fähig war, geliebt zu werden. Und welche Art war liebevoller als die, seinen   zu lutschen?«

Wieder glaubte der Sohn, seine Erregung sei ihm ins

Gesicht geschrieben, erneut schalt er sich für sein Beschämtsein angesichts der lächelnd strickenden Mutter. Ohne Erregung war es bei seiner Zeugung schließlich auch nicht abgegangen, und wenn jemand eindeutig des vollzogenen Beischlafs überführt war, dann doch die da: Mater semper certa ...

So machte er sich Mut und fühlte zugleich, wie er kleinlauter wurde. Die da mochte sich, wie lustvoll immer, irgendwann einem Manne hingegeben haben, was zählte, war, daß sie ihn, den Vater, nicht nur eingelassen, sondern auch ihn, den Sohn, ausgetragen hatte. Ausgetragen und aufgezogen. Damit aber hatte sie vollkommen ihren Status gewechselt. War sie jemals ein *horny girl* gewesen, so wurde sie spätestens durch seine Geburt eine Hohe Frau. Hatte sie je die Späße der Männer mitgemacht, so machte sie nun Ernst, da sie unwiderlegbar die Art vermehrt und nachweislich alles darangesetzt hatte, den neuen Artgenossen von der Neigung weg auf den Pfad zur Pflicht zu lenken. Pflichtziele, die fraglos häufig von Männern abgesteckt worden waren. Doch warum drangen all diese Männer seit Jahrtausenden derart inbrünstig auf Sitte und Gesetz, Ordnung und Gebot? Warum all die unzähligen Deiche und Dämme, Warntafeln und Verbotsschilder?

Der Sohn hatte natürlich dies und das aufgeschnappt von dem, was klügere oder einfach bedenkenlosere Köpfe zu all dem gedacht und gesagt hatten. Er hatte von der somatisch bedingten Angst des Mannes vor der überströmenden Orgasmusfähigkeit der Frau gehört und davon, wie beim Übergang der Menschheit vom Sammler- und Jägerwesen zum Bauersein erstmals vererbbares Eigentum und damit das Problem des legitimen Erben aufgetaucht war: Da der vererbende Mann nie ganz sicher sein konnte, ob ihn da auch wirklich die Frucht seiner Lenden beerbte, mußte die furchterregend flutende und unkontrollierbar gebärende Frau striktesten Kanalisierungen und Überwachungsmaßnahmen unterworfen werden.

Das alles klang einleuchtend, sofern man den Beginn von Gesetz und Regel mit dem von Ackerbau und Viehzucht gleichsetzte. Davor aber, in den Hunderttausenden von Jahren des Jagens, Sammelns und Hordendaseins in Höhlen und rasch improvisierten Behausungen – war es da nicht die Frau gewesen, die ständig den Mann zur Verläßlichkeit hatte mahnen und auf Pflichterfüllung hatte drängen müssen? Die jeden lieben langen Tag, den sie schutzlos mit der Brut in zugiger Höhle verbrachte, fürchten mußte, daß der mit seinen Kumpanen ausgerückte Verursacher und Ernährer der Familie entweder die ganze Beute selber aufaß, sie mit Freunden verjubelte oder aber fremden Frauen zusteckte?

Wo kommst du denn her? Wie siehst du denn aus? Was hast du denn für einen merkwürdigen Geruch am Leibe? Hatte nicht damals bereits begonnen, was den Sohn heute noch erröten ließ, wenn er fühlte, wie der Blick der Mutter prüfend auf ihm und seinem Tun ruhte?

Wer hatte da eigentlich wen gezähmt? Die Männer die Frauen? Nicht vielmehr die Frauen die Männer? Die Männer hatten die überlieferten Gesetze erlassen, wohl wahr. Gottkönige und Priester, Caesaren und Juristen hatten versucht, Wegweiser in den Treibsand der Begierden zu rammen. Als Hüter einer selbsterdachten Ordnung? Als Sprachrohre älterer, mächtigerer Instanzen? Hatten sie denn jemals selber ernsthaft daran geglaubt, diesen – ihren? – Richtungsangaben und Vorgaben auch Folge leisten zu können?

Du sollst nicht töten. Du sollst nicht andere Götter haben neben mir. Du sollst nicht ehebrechen – waren das nicht noch immer jene, lediglich in Postulate gewendeten Fragen, mit denen die Höhlenfrau einst den heimkehrenden Mann empfangen hatte: Wo kommst du denn her?

»Gudrun freut sich wirklich darauf, dich zu sehen«, sagte die Mutter, woraus der Sohn schloß, daß er sich ebenfalls zu freuen habe.

»Ich mich auch«, antwortete er.

»Ich schau mal nach, was der Kuchen macht.«

Bedächtig, anscheinend aber wesentlich behender als am Vortag ging die Mutter ins Haus. So alt schien die ja gar nicht zu sein. Würde die Abrechnung demnach doch noch stattfinden können? Den Sohn überlief es. Er fühlte sich schuldig, nun glaubte er ein Recht darauf zu haben, jemandem die Schuld daran zu geben.

Ungewöhnlich laut keckerte ganz in seiner Nähe die Elster. Fast hätte er den *Beeline Classic* nach ihr geworfen, so erschrocken fuhr der Sohn herum. Sicher auch ein Weibchen, dachte er aufgebracht. Die Männer machen die Gesetze, schlimm. Die Weiber verkörpern sie, viel schlimmer. Noch den hehrsten Heiligen, noch den eiferndsten Sittenapostel hatte der Sohn nie als Instanzen empfunden, stets als Komplizen. Sie alle kannten die Versuchung und leiteten geradezu aus ihrer Verführbarkeit ihre potentielle Heiligkeit ab. Gab es überhaupt impotente Heilige?

Anders Maria. Die war nicht nur nie verführt, sondern nicht einmal versucht worden. Ihr jungfräuliches Fleisch war von Ewigkeit zu Ewigkeit unbefleckt, während noch der asketischste Eremit trotz einer durchgeißelten Nacht auf naßkaltem Stein Gefahr lief, mit einer Morgenlatte beglückt zu werden. Der Sohn hatte den Vater viel zu früh verloren, als daß der ihn bei irgendeiner entwickelteren Form der Selbstbefriedigung hätte überraschen können. Nun überlegte er, ob er diese Tätigkeiten und deren Folgen ebenso umsichtig vor dessen Augen verborgen hätte wie vor denen der Mutter. Ihm kamen Zweifel. Vor Jahren, er hatte gerade eine Freundin am Bahnhof Zoo verabschiedet, war ein Mann mit den Worten auf ihn zugetreten: »Ficken macht Spaß«; und noch heute war der Sohn zutiefst davon überzeugt, daß alle Männer der Welt insgeheim ebenso dachten.

Sie mochten durch die Jahrhunderte und zu Tausenden streng vom Beischlaf gesprochen haben, nie jedoch wäre es ihnen eingefallen, ihn als belanglos einzustufen. Sie mochten ihre Lust dämonisieren, bezeugten jedoch gerade dadurch tiefen Respekt vor den Freuden des Fleisches. Sie mochten ein Leben lang darauf verzichten, mit ihren Riesenschwengeln zu prahlen, rühmten sich dafür aber um so lauter ihrer Riesenleistung, ihren, unter uns gesagt ganz schön kreglen, Meister Iste nie zum Einsatz gebracht zu haben.

Anders die Frauen. Wohl wissend, daß alle Männer unterschiedslos das eine von ihnen wollten, wurden sie nicht müde, sich von solch unseriösen Absichten ebenso zu distanzieren wie von deren nun vollends lächerlichem Vollzug.

Wie die meisten Männer seiner Generation und Schicht war auch der Sohn in die Strudel vielfältigster Emanzipationen geraten, wie so viele Altersgenossen hatte auch er versucht, die repressiven Strukturen der herkömmlichen Sexualmoral aufzubrechen, immer im Glauben, er handle im Namen des Fortschritts der gesamten Menschheit. Doch irgendwann hatte er von Verena erstmals den bald darauf sehr kurrenten Vorwurf gehört, er perpetuiere lediglich die tradierte Pascharolle, er trage seine Pseudobefreiungskämpfe auf dem Rücken der Frauen aus, er sei – und auch diese Worte sollte er in der Folgezeit öfter zu hören bekommen –, er sei habituell ein schwanzfixierter Wichser, besessen vom Wunsch nach Schwanzfickerei, ein Begriff, an dessen Stelle immer häufiger die weniger obszöne, dafür noch beleidigendere »Penetration« trat, ein Wort, in welchem unüberhörbar »penetrant« mitschwang und welches das Bild der verhalten gähnenden Penetrierten heraufbeschwor: Na, nu mach schon …

Schmutziger Mann, reine Frau – da sei er ja wieder, der uralte Geschlechtermanichäismus, so war der Sohn erst Verena entgegengetreten, dann der feministischen Kollegin, die im Stadtblatt den laut Statistik weitverbreiteten Wunsch der deutschen Männer nach Fellatio mit den Worten kommentiert hatte: »53 Prozent der Männer können sich kein größeres Vergnügen vorstellen als das, uns ins Gesicht zu ficken.« Der Sohn hatte gegen Wortwahl und Blickwinkel protestiert – »Es soll ja auch Frauen geben, die eine solche Praktik erregt« –, außerdem sei das Betroffenheits-»Uns« gänzlich unzulässig, sie nämlich wolle bestimmt keiner – und schon war er derart eingebrochen, daß die Redakteurin ihn mit einem Blick zum Schweigen bringen und alles klarstellen konnte: Ernste Frau – läppischer Mann.

Armer Mann, dachte der Sohn und wischte sich den Schweiß von der Stirn.

»Vati«, schrieb er, strich das Geschriebene aus und beschloß, es fortan durch »Daddy« zu ersetzen: »›Daddy, ich möchte, daß du etwas weißt.‹

›Was?‹

›Ich habe lediglich den   eines einzigen Mannes gelutscht, und ich tat das aus Neugier, weil es sich so ergab, nenn es, wie du willst, doch als ich dich heute lutschte, geschah es aus purer Liebe für den Mann, den ich bewundere.‹ Ihre Lippen berührten seinen   , und ihre Zunge leckte ihn von der Spitze bis zur Wurzel. Dann blickte sie auf, und ihre Augen strahlten: ›Ich möchte deinen wunderbaren   in jeder Öffnung meines Körpers spüren, ich möchte, daß du überall kommst. Ich möchte dir alles geben, was du vermißt hast, seit Mutter starb.‹« – Tolle Tochter, dachte der Sohn, zugleich angeregt und angewidert, Scheißmännerphantasien! Und jetzt wurde dieser Arschdaddy auch noch sentimental!

»Die Hand von Wallace streichelte Jodis weiche Wange. In seinen Augen glitzerten Tränen. ›Du bist ganz schön erwachsen geworden, stimmt's?‹«

»Es wird dir nicht zu heiß«, fragte die Mutter, die mit einem Kuchenblech in der Verandatür stand.

Noch bevor sie das Blech abstellen und selber zur Kurbel der Jalousie greifen konnte, war der Sohn bereits aufgesprungen. »Ich mach' das schon!«

Leise quietschend bewegten sich die Scharniere, da bewirkte ein plötzlicher Windstoß Rascheln und Knattern. »Dein Roman!« rief die Mutter und hinderte mit überraschend behendem Fuß eine der Manuskriptseiten derart, auf den Rasen geweht zu werden.

Erschreckt ließ der Sohn die Kurbel los, rascher als gedacht gelang es ihm, die Blätter einzusammeln. Bis auf eines, welches der Wind in den Nachbargarten getragen und das sich im Rost des Grills verfangen hatte. Fast flog er durch die Hecke, welche die Anwesen voneinander trennte. Da ging die Klingel.

»Bleib, wo du bist!« rief er der Mutter beschwörend zu, da die sich anschickte, das Blech abzustellen, um sich nach dem Blatt vor ihr bücken zu können.

»Aber die Gäste!« antwortete die Mutter klagend. Doch da war der Sohn auch schon bei ihr, erleichtert gab sie die Seite frei. Mit dem Handrücken glättete und säuberte er das Papier.

»Hoffentlich kannst du noch lesen, was du da geschrieben hast!«

»Ich möchte deinen wunderbaren   in jeder Öffnung meines Körpers spüren«, las der Sohn errötend.

»Kein Problem!« sagte er. »Laß die Gäste ein.«

Eine Stunde später befand sich der Sohn, er mußte es fast widerwillig einräumen, in aufgekratzter Stimmung. So wenig er sich von der Gesellschaft der Kusine versprochen hatte, so sehr animierte ihn die Gegenwart der Nichte Kirsten zu immer gewagteren Thesen und Späßen. »So kenne ich ihn gar nicht«, sagte die Mutter und blickte, wie es dem Sohn schien, beifallheischend in die Runde. »Sonst ist er immer so ernst. Er schreibt nämlich gerade an einem Roman.«

»Ach Mutter!« Angestrengt überlegte der Sohn, wie er rasch das Thema wechseln könne, doch nun wollte Kirsten mehr wissen: Sie studiere seit sechs Semestern Germanistik in Uppsala und sitze endlich einmal jemandem gegenüber, der selber dichte. Dichten! Der Sohn hob abwehrend die Hände. Auch der Romancier zähle zu den Dichtern, sofern sein Werk nicht reine Gebrauchs- oder Tendenzliteratur sei, wandte Kirsten ernsthaft ein, in einem derart betörenden skandinavischen Tonfall, daß der Sohn ihr ganz hingerissen zuhörte. Wovon sein Roman denn handle?

Als der Sohn Kirsten das letzte Mal gesehen hatte, war sie ein fettes, junges Ding in zu engen Jeans gewesen, nun blickte sie ihn schlank und schön aus fast unnatürlich glänzenden grüngrauen Augen an.

»Sei so gut, Poiken, und gewähre uns einen Einblick in deinen Schaffensprozeß«, bat Gudrun und unterstrich die derbe Ironie ihrer Worte durch ein noch derberes Lachen. Um so ernster schaute die Mutter von der Belustigten zum Sohn, als wolle sie ihn zu vergleichbarer Ernsthaftigkeit anspornen. ›Bring die zum Schweigen‹, las der Sohn aus ihrem Blick, ›beweise, daß du wirklich ein Schriftsteller bist!‹

So kam viel zusammen, doch war es wohl vor allem der Spitzname seiner Kindheit, »Poiken«, der den Sohn dazu veranlaßte, sich als ernstzunehmender, erwachsener Mann des Wortes beweisen zu wollen. Wenn die da, die ältere und mittlerweile auch deutlich gealterte Kusine, glaubte, ihn immer noch mit jenem bis ins ferne Estland zurückreichenden Kindernamen rufen und dadurch wieder zum Kind machen zu dürfen, dann durfte er im Gegenzug zu

jedem Mittel greifen, dieses ruchlose Manöver zu durchkreuzen.

»Irgendwie kommt ihr, kommen wir alle in meinem
Roman vor, ich meine wir Balten«, sagte er aufs Geratewohl, da er lauter Balten um sich wußte. »Im Mittelpunkt
steht die Geschichte eines Heranwachsenden, der im Bewußtsein der Überlegenheit seiner Herkunft erzogen
wird und der erkennen muß, daß … na ja …« Der Sohn
versuchte seinen vagen Worten durch entschiedene Hand-
bewegungen mehr Eindringlichkeit zu verleihen, doch
hätte er wohl von seinen Flunkereien abgelassen, wäre
ihm die Kusine nicht mit grobem, baltisch breit dahinrol-
lendem Geschütz in die Parade gefahren: »Aber Poiken!
Du schreibst doch hoffentlich keinen Vergangenheitsbe-
wältigungsroman?!«

»Genau das!« behauptete der Sohn trotzig und fügte
hinzu, aus dieser Vergangenheit gebe es ja so einiges zu berichten, von der Ungerechtigkeit, mit der baltischer Stan-
desdünkel jahrhundertelang die Esten behandelt habe, bis
zum Unrecht, das an den aus ihren Wohnungen vertriebe-
nen Polen begangen worden sei. Ganz zu schweigen von
den Juden.

»Aber wir Balten hatten doch nie etwas mit den Juden
zu tun!« Die Kusine schaute regelrecht gekränkt in die
Runde.

»Ihr? Im Osten?« fragte der Sohn gedehnt und spürte
zugleich Scham darüber, daß er sich bisher weder um das
gekümmert hatte, was da in jenen Jahren seinen Landsleu-
ten widerfahren war, noch um das, was sie dort wem auch
immer angetan hatten. »Jetzt gehört es ja zum guten Ton,
den deutschen Soldaten anzuschwärzen«, begann die Kusine, »aber wenn du Heinrich gehört hättest, wie der von
der Ostfront« – doch noch bevor sie fortfahren konnte,
von Heinrich zu berichten, ihrem älteren Bruder, jener
Lichtgestalt mit Ritterkreuz, die bei Minsk von finsteren

43

Partisanen in Zivil gegen jedes Kriegsrecht in einen Hinterhalt gelockt worden war, schaltete sich die Mutter wachsam ein und fragte besänftigend, ob die Gäste bereits etwas für den Abend geplant hätten, andernfalls wolle der Sohn sie gerne zum Essen ausführen, in den Hölderlinkeller.

Mit unverstellter Freude bedankte sich Kirsten, von Spendierhosen sprach die Kusine, kopfschüttelnd blickte der Sohn auf die Mutter.

»Ach, die freuen sich doch, wenn sie mal ausgeführt werden«, sagte sie hastig, als sie der Sohn, der ihr beim Abräumen des Kaffeetischs geholfen hatte, in der Küche um eine Erklärung bat.

Er habe abends aber eigentlich arbeiten wollen, entgegnete er halbherzig.

»Hin und wieder muß man auch mal etwas Zeit für die Familie erübrigen. Hier. Das reicht doch, nicht wahr?«

Natürlich genügten die zweihundert Mark, um die Einladung zu bestreiten, und doch reichten sie nicht aus, die Peinlichkeit aufzuwiegen, die der Abend im Hölderlinkeller noch bereithalten sollte. In diesem sonst strikt der schwäbischen Küche verpflichteten Lokal nämlich fanden zusätzlich »Paul Enghofers Bayrische Schmankerlwochen« statt, und Gudrun, der schwäbischen Cuisine, wie sie sagte, müde, hatte sich sogleich in die »Schmankerlkarte« vertieft und war dabei auf »Bœuf à la mode mit Semmelknödel« gestoßen.

»Ausgesprochen wird dieses saure Rindfleischgericht ›Bifflamott‹«, hatte sie vorgelesen, »Ihr Wirt hat es wieder zu Ehren der Kochaltäre erhoben. Vom gewöhnlichen Sauerbraten unterscheidet es sich vor allem durch die dickbräunliche Soße, in der die Beizflüssigkeit kräftig mitmischt, in der das Fleisch einige Tage eingelegt war.«

Den letzten Satz hatte sie mit ostentativ parodierender

44

Intonation vorgelesen, bei der freilich nicht auszumachen war, ob sie bayrischen oder schwäbischen Dialekt verulken sollte. Beifallheischend blickte sie um sich und sagte, diesmal in deutlich überzogenem Schwäbisch: »Dös tät i nemma.«

Den Sohn, in schwäbelnder Umgebung aufgewachsen, grauste angesichts der unverstellten Hoffart, mit welcher die Kusine zu verstehen gab, daß sie es all die dreißig Jahre hindurch, die sie bereits in Tübingen lebte, nicht für nötig befunden hatte, auch nur die Anfangsgründe des hier gesprochenen Dialekts zu erlernen. Noch unerträglicher aber war, daß sie für diesen Dünkel auch noch belohnt wurde, da Kirsten, die es freilich nicht besser wissen konnte, dem widerwärtigen Sprachspaß der Verwandten mit belustigt geweiteten, womöglich noch glänzenderen Augen gefolgt war.

»Des nemm i«, verbesserte der Sohn, stieß damit jedoch völlig ins Leere, da die Unwissenheit der Kusine das falsche ihrer eigenen Worte ebensowenig zu ermessen imstande war, wie sie die Richtigstellung des Sohnes zu würdigen oder gar zu beherzigen vermochte, und Kirsten ohnehin nichts von dem verstand, was da verhandelt wurde. »Des nemm i«, wiederholte der Sohn, wobei er die Worte nun seinerseits in parodierender Didaktik unnatürlich deutlich und getrennt aussprach.

»Du tuscht au dös Bifflamottle nemma?« fragte die Kusine ungerührt. Hell lachte Kirsten auf, mit einem unterdrückten Aufstöhnen griff der Sohn zur Speisekarte, verstohlen schaute ihn die Mutter an, doch gelang es der Nichte, vorerst zumindest, die Spannung zu lösen, indem sie darum bat, ihr, der Landesfremden und Unkundigen, bei der Wahl einer lokaltypischen Speise zu helfen.

»Verena hat hier immer gern den Rindssauerbraten gegessen. Erinnerst du dich?« sagte die Mutter derart besinnlich, daß der Sohn fast bittend zurückfragte: »Und deshalb soll der der Kirsten ebenfalls schmecken? Vielleicht will sie lieber Allgäuer Käsespätzle oder Tübinger Leberspätzle?«

»Oder ›Schupfnudla‹ oder ›Bubaschbitzle‹!« rief die Kusine dazwischen und deutete unter kollerndem Lachen auf die entsprechenden Eintragungen in der Speisekarte. »Was meinst denn du als Schwäbisch-Kennerle«, fragte sie den Sohn, »spricht man dieses Gericht Buba-Schbitzle aus oder Bubasch-Bitzle?«

Starr sah der Sohn an der Fragerin vorbei, scheinbar anteilnehmend wandte er sich der Mutter zu: »Weißt du schon, was du willst?« Die deutete auf ein Nudelgericht und erinnerte daran, nun ihrerseits voller Anteilnahme, daß Kirsten doch noch gar nichts gewählt habe. Die freilich erklärte, »Sauerbraten süddeutsche Art mit Semmelknödel« sei genau das richtige für sie, und als der Ober an den Tisch trat, die Bestellungen aufnahm und die Speisekarten einsammelte, da war es der Sohn, der den Tisch repräsentierte, der umsichtig jede der drei Frauen zu Wort kommen ließ, sie nach bevorzugten Zubereitungsarten befragte sowie nach Getränkewünschen und der schließlich nach beendigter Bestellung das Gefühl hatte, er dürfe sich für so viel geradezu väterliche Umsicht nach Männerart belohnen, indem er vorweg einen doppelten Obstler orderte. »Will von euch auch jemand einen?« fragte er pro forma, einstimmig lehnten die Frauen ab. Im Vollgefühl seiner Sonderstellung griff der Sohn gewichtig zum rasch gebrachten Glas, das er, ohne zu zögern und ohne erkennbare Wirkung, hinunterstürzte, ein sichtbarer Beweis all jener erfolgreich bestandenen Mannbarkeitsproben, während deren sich die anfängliche Abneigung gegen das Zeug fast widerwillig in Gewöhnung und schließlich in Genuß gewandelt hatte. Auch in Abhängigkeit?

Jedenfalls hätte der Sohn gern unverzüglich einen weiteren Obstler gekippt, als er sich unvermutet aufgefordert sah, seine Rolle des Hahnes im Korbe mit der eines Kampfhahnes zu tauschen.

Denn als die Speisen aufgetischt wurden, sprach die Kusine als erste aus, was alle verwundert wahrnahmen: Daß es sich bei ihrem Bifflamott und dem Rindssauerbraten der Nichte um völlig identische Speisen handle, monierte sie, diesmal in breitestem Baltisch. Wieso denn die versprochene dickbräunliche Soße die nämliche Konsistenz aufweise wie die unverkennbar flüssige des Sauerbratens? Und wodurch sich eigentlich der Preisunterschied von zwei Mark erkläre, ereiferte sie sich, wobei sie abwechselnd auf den Ober und den Sohn blickte. Der sah sich gezwungen, seinen Mann zu stehen. Kaltschnäuzig fabelte der Ober etwas von deutlichen Unterschieden, scheinbar selbstlos ereiferte sich die Kusine, der Sohn müsse seine Interessen wahrnehmen und sich durchsetzen: »Du hast uns eingeladen und zahlst schließlich.«

Wütend starrte der Sohn die Mutter an. Sie hatte ihn doch in diese Situation gebracht, wieso bekannte sie sich nicht zu ihrer Verantwortung? Aber hatte die sich je zu irgendeiner Verantwortung bekannt? Ganz zu schweigen von der, ihn zum Leben verurteilt zu haben? Statt dessen suchte sie ihr Heil in windelweichem Versöhnlertum:

»Ich finde, die sehen doch sehr verschieden aus.«

»Wer?«

»Die beiden Braten da.«

»Diese beiden Speisen sind eindeutig identisch, und der Preisunterschied ist durch nichts gerechtfertigt«, beschied der Sohn barsch dem Ober. »Ich möchte gerne den Geschäftsführer sprechen!«

So hatten schließlich zwölf Augen auf zwei langsam erkaltende Tellergerichte gestarrt, auf zwei vollkommen gleich aussehende Fleischstücke in vollständig gleichen

Soßen, flankiert von Knödeln, deren allerengste Verwandtschaft ohnehin nie zur Diskussion gestanden hatte.

Am Ende gab es weder Gewinner noch Verlierer, nur einen Dummen, den Sohn, der noch beim Trinkgeld nicht wußte, ob er das Betrugsmanöver der Gastronomie nun bestrafen oder das widerwillige Einlenken der Geschäftsleitung honorieren sollte; die nämlich hatte nicht nur Ersatzgerichte angeboten, sondern auch noch eine Runde Obstler auf Rechnung des Hauses kommen lassen: »Mir wolle, daß d' Kundschaft z'friede isch!«

»Die wollet, des wir Kündele zufride sint«, hatte die Kusine derart vernehmlich geechot, daß der Sohn die Gabe am liebsten zurückgewiesen hätte, ohnehin ein Danaergeschenk, da von den Frauen lediglich Kirsten mithielt, und die auch nur mit einem Probeschlückchen. Die restlichen Gläser aber leerte der Sohn, einem Komment verpflichtet, den er zugleich durchschaute und bestätigte. Ob er vielleicht ein Taxi bestellen könne, fragte die Mutter. »Ein Tackschi!« rief der Sohn.

Als sie durch die Altstadt fuhren, langsam, da der warme Abend alles junge Volk auf die Straßen gelockt zu haben schien, wäre er gerne ausgestiegen, um mit Kirsten einen Rundgang durch die Stätten und Gaststätten seiner Jugend zu machen. Ob es die überhaupt noch gab?

Wehmütig sah er mit an, wie das Taxi aus dem belebten Zentrum am Fluß in immer ruhigere und höher gelegene Wohngegenden gelangte. Schon waren sie vor dem Hause der Kusine angelangt, dankend und grüßend stiegen Kirsten und Gudrun aus dem Wagen. »I bin ganz arg gespannt auf doi Vergangenheitsbewältigungsromänle«, rief die Kusine ins geöffnete Wagenfenster. Unschuldig belachte die Nichte diesen wüsten Satz, wundersam frische Luft linderte die neu entfachte Wut des Sohnes. Nun war es nicht mehr weit bis zum Haus der Mutter, wo bereits Waldkühle sie erwartete.

»So ein Roman«, begann die Mutter, als sie sich bereits gute Nacht gewünscht hatten und jeder sein Zimmer aufsuchen wollte.

»Ja?«

»Ach nichts.«

»Also dann nochmals gute Nacht.«

»Ja, schlaf gut.«

MONTAG

Als der Sohn die Terrasse betrat, war der Frühstückstisch bereits gedeckt, stand seine Tasse erwartungsgemäß an seinem Platz, hatte die Mutter schon das Brot getoastet und stellte gerade eine Kaffeekanne ab. »Dein Tee kommt auch gleich«, sagte sie fast beschwichtigend, und der Sohn, der gedankenlos nach der Kanne gegriffen hatte, zog seine Hand rasch und gehorsam zurück. Irgendwann in grauer Jugendzeit hatte er einmal vorgegeben, am Morgen keinen Kaffee zu vertragen bzw. Tee zu bevorzugen, so genau wußte er das selber nicht mehr, und seither war Wolf der Kaffeetrinker und er derjenige, der zum Frühstück Tee trank. Zwar hatte er längst von dieser Gewohnheit gelassen, wenn es denn nicht lediglich eine Marotte gewesen war, zwar hätte er sich nun liebend gerne einen Kaffee eingeschenkt, doch da die Mutter bereits den Tee aufgesetzt hatte, war es wohl nicht der rechte Zeitpunkt, sie über ihren Irrtum aufzuklären.

»Da! Dein Tee!« sagte die Mutter.

»Danke, Mutter!« erwiderte der Sohn.

»Schönes Wetter!« rief die Nachbarin und winkte grüßend über die Hecke.

»Ein Idealwetter! Trockene Festlandluft mit einer relativen Luftfeuchtigkeit von dreißig Prozent«, sagte der Sohn, der diese Formulierung einmal aufgeschnappt hatte und sie seither, nie ohne gewissen Erfolg, in die von Natur aus vagen Wettergespräche einfließen ließ. Doch der Nachbarin war soviel meteorologische Kennerschaft nicht einmal einen achtungsvollen Blick wert, da sie von weit Wichtigerem bis zum Bersten erfüllt war: »Ich hatte schon Angst um unsere Menschenkette gehabt, weil doch für heute ein Tief angekündigt war.«

»Menschenklette!« dachte der Sohn böse, quälte sich dann aber lächelnd durch einen reichlich gewundenen Satz, der in der Behauptung gipfelte, auch Petrus sei offensichtlich ein Friedensfreund. Immerhin war er sodann geistesgegenwärtig genug, die unschuldige Frage der Mutter nach dem Wie, Wo und Warum dieser Menschenkette durch den Hinweis zu entschärfen, das habe man doch überall groß und breit lesen oder im Fernsehen erfahren können.

»Die hätte uns sonst noch ein Ohr abgeschwätzt«, teilte er der Mutter mit, als die Nachbarin, nach einigem Zögern, wie es schien, endlich in ihr Haus getreten war.

»Ach, so schlimm ist die doch gar nicht«, sagte die Mutter, was den Sohn zu der Feststellung veranlaßte, gute Menschen seien schon schlimm genug, gute schwäbische Menschen aber das Schlimmste, was diese Spezies hervorgebracht habe. Besorgt sah ihn die Mutter an.

»Weil diese Sorte guter Menschen sich dadurch konstituiert, daß sie schon mal prophylaktisch alle anderen Menschen zu schlechten Menschen macht«, sagte der Sohn lauter, als ihm lieb war. »Auf jeden Fall braucht unsere gute Nachbarin uns, die finster selbstzufriedenen Frühstücker, um ihre eigene friedensbewegte Selbstlosigkeit um so heller erstrahlen zu lassen. Bist du gern Folie? Ich nicht.« Seufzend räumte die Mutter den Frühstückstisch ab, aufmerksam verfolgten ein großer rotgestreifter Kater am Fuße der Tanne und eine Elster auf deren Spitze ihre Bewegungen.

»Ich empfinde mich überhaupt nicht als Folie«, sagte sie, als sie mit dem leeren Tablett zurückkehrte.

»Du bist keine Folie«, sagte der Sohn begütigend, »nein, wirklich nicht.«

Er trank den Tee aus und reichte die Tasse der Mutter.

»Na, dann woll'n wir mal wieder!«

Ostentativ legte er Papier und Kugelschreiber auf den Tisch, bedeutsam schweigend verharrte die Mutter.

Was denn sei?

Zögernd teilte die Stehende mit, daß sich weiterer Besuch, der ihn gerne sehen würde, angekündigt habe, diesmal zum Mittagessen.

»Wer?«

»Tante Nora.«

Der Sohn gab sich nicht einmal die Mühe, seine Abwehr zu verbergen. Das Mittagessen lasse er grundsätzlich aus, überdies habe er einen Termin einzuhalten. Er arbeite hier nämlich. Und außerdem sei Tante Nora …

»Sie hat sich sehr verändert in den letzten Jahren«, versicherte die Mutter. »Ältere Menschen werden gewöhnlich milder.«

Der Sohn blickte ungläubig. Er erinnerte sich der letzten Begegnung mit der Tante – sie war die Mutter des Geburtstagskindes – und daran, wie selbst sein durchaus konservativ gesonnener Vetter sich zum Widerspruch genötigt sah, als seine Mutter die Notwendigkeit deutscher Herrschaft im Osten mit der Unfähigkeit der Ostvölker zu Disziplin und Ordnung begründet hatte.

»Ich werde Tante Nora begrüßen und dann weiterarbeiten«, beschied er der Mutter. Die wandte sich aufseufzend zum Gehen.

»Kapitel neunzehn«, schrieb der Sohn und überschlug, wieviel er noch zu übersetzen hatte. Zuviel, dachte er. Eine wortgetreue Übersetzung ist sowieso nicht mehr drin, beschwichtigte er sich. Wer erwartete die schon, so-

lange die Vorgänge in großen Zügen den groben Erwartungen entsprachen? »Wallace gab ihrer   eine
fachmännische Behandlung, doch Jody wollte mehr. Sie
wollte seine Finger in ihrer   , seinen harten, dik-
ken   . ›   meine   !‹ seufzte sie. Sie
entzog Wallace zart ihre   und spreizte die
          auseinander. ›Siehst du, Daddy? Siehst du das
kleine   ? Es will deinen   spüren.   meine   !‹« Wollte das denn gar kein Ende nehmen?
Doch bevor die zur Sache kamen, mußte wohl erst noch
Familiengeschichte aufgearbeitet werden: »›Oh, Baby‹,
sagte Wallace, ›ich glaubte nie, daß es geschehen würde,
doch ich muß gestehen, daß ich dich schon immer haben
wollte, seit dein knochiger kleiner Körper Kurven ent-
wickelt hat. Ich konnte dich kaum ansehen, ohne einen   zu bekommen.‹ Jody schob sich seinem
          entgegen. ›Du hättest nicht so lange warten sol-
len, Daddy. Ich habe dich immer begehrt, seitdem ich
wußte, wozu ein   gut ist.   mich jetzt!
          mich hart! Oh, ja, Daddy!‹ schrie sie. ›*Bang me,*
bang me, bang me!‹«
     »Peng mich, peng mich, peng mich!« schrieb der Sohn
grimmig hin. Sollte ihm Nagel doch erst mal nachweisen,
daß »*Bang me!*« nicht »Peng mich!« hieß. Dann aber
strich er die »Pengs« durch und ersetzte sie durch »Nagel«. Auflachend rückte der Sohn zurecht, was zwischen
seinen Beinen in verwickelte Unordnung geraten war, da
klingelte das Telefon im Wohnzimmer, und wenig später
trat die Mutter in die Terrassentür: Verena sei am Apparat.
     Ohne ersichtlichen Anlaß blieb sie während des Tele-
fonats auf der Terrasse stehen, scheinbar damit beschäftigt, vertrocknete Blätter aus einem Blumenkasten zu ent-
fernen. Unauffällig kontrollierte der Sohn die verschämt
Kontrollierende, während Verena eine längere Liste
durchging, die durchweg Bücher betraf, bei welchen sie

unsicher war, wem die nun gehörten: »Der Trunz zum Beispiel.«

»Welcher Trunz?«

»Die Hamburger Goethe-Ausgabe, diese weiße. Herausgegeben von Erwin Trunz.«

»Aber die habe ich dir doch zum Referendariat geschenkt. Weißt du das nicht mehr?«

Er hörte Verena halblaut etwas sagen. »Wie bitte?« schrie er fast, in der Hoffnung, sie erinnere sich der Umstände und daran, wie großzügig, ja geradezu großherzig er sie beschenkt hatte, damals, in ihrer kargen Zeit, die doch so voll wechselseitig zelebrierter Überschwenglichkeiten gewesen war – »Was sagst du?«

»Ich sprach mit Jan«, entgegnete Verena laut, ein halblautes »Ja, alles meine« folgte.

»Ach, *bang* mich doch ins Knie«, sagte der Sohn und fügte mit Rücksicht auf die Mutter noch hinzu, er wünsche ihr von Herzen alles Gute. »Ich auch!« rief die Mutter. »Mutter auch«, sagte der Sohn, jetzt müsse er aber auflegen, da er Nagel doch versprochen habe …

»Ach ja, Nagel«, unterbrach ihn Verena. Der habe vorhin angerufen, weil sich dieser Termin mit diesem Buch da wegen veränderter Planung um etwa eine Woche verschoben habe. »Nein, die nicht«, fügte sie hinzu.

»Was?«

»Ich sprach mit Jan. Der wollte gerade auch noch deine Madame Bovary einpacken.«

»Was meinst du mit ›auch noch‹?«

»Er hat doch schon meine Madame Bovary eingepackt.«

»Steckt euch doch bitte beide eure beiden Madame Bovarys«, begann der Sohn, doch ein Blick auf die Mutter, die unbewegt verharrte, ließ ihn die Richtung wechseln. »Also wie gesagt, ich muß wieder an meinen Roman«, sagte er, so verbindlich es ging, rief in Verenas »Deinen

was?« noch »Alles Gute« und »Bis die Tage« und legte
auf.

»Verena läßt dich sehr grüßen«, rief er der Mutter zu.

»Ach, wie nett von ihr«, erwiderte die, ohne sich umzuschauen.

»Also gut, also gut«, sagte der Sohn, »ich leiste euch
beim Essen Gesellschaft. Recht so?«

Er arbeite ohnehin viel zuviel, stimmte die Mutter zu,
wie Verena das nur aushalte. Sich abwendend blickte der
Sohn auf ein Aquarell an der Wand, dessen ohnehin wäs-
serige Farben nun vollends verschwammen.

Sie müsse das Essen vorbereiten, sagte die Mutter auf
dem Weg zur Küche. »Ich räum' mal auf«, erwiderte der
Sohn und trat auf die Terrasse.

»Hornige Mädchen, hornige Mädchen, hornige Mädchen«, wiederholte er leiernd, während er die bereits
übersetzten Seiten in das Taschenbuch mit dem erwartungsvoll lächelnden, halbnackten Covergirl rammte, genau zwischen Seite 130 und Kapitel zwanzig, das mit den
Worten begann: »Sie genossen die heiße, erfrischende Dusche, Jodi wusch den   ihres Vaters zärtlich und
voller Liebe« – waren das nun paradiesische Zustände
jenseits vom Gut und Böse der altüblen klerikalrepressi-
ven Sexualmoral? Oder säuische Dauerständertagträume
eines machtgeilen Patriarchats, das keine Ruhe gab, solange es nicht jedes Loch gestopft hatte, das sich in seinem
Revier aufhielt? Auch so eine dieser Fragen, die letztend-
lich nicht zu klären waren. Wie so viele. Wie eigentlich
alle.

Sorgfältig stopfte der Sohn das peinliche Konvolut in
eine abgenutzte Kollegmappe, einen derart vertrauten
Gegenstand, daß er ihn schon seit langer Zeit nicht mehr
wahrnahm. Nun aber, als er nachdenklich den Reißverschluß zuzog, sah er plötzlich wieder: »Ricordo di Verena« stand über einer knallbunten Darstellung jener Stadt,

deren Farben ihm doch so einheitlich zart vorgekommen waren, und da erinnerte er sich mit einem Mal, daß die Tasche ein Geburtstagsgeschenk gewesen war, überreicht auf der Piazza d'Erbe von einer Verena, die es gar nicht hatte abwarten können, ihn auf die kleine, doch so unendlich bedeutsame Veränderung hinzuweisen, die sie an der Inschrift vorgenommen hatte: »Fällt dir denn gar nichts auf?«

Damals hatte es etwas gedauert, bis ihm der Scherz aufgegangen war, jetzt drängte er sich ihm geradezu auf, trotz der Abgegriffenheit, die das »e« fast unleserlich gemacht hatte, in welches Verena das »o« von Verona einst verwandelt hatte: »Hast du's? Hast du's jetzt?« – »Ja, jetzt hab' ich's!«

Als es klingelte und als der Sohn, der, ganz pater familias, zur Tür gegangen war, der Tante gegenüberstand, fehlten ihm einen Augenblick lang die Worte, doch da fand er sich bereits in die Arme genommen, an die Brust gedrückt und abgeküßt, mit feuchten Wangenküssen, denen er sich, so schicklich es sich einrichten ließ, zu entziehen suchte.

Anfangs war sie ihm so mächtig wie eh und je vorgekommen, erst als sie am Mittagstisch eine Speise nach der anderen zurückwies, erkannte der Sohn, daß es schlecht um die Tante stand: Eingefallen die einst so strotzenden Backen, ein Gesichtszug, der den Frauen und Männern ihrer Familie in reiferen Jahren eine vage Ähnlichkeit mit englischen Junkern, mehr noch mit deren Bulldoggen verlieh, matt die früher so wachen, fast tückisch flinken Augen. Beinahe hätte der Sohn Mitleid mit dieser eingesunkenen Frau gehabt, die unendlich lange auf einem Stück Braten herumkaute.

»Ich komme gerade von Gudrun«, sagte sie mit derart gespitzten Lippen und so unentwegt entblößten Schneidezähnen, daß ihr Reden nicht von ihrem Kauen zu unterscheiden war. »Sie hat mir erzählt, daß Poiken einen

Roman über uns schreibt.« Nun erst schien ihr einzufallen, daß der vorgebliche Autor neben ihr saß, wie unter großer Anstrengung wandte sie den Kopf ein wenig. »Romane kann man nur schreiben, wenn man etwas vom Leben weiß. Was weißt du denn vom Leben?«

Zu Beginn ihrer Worte hatte der Sohn die so unschuldig involvierte Mutter bedauert und geglaubt, sie in Schutz nehmen zu müssen, sogleich freilich wurde ihm ein weiteres Mal vor Augen geführt, daß in dieser Familie ein jeder gut daran tat, all sein verfügbares Mitleid und jedwede Kraftreserve für sich selber aufzuheben. Die Mutter nämlich, bar jeder Solidarität, schlug sich auf die Seite der Tante. Das frage sie sich auch, wie einer eine Zeit beschreiben könne, die er nicht bewußt miterlebt habe. Bevor man andere verurteile, müsse man erst einmal selber in einer solchen Situation gewesen sein.

Schon wollte der Sohn mit der knallharten Frage kontern, wieso die Mutter sich einen solchen Roman eigentlich nicht anders denn als Verurteilung vorstellen könne, da kam ihm die Tante zuvor: Tolstoi habe die Zeit, die er in »Krieg und Frieden« beschreibe, ebenfalls nicht selbst erlebt. Und Thomas Mann sei lediglich der Chronist seiner weit zurückreichenden Familiengeschichte gewesen, nicht deren Augenzeuge. »Nun haben wir also endlich auch einen Thomas Mann in der Familie. Dein Roman wird uns noch einmal alle berühmt machen! Hat er denn schon einen Titel?«

Der Sohn mußte nicht lange nachdenken. »Die Menschenfresser«, log er.

Das gefiel der Tante, schien aber die Mutter derart zu ängstigen, daß sie ungewohnt deutlich wurde: Hinterher sei man immer klüger. Auch sei es keine Leistung, alles negativ zu sehen, ob das nun heute die Nachbarin und ihren Einsatz für die Friedensbewegung betreffe oder das, was früher – sie brach ab.

»Was früher?« fragte der Sohn. »Wer früher? Wo früher?«

»Wir waren keine Menschenfresser, damals in Posen. Wir haben die Polen immer anständig behandelt.«

Da erst begriff der Sohn und eilte sich richtigzustellen. Menschenfresser – das sei doch bloß eine Metapher! Seine Hauptfigur, also dieses in Posen heranwachsende Kind, glaube sich von Menschenfressern umgeben, weil ihm die Umwelt unheimlich vorkomme. »Und es war doch auch unheimlich, damals in Posen! Du hast doch selber davon erzählt! Von den Wohnungen, die euch nach der Umsiedlung zugeteilt worden waren, nachdem man kurzerhand die Polen hinausgeworfen hatte.« Eine plötzliche Erinnerung ließ den Sohn fast auftrumpfend fortfahren: »Hat nicht Onkel Walter sogar etwas erzählt von aufgedeckten Kinderbetten und zurückgelassenen Puppen?«

»Die Wohnung, in die wir kamen, war leer«, sagte die Mutter hastig.

Kopfschüttelnd fiel ihr die Tante ins Wort: »Nein, nein. Ihr hattet doch zwei Wohnungen in Posen, Erich und du. Über die erste habt ihr euch damals auf Tuttis Geburtstag so beklagt. Im Haus war doch noch diese Frau mit dem stechenden Blick, und der Besitzer, dieser feine, gebildete Herr, mußte ins Souterrain seines eigenen Hauses umziehen. Danach erst bekamt ihr die Wohnung in der Göringstraße, und in eure erste wurde dieser Rechtsanwalt reingesetzt, der Syndikus bei der AEG war.« Je abwehrender die Mutter die Hände hob, desto sicherer wurde die Tante ihrer Sache: »Ja, ich erinnere mich genau! Den haben die Polen doch dann 45 an seiner – also eurer früheren – Wohnungstür gekreuzigt. Menschenfresser! Ein guter Titel!« Als ob sie aus solch blutiger Vergangenheit neue Kraft sauge, schaute die Tante mit deutlich blitzenderen Augen und geröteteren Wangen in die Runde. »Ein sehr passender Titel!«

Daß er eigentlich ganz andere mit diesem Wort meine, erwog der Sohn zu sagen, die Älteren, die Erwachsenen, die Autoritäten. Auf keinen Fall aber die Polen, die doch selber Opfer gewesen seien, Opfer wie er – wieder stand er kurz davor, an seinen Roman zu glauben, den mußte er lediglich vom Kopf aufs Papier bringen –, doch ließ ihn die Tante gar nicht erst zu Wort kommen, so erfüllt war sie von so vielen Geschichten und Details, die alle in sein Buch müßten. »Erzähl auch die Geschichte deines Bruders!« beendete sie eine längere Aufzählung polnischer Fahrlässigkeiten, Verfehlungen und Missetaten. »Erzähle, wie sie ihn fast umgebracht haben!«

»Ära räki!« sagte die Mutter so unverbindlich und unvermittelt, daß der Sohn unvorbereitet, ja ungläubig wahrnahm, wie diese Worte ihn und den Rest der Tafelrunde unversehens aus dem behaglich verschatteten Wohnzimmer an die kargen Orte und in die harten Zeiten der ersten Nachkriegsjahre versetzten. Da hatte er das »Ära räki!« häufig gehört, zwei estnische Wörter, die Sprich nicht weiter! bedeuteten und besagten, daß es für die erwachsenen Gesprächspartner an der Zeit sei, der Kinder wegen die Sprache zu wechseln und auf estnisch oder russisch weiterzureden, seltener auf französisch oder englisch, obgleich zahlreiche der Älteren auch diese Sprachen beherrschten. Dreisprachig aber waren sie alle aufgewachsen, beargwöhnt erst und später beneidet vom Sohn, der oft genug hatte erdulden müssen, wie die fremden Worte unenträtselbar über seinem Kopf hin und her gegangen waren, und der, älter geworden, etwas darum gegeben hätte, wäre ihm eine ähnlich fischgleiche Fortbewegung in den verschiedensten Redeflüssen möglich gewesen. Wie sprachlos er im Vergleich zu den Älteren hatte aufwachsen müssen! Gerade daß er noch das eine oder andere estnische Wort, welches in den Familiensprachschatz übergegangen war, kannte, »kottakas«, die Tasche, oder »kojamäs«, der Hausmeister, »tonksen«, klopfen, oder »tilksen«, tropfen. Oder »Ära räki!«, das aus den Gesprächen verschwunden war, seit nicht mehr die Erwachsenen Geheimnisse vor den Kindern hatten, sondern diese vor jenen.

Die Tante freilich schwieg weder, noch wechselte sie die Sprache. Sei es, daß sie sich keines Geheimnisverrats schuldig fühlte, sei es, daß es sie im Gegenteil danach gelüstete, forderte sie die Mutter nochmals lautstark dazu auf, vom fast vollzogenen Mord an Wolf zu berichten. Schwach protestierte die Mutter, diesmal auf deutsch, dann schwieg sie ergeben und ließ die Tante erzählen: Der Wolf sei doch während des Krieges in Posen zur Welt gekommen, in einem polnischen, obendrein auch noch katholischen Krankenhaus. Er sei der Mutter aber nicht an die Brust gelegt, sondern von ihr getrennt worden. Durch die Scheibe habe man ihr ein rosiges Kind gezeigt, und immer habe es geheißen: »Der braucht die Brust nicht, der hat gerade die Flasche bekommen.« Dazu habe man ihr eine Gewichtstabelle mit beruhigenden Werten vorgelegt. »So war das doch, nicht wahr?«

Die Mutter gab vor, sich bedingungslos der Nachspeise zu widmen, und nickte nur kurz und geistesabwesend. Warum erzählt sie die Geschichte eigentlich nicht selber? dachte der Sohn. Und warum hat sie sie nie erzählt?

Mit der Zeit aber, fuhr die Tante eindringlich fort, sei der Mutter das Verhalten der Krankenschwestern unheimlich geworden. Sie habe auf der Herausgabe des Kindes bestanden und sei sofort mit ihm in ein deutsches Krankenhaus gefahren. Und da habe sich herausgestellt, wie unterernährt das Baby gewesen sei. Auch habe sein kleiner Körper überall Furunkel aufgewiesen. Die beruhigenden Werte aber: alle gefälscht! Das rosige Aussehen: durch Injektionen kurzfristig belebender Medikamente bewirkt! Der Beweis: ein Einstich neben dem anderen!

Die Tante blickte derart triumphierend um sich, als habe sie selber Wolf aus der Mördergrube befreit. Der Sohn sah jenen Wolf vor sich, dem er vor ungefähr einem Jahr das letztemal begegnet war, einem beinahe obszön rosigen Herrn, ihm fremd bis in den ausrasierten Nacken und doch Blut von seinem Blute. Er blickte auf die Mutter, die noch immer kein Auge von dem fast unangetasteten Pudding wandte. Das ist doch ihre Geschichte, dachte er, warum eigentlich hat sie sich die wegnehmen lassen? Aber machte nicht gerade das Familie im eigentlichen Sinne aus, daß da jeder über die Geschichte und die Geschichten des anderen verfügen konnte oder doch darüber verfügen zu dürfen glaubte? Allerdings gab es Unterschiede. Wenn seine Mutter ihn zum Flügel-Pua machte, war er dagegen machtlos. Wenn die Tante die Mutter zur Kronzeugin in Sachen sinnlos wütender polnischer Mordlust machte, war sie ganz einfach gehalten, auch selber das Wort zu ergreifen. Das alles war ja nicht mehr als familiäre Anekdote einzustufen, da ging es doch um historische Wahrheit, also auch um personale Wahrhaftigkeit!

Der Sohn, der nicht hätte sagen können, was er von der Mutter erwartete – Richtigstellungen? Entschuldigungen? Selbstbezichtigungen? –, war bereits froh darüber, daß sie überhaupt das Wort ergriff: Wolf sei doch mit einer Mutterblutinfusion rasch wiederhergestellt worden. Und was das polnische Personal dieser Klinik betreffe …

Ja?

Aus dieser Klinik seien Ärzte und Angehörige ins KZ gebracht worden, kein Wunder, daß sich die Übriggebliebenen an den Deutschen hätten rächen wollen.

»Das wundert mich aber sehr, daß du diese Verbrecher auch noch in Schutz nimmst«, sagte die Tante, und es war wohl deren unerschütterliche Selbstgerechtigkeit, welche die Mutter dazu veranlaßte, wenigstens den Versuch einer Erschütterung zu wagen: die armen Polen, damals in Posen! Die Intelligenz ins KZ gesteckt, die Bewohner des Warthegau rund um Posen, übrigens auch die meisten Posener Wohnungseigentümer, nach Kongreßpolen abgeschoben, Männer wie Frauen zur Zwangsarbeit verpflichtet – da habe ein Mädchen noch von Glück reden können, wenn es, statt für die Waffenproduktion zwangsverpflichtet zu werden, in einem deutschen Haushalt habe arbeiten dürfen.

»Bei uns zum Beispiel?« fragte der Sohn.

»Zum Beispiel bei uns«, antwortete die Mutter, und wieder sah sich der Sohn mit heruntergelassenen Hosen an der offenen Küche vorbeihasten, vorbei an diesem dunklen, warmen Raum, in dem diese befremdlichen, großen Frauen dafür sorgten, daß das Feuer nicht erlosch und die Töpfe stets gefüllt waren. Und waren dort nicht auch Geschichten erzählt worden, rätselhafte, balladeske Vorgänge in gebrochenem Deutsch, durchsetzt von polnischen Passagen, wodurch das Erzählte – gar Gesungene? – vollends undurchdringlich und schreckerregend geworden war?

Der Sohn fragte danach, doch die Mutter konnte sich keiner derartigen Geschichten erinnern. Statt dessen stellte sie die erinnerte Geschichte des Sohnes auf den Kopf, arglos und nachhaltig.

Ja, ja, er sei gerne in der Küche gewesen, die beiden Dienstmädchen hätten ihn aber auch zu gerne gehabt, vor allem die Jüngere. Wie alt? Die Irene sei achtzehn, die Sabine vierzehn gewesen – oder? Die Mutter überlegte kurz, dann nickte sie. Ja – beide blutjung!

Ein Wort, das unvermittelt einen verstörenden Doppelsinn bekommen sollte, da die Mutter, ganz gegen ihre Art, in den Sog des Erinnerns zu geraten schien und berichtete, die Kleine habe doch immer so gehustet und gespuckt, schließlich auch Blut, am Ende sei eine offene TB festgestellt worden.

»Wie mordsgefährlich für den Jungen!« fiel die Tante ein. »Wie leicht hätte sie ihn anstecken können!«

»Und dann?« fragte der Sohn, zugleich verwirrt und angeregt von der Vorstellung, damals in der Küche nicht das Opfer vollbrüstiger Frauen, sondern hustender, ausgezehrter Mädchen gewesen zu sein.

»Die Sabine ist dann im Krankenhaus gestorben«, sagte die Mutter, erstmals vom Teller aufblickend, jedoch ohne jemanden anzusehen. »Und auf dem Nachttisch hatte sie ein Foto von dir.«

Geschmeichelt blickte der Sohn zu Boden, stolzer Nutznießer eines Zaubers, den er als Sechsjähriger auf vierzehnjährige Mädchen ausgeübt hatte. Heiß wünschte er, daß auch Verena diese Geschichte gehört hätte. Mit wessen Foto auf dem Nachttisch die wohl sterben würde? Eine Welle der Wehmut erfaßte ihn, als er sich eingestand, daß es mit Sicherheit nicht seines sein würde. Er hätte nicht zu sagen gewußt, wen er da eigentlich bedauerte, sie, die nach Lage der Dinge ohne sein Foto auf dem Nachttisch sterben mußte, oder sich, der nicht als Foto auf ihrem Nachttisch stehen durfte, wenn sie starb.

»Menschenfresser! Ein vorzüglicher Titel!« Die Tante beugte sich vor und ermahnte den Sohn nochmals, all das, was sie ihm mitgeteilt habe, auch wirklich und wahrhaftig zu verwenden. Sie kenne noch viele Geschichten! Er müsse sie unbedingt einmal besuchen! Aber er komme ja zum Geburtstag ihres Sohnes, da könne sie ihm bereits …

Daß ihr Sohn heute abend leider nicht dabeisein könne, sagte die Mutter rasch und mit einem derart plakativen Bedauern, daß der Sohn überdeutlich den Tadel heraushörte, welcher den nur notdürftig verpackten Kern ihrer gewundenen Sätze ausmachte: Mein feiner Sohn, der Herr des Hauses, kommt seinen Pflichten nicht nach und läßt die eigene Mutter im Stich.

Schon hatte die Tante die Haustür erreicht, schon wollte sie, ein wenig beleidigt, wie es schien, gehen, da versuchte der Sohn einen entspannenden Scherz: Von einem gewissen Alter an sei es ohnehin geboten, Geburtstage nicht mehr zu feiern, sondern zu vertuschen.

»Mein Sohn hat keinen Anlaß, irgend etwas zu vertuschen!« Als ob sie die Brut vor Raubzeug schützen müsse, reckte und blähte sich die Tante, doch obwohl der Sohn sie sogleich durch Beschwichtigungslaute und Demutsgesten zu beruhigen suchte, ließ sie ein so rätselhaftes wie drohendes »Im Gegensatz zu so manchem anderen« folgen und ging.

»Es ist so einfach, manche Menschen zu kränken«, begann die Mutter, brach ab und hörte sich geduldig an, wie der Sohn eine fast aufbrausende Übersetzung dieser Worte versuchte: Wen er denn um Himmels willen gekränkt habe? Und wieso in aller Welt das einfach sei?

Es brauchte Zeit, bis er begriff, daß die Mutter zweierlei meinte. Einmal glaubte sie, offenbar ebenso wie die Tante, der Sohn habe mit seinen Worten auf das etwas dubiose Verhalten des Vetters in einer Erbschaftsangelegenheit anspielen wollen. »Aber davon weiß ich doch gar nichts!« wehrte der Sohn entgeistert ab. Vor allem aber bezog sich ihr Vorwurf auf seinen Roman, dessen Inhalt sie sich nicht anders als gegen sie gerichtet vorstellen konnte, da sie trotz der freilich matten Beschwichtigungen des Sohnes nicht davon abließ, dunkle, leidende Mutmaßungen über das Werk, das sie da im Entstehen begriffen glaubte, zu äußern: Hinterher wisse man alles besser. Die Wahrheit habe immer zwei Seiten. Über den Krieg könne nur der mitreden, der ihn auch miterlebt habe …

Aber er habe den Krieg doch miterlebt, unterbrach der Sohn erregt, das wisse sie doch am besten. Und nicht nur den, auch die Flucht, den Panzerbeschuß, die Tiefflieger, den Einmarsch der Amerikaner schließlich, auf den die

Mutter ihn dadurch vorbereitet habe, daß sie ihn für den Fall der Fälle die Adresse der schwedischen Tante auswendig lernen ließ, er kenne sie bis heute: Stockholm, Kungsgatan 15. Eine Kindheit in Unsicherheit, Angst und Schrecken – seine Kindheit! Nicht über andere richten wolle er, sondern von seiner Kindheit berichten – ob das denn verboten sei?

Bei ihm klinge das alles so negativ, klagte die Mutter. Schon der Titel!

Aber das sei doch nun mal die Wahrheit über seine Kindheit, klagte nun auch der Sohn, glücklich darüber, aus dem Morast seiner Fiktionen unvermutet auf nachprüfbar tragfähigen Boden geraten zu sein. Eine Kindheit voller Unsicherheit, Entbehrung, Hunger …

»Du hast nie hungern müssen!« sagte die Mutter auffahrend.

»Auch nicht in Treysa?« fragte der Sohn und spielte damit auf eine Landverschickung an, ein verunglücktes Unternehmen in früher Nachkriegszeit, das nun tatsächlich von Mangel, Heimweh und Härte gekennzeichnet gewesen war.

»Ich habe immer das Beste für dich und Wolf gewollt!«

»Gewollt, ja. Aber …«

»Aber?«

Die Bereitschaft der Mutter zum Kampf überraschte den Sohn derart, daß er sich gezwungen fühlte, in bergende Dunkelheiten zu flüchten, in finstere Andeutungen darüber, wie wenig Wolf in der schweren Zeit zu leiden gehabt habe: »Der wurde während der Flucht getragen, und ich mußte selber etwas tragen, den Koffer damals.« Schließlich aber rettete er sich in vage Drohungen der Art, daß doch jeder das Recht habe, sich darüber klarzuwerden, wieso er so und nicht anders geworden sei, was ihn dazu gemacht habe, vor allem aber, wer – »Vielleicht nenne ich mein Buch auch ›Auf der Suche nach den Menschenfressern«, schloß der Sohn, »oder ›Menschenfressersuche‹.«

Worte, die den unerwartet aufgeflackerten Widerspruch der Mutter ins Gegenteil zu verkehren schienen, so daß sie unvermittelt vom Abendessen zu reden begann, das sie für den Sohn vorbereitet habe, von Rouladen, die erwärmt werden müßten, von Speiseeis, das sich im Gefrierfach befinde, und von rotem Wein, der im Keller auf ihn warte.

»Feigling«, dachte der Sohn, hätte jedoch nicht zu sagen vermocht, wen von den Kombattanten er damit meinte.

Merkwürdig behende räumte die Mutter ab. Sehr entschieden bedeutete sie dem Sohn, sie brauche seine Hilfe nicht. Nach der Küchenarbeit werde sie etwas ruhen, um für den Abend frisch zu sein, wenn er sich doch ebenfalls etwas Ruhe gönnen würde! Nachdenklich gab der Sohn zu verstehen, er werde seine Tätigkeiten an diesem herrlichen Nachmittag vermutlich etwas einschränken. Tatsächlich tat er dann gar nichts. Kaum hatte er sich mit einem Notizbuch auf die Luftmatratze gebettet, mitten im Garten, und der geradezu mütterlich wärmenden Sonne ausgesetzt, da fiel er auch schon in Schlaf. Das letzte, was er sah, war der rötliche Kater, der angespannt zitternd gegen den hölzernen Gartenzaun urinierte, und das letzte, was ihm einfiel, war ein wirrer Gedankengang, der beim Kater begann und bei jemandem endete, der derart konsumorientiert war, daß er stets »Colgate« las statt »Golgatha«.

Als der Sohn Stunden später den schweren Kopf hob und, verwundert erst, dann beschämt, den unverhältnismäßig großen Speichelfleck auf der Luftmatratze betrachtete, der von einem geradezu säuglingshaft hingebungsvoll verbrachten Schlaf zeugte, war er nicht allein. Gesammelt, geordnet und festlich gekleidet saß die Mutter auf der Terrasse und blickte voll milder Freude auf den Erwachenden hinab. Der mühte sich, so schnell es ging, wieder Herr der Lage zu werden: »Du bist noch nicht weg?«

Der Bus fahre erst in einer Viertelstunde, antwortete die Mutter und blickte nachdenklich auf eine große Topfpflanze vor der Kellertür: »Aber ich sollte wohl schon losgehen. Die Kamelie …« Sie brach ab, doch es dauerte nicht lange, bis der Sohn verstanden hatte, daß es sich bei der Blume um ein Geburtstagsgeschenk handelte, welches mit dem Bus befördert werden mußte, da es für ein Taxi zu ausladend geraten war.

»Soll ich es tragen?« fragte der Sohn.

»Du willst sicher noch schlafen«, antwortete die Mutter, da stand er schon auf den Beinen.

Sie erreichten die Haltestelle zu früh. Schweigend und noch immer schlaftrunken starrte der Sohn auf den Waldrand, ein von der Abendsonne verwirrend ausgeleuchtetes Geflecht rotgoldener Lichtschneisen und blauroter Schattenbänder. Die Mutter legte ihm gerade ans Herz, er möge auch von den Schmantbonbons essen, diese hausgemachte Spezialität habe doch in seiner Kindheit zu den wenigen ihm genehmen Süßigkeiten gezählt, da gesellte sich zum allgegenwärtigen Gesang der Vögel der Klang eines Waldhorns. Der Sohn wandte den Kopf.

Ach der! Die Mutter lächelte achselzuckend. Ein ehemaliger Förster aus Ostpreußen, der seit dem Tode seiner Frau nicht mehr ganz richtig im Kopf sei. Nachbarn hätten sich seinetwegen bei der Polizei beschwert, doch die habe nicht einschreiten wollen, solange sich das Musizieren in zeitlich vertretbaren Grenzen halte. Der Sohn nickte zustimmend: »Ist doch romantisch. Eichendorff.«

Dann lauschten beide, so, als verbiete sich das Reden, solange da musiziert werde. Endlich kam der Bus. »Grüß alle von mir!« sagte der Sohn.

»Iß von den Schmantbonbons!« erwiderte die Mutter.

Als sich der Sohn zum Gehen wandte, entfuhr dem Waldhorn des Verwirrten eine erst besonders hoch jubelnde, dann peinlich abfallende, geradezu abstürzende Tonfolge. »Schwanz ganz tot«, dachte er widerwillig.

Der Sohn hatte vorgehabt, den Abend lesend auf der Terrasse zu verbringen, mit einem guten Buch und einem Glas guten Weins, doch es sollte anders kommen. Im Raum, der während der letzten Schuljahre sein Zimmer gewesen war, dort, wo auch jetzt sein Bett stand, befanden sich noch die Bücher seiner Jugend, Taschenbücher zumeist, die er nun fast leutselig Revue passieren ließ und die ihn doch damals oft so unerbittlich in Beschlag genommen hatten. Wozu die Frau gut und daß Gott tot war, all das wußte er aus diesen vergilbten, zerlesenen Bänden, wie zum Dank griff er drei besonders geschundene Veteranen heraus, den »rorotucholsky«, Kafkas »Urteil« und eine Brentano-Auswahl, doch er hielt es nicht lange aus mit diesen Wegweisern und Weggefährten seiner frühen Jahre. Wie wohlfeil witzig der Tucholsky, wie erwartbar kafkaesk der Kafka! Der Sohn trank und griff ohne große Erwartungen zum Brentano. Der freilich war unerwartet packend, geradezu ergreifend. Der Sohn blätterte und las, bis er auf ein Gedicht ohne Titel stieß, das mit den Worten begann:

> Als ich in tiefen Leiden
> verzweifelnd wollt ermatten
> da sah ich deinen Schatten
> hin über meine Diele gleiten –.

Na gut, dachte der Sohn, als sich die erste Verwirrung geklärt und eine fast heitere Beschämung gelegt hatte, na gut. Nun weiß ich wenigstens, wie das Gedicht weitergeht:

da wußt ich, was ich liebte
und was so schrecklich mich betrübte –

Der auch? Wieso denn der? Wie kann denn einer schrecklich betrübt sein, wenn er gerade so ein schönes Gedicht macht? Wie andererseits hätte der ein solch schönes Gedicht machen können, ohne vorher schrecklich betrübt gewesen zu sein? Der Sohn goß nach. War denn nicht auch er selber schrecklich betrübt? Wieso machte er dann keine schönen Gedichte, von einem schönen Roman ganz zu schweigen? Vielleicht weil er noch nicht betrübt genug war? Wie klein mußte einen das Leben eigentlich kriegen, damit man große Kunst machen konnte?

Ein kühler Windzug ließ ihn frösteln. Der Sohn war die großen Künstler leid. Er räumte den Terrassentisch ab, stapelte die Reste des Abendessens auf seiner Kollegmappe, trug alles ins Haus, überlegte, ob die Mutter von ihm erwartete, daß er abwusch, verwarf den Gedanken, holte eine weitere Flasche Trollinger aus dem Keller, stellte sie neben den Bonbonteller auf den Eßzimmertisch, setzte sich und griff zur Fernbedienung.

Seit kurzem erst hatte das Haus Kabelanschluß, für den Sohn, der dergleichen noch nicht kannte, war dieser Abend eine Premiere. Da er seine Nachfrage unmöglich hätte benennen können, überließ er sich ganz dem Angebot. »Seinsschwach« pflegte Verena eine solche Haltung zu nennen, natürlich nur, um seine Haltlosigkeit immer dann zu denunzieren, wenn er es mal wieder gewagt hatte, zwischen den drei ihm erreichbaren Programmen hin und her zu wandern. Nun allerdings, da ihm etwa achtzehn Programme untertan waren, wollte er seine Schwäche so richtig auskosten. Der Sohn prostete dem Gerät zu und schaltete es ein.

Er schaltete um, sobald er Genre und Thema erkannt zu haben glaubte, von dem, was ihm da der jeweilige Kanal vorführte. Sechs Stationen hatte er bereits hinter sich, als ihm beim siebenten Halt ein langsamer Schwenk über anatomische Präparate bereits genug verriet: Wissenschaftsreport. Schon wollte er den nächsten Kanal drücken, da klingelte das Telefon.

Der Sohn, der insgeheim einen letzten Anruf Verenas aus der gemeinsamen Wohnung erwartet hatte – eine solch hochsymbolische Beziehung wie die ihre durfte eigentlich nicht ohne quasioffizielle Geste abgeschlossen werden –, hörte sie zu seiner Verwunderung danach fragen, wo Verena zu finden sei. Rasch allerdings begriff er, daß es sich bei der Anruferin um Verenas Mutter handelte, deren hanseatisch sprödes Sprechen die Tochter bis in die Feinheiten der Intonation übernommen hatte, und so stellte er die vorsichtige Gegenfrage, wo überall sie die Tochter denn bereits gesucht habe.

»Ich dachte, sie ist bei euch«, antwortete die Frau.

Der Sohn überlegte, was mit diesem »bei euch« gemeint sein konnte. Wieviel mochte Verena ihrer Mutter vom Ende der gemeinsamen Geschichte erzählt haben? Genauso wenig wie er der seinen? Aber waren Frauen nicht gemeinhin offener in diesen Dingen, ob das nun Tampons oder Trennungen betraf? Der Sohn, der sich nicht erinnern konnte, je mit einem Mann über Kondome oder Krisen geredet zu haben, wußte sich auf vermintem Gelände. Wachsam setzte er seine Worte, bald aber begriff er erleichtert, daß die Mutter der Tochter lediglich mitteilen wollte, die seit Tagen vermißte Katze sei wiedergefunden bzw. zurückgebracht worden. Auf jeden Fall war Paschas Rückkehr eine lange Geschichte, die sie nun in allen Einzelheiten dem Sohn zu erzählen begann, wobei der sich darauf beschränkte, hin und wieder hilfreiche, teils überraschte, teils belustigte Laute auszustoßen. Zugleich schaute er auf die Fernsehbilder, erst geistesabwesend, dann immer teilnehmender, ohne doch lange Zeit zu wissen, woran er da eigentlich Anteil nahm. Farbige Sequenzen, die weitere Präparate zeigten, bedächtig redende Fachleute und Gebäudeansichten waren durchsetzt von bewegten und stehenden Schwarzweißbildern, deren anheimelnd entrückte Aura fast das Grausige der Motive überstrahlte, die da gezeigt wurden: Wannen voll abgetrennter Arme und Beine, Köpfe gestapelt und immer wieder selbstbewußt in die Kamera blickende Autoritäten in weißem Kittel, Männer im besten Alter, denen man sich auf den ersten Blick bedingungslos anvertraut hätte, wären da nicht diese irritierenden anderen Körper mit im Bild gewesen, intakt oder ausgeweidet oder in Teilen, stets aber grauenvoll ergeben und zu allen Schandtaten bereit. Dann wieder silbrige Knochen und rosige Innereien, gefolgt von Sprechern, die mit allem Nachdruck Äußerungen taten, die der Sohn schon deshalb nicht verstand, weil er den Ton leiser gestellt hatte, bevor er ans Telefon gegangen war.

Ach was! sagte er in den Redefluß der Frau, die ihm gerade von Paschas Kellerversteck erzählte, und blickte zugleich auf jemanden, der ihn sinnend anschaute, ein schmunzelndes Mannsbild, sympathisch in seiner derben Schürze und seinen handwerkerhaft hochgekrempelten Ärmeln, mit seinen kräftigen Gesichtszügen und seinem offenen Blick. Das lächelnde Gesicht rückte näher, doch als es sich bereits in nicht mehr deutbare Hell-Dunkel-Felder aufzulösen begann, fuhr die Kamera nach unten, für einen Moment füllte das Schwarz der Schürze den Bildschirm. Dann war da wieder eine Helligkeit, eine Kugel, die zum Kopf wurde, je weiter sich die Kamera entfernte und enthüllte, daß der Schmunzelnde hinter einem Leichnam stand, einem nackten Kind, dessen bleicher Körper sich kaum von der weißgekachelten Wand und der hellen reflektierenden Tür abhob. Gerade berichtete die Anruferin davon, wie ausgehungert Pascha nach seiner Odyssee gewesen sei, da erinnerte sich der Sohn jener List, mit der Verena hin und wieder den ausufernden Reden ihrer Mutter ein Ende gesetzt hatte. Oh! Es klingelt gerade! warf er ein, wünschte scheinheilig viel Erfolg bei der Tochtersuche, die sich doch mit Sicherheit leichter gestalten sollte als die nach Pascha, legte erleichtert auf und stellte den Ton lauter.

Was er sich bereits beim zerstreuten Dechiffrieren der sprachlosen Bildfolgen gedacht hatte, wurde rasch bestätigt – nicht um Ruhmesblätter, sondern um Leichen im Keller der Wissenschaft ging es in diesem Report, um Nazi-Opfer, über deren Reste deutsche Wissenschaftler immer noch verfügten. Als Organ- und Knochenpräparate wurden sie bis auf den heutigen Tag in deutschen Schulen, Universitäten und Museen aufbewahrt, zu Tausenden, ohne daß sich seit Kriegsende irgendein ärztliches Gewissen geregt hätte, im Gegenteil. In Frankfurt am Main beispielsweise mache die Max-Planck-Gesellschaft Hirnforschern die sogenannte Sammlung Hallervorden zugänglich, eine herausragende Kollektion von Hirnpräparaten. Vom Sammler aber, dem Neuroanatomen Julius Hallervorden, seien Briefe aus der NS-Zeit erhalten, in welchen er die einschlägigen Stellen ermahne, ihm, wenn denn schon aus eugenischen Gründen Geisteskranke getötet würden, wenigstens die Gehirne zur Verwertung zu überlassen, je mehr, desto besser.

Eine Zeitlang sah sich der Sohn von einem scharfblickenden älteren Herrn mit randloser Brille und weißem Kittel gemustert, einem veritablen Gelehrtenkopf, der zugleich Furcht und Ehrfurcht einflößte. Bilder von Präparaten folgten, alles Gehirne aus jener Sammlung, die der Ehrfurchtgebietende angelegt hatte. Dann eine Diskussionsrunde, in welcher nachgewiesen wurde, daß es sich um Hirnpräparate von Euthanasie-Opfern handelte, da in die Akten aller dreiunddreißig Kinder der gleiche Todestag eingetragen worden war; Einigkeit herrschte schließlich darüber, daß diesen Objekten ein würdiges Begräbnis nicht länger verwehrt werden dürfe.

Wider Willen lächelte der Sohn, als er sich das Bestattungszeremoniell dieser äußersten Reduktionen des Menschen und der ihm angeblich eigenen Würde ausmalte, zugleich war ihm unwohl. Schon wollte er umschalten, da fiel ein weiterer Name, Voss, der sei im Jahre 1941 Gründungsrektor der Medizinischen Reichsuniversität Posen gewesen. Wieder Fotos von Gebäuden, Lagern und Schreckenskammern. Der Sohn hoffte, irgendwann auch das Flügel-Pua zu Gesicht zu bekommen, statt dessen sah er weitere Leichen, noch mehr Körperteile, noch mehr Knochen. Er wandte den Blick nicht und hörte, in Posen habe die Gestapo derart unermüdlich Polen und Juden hingerichtet, daß neben dem Eigenbedarf der dortigen Universität und der Belieferung weiterer anatomischer Institute auch noch ein einträglicher Handel mit Präparaten habe alimentiert werden können, ein Skelett beispielsweise habe 180 Reichsmark gekostet, ein Penis in Formol 50 Pfennige.

Wieder klingelte das Telefon. Flüchtig dachte der Sohn an Verena, doch nun war es ihm nicht möglich, den Hörer abzunehmen.

Fast triumphierend sah und hörte er sich das alles an. Und ob es Menschenfresser gegeben hatte am Ort und zur Zeit seiner Kindheit! Derart unersättliche Geschöpfe, daß Leichenteile nicht nur ihren Dienst begleitet hatten. Auf Studentenfesten sei der Sieger eines anatomischen Wettratens mit einem schönen Schädel belohnt worden, wurde berichtet, seine Freizeit habe Dekan Voss gerne zwischen frischen Knochen verbracht. Langsam fuhr die Kamera die Ablichtung eines unscheinbaren Gebäudes ab, bis sie auf dem ebenso harmlos wirkenden Dach stehenblieb. Dazu wurde aus dem Tagebuch des Dekans die

Eintragung zum 27. 4. 1942 vorgelesen: Daß er an diesem Tage nach dem Mittagessen eine dreiviertel Stunde oben dicht unter dem Dach auf der Knochenbleiche gesessen habe, um sich von der Sonne bescheinen zu lassen. Rechts und links von ihm hätten bleichende Polengebeine gelegen, von ihnen sei ab und zu ein leicht knackendes Geräusch zu hören gewesen.

Und die will mir weismachen, es habe in Posen keine Menschenfresser gegeben, dachte der Sohn ingrimmig.

Schon schien es ihm, als werde da auf dem Bildschirm auch seine Sache verhandelt, ja als plädierten die Bilder unter Hinweis auf seine Herkunft für mildernde Umstände, wenn nicht für Freispruch, schon zählte er auch sich zu den Opfern jener Jahre, als der flackernde Film einer Hinrichtung ihm unmißverständlich den Unterschied zwischen ihm und denen da vor Augen führte: Die waren alle tot, und er lebte.

Unvermittelt sah er sich von lauter Zeugen der Anklage umstellt. Die Kühle des Glases, die Glätte des Tischtuchs, die Weichheit des Sessels, die Farben des Teppichs, ja noch die Laute des Fernsehers, all sein Tasten, Schmekken, Fühlen, Sehen und Hören waren unwiderlegbare Beweise dafür, daß er keineswegs zu den Gefressenen gehörte. Dann eben zu den Fressern! Wie um den unablässig weiterlaufenden Bildern von Schlachtung und Verwertung all des Menschenfleisches entgegenzuhalten, daß auch das Leben weitergehe, steckte sich der Sohn gleich drei Schmantbonbons in den Mund und spülte mit sehr viel Wein nach. Dann zähle ich eben nicht zu den Opfern, dachte er, immerhin bin ich auch kein Täter. Da fielen ihm Vater und Mutter ein. Waren die denn ebenfalls ohne Schuld?

Im Sohn, der sich nur zu gut vorstellen konnte, wie widerstandslos er damals funktioniert hätte, regten sich Widerspruch, Jammer und Scham. Widerspruch dagegen, jemanden ungeprüft zu verdächtigen, und Jammer darüber, daß er nach Lage der Dinge mal wieder niemanden haftbar machen konnte. Fast wünschte er sich, der Sohn des Dekans Voss gewesen zu sein: »Der Sohn des Menschenfressers« – eigentlich ein noch besserer Titel als »Die Menschenfresser« und »Menschenfressersuche«. Eigentlich auch ein noch habhafteres Schicksal: Der Sohn eines Schuldigen war in ganz anderer Weise befugt, von Schuld und Sühne zu erzählen, als der Sohn von Schuldlosen. Warum dann nicht der Sohn von Himmler, dachte der Sohn, warum nicht gleich der von Hitler? Lag die Schuld seiner Eltern etwa darin, nicht schuldig genug geworden zu sein?

Nun war die Scham vollständig, jetzt gab es kein Halten mehr, hastig leerte der Sohn Teller und Flasche. »Fiß, fiß, bis du patzt«, fiel ihm dazu ein, angestrengt versuchte er die Freßgeschichte zu rekonstruieren – galt sie nicht sogar als Anekdote aus Familienkreisen? Da hatte ein kleiner Junge miterleben müssen, wie sich ein Kuchenteller desto mehr leerte, je näher er zu ihm, dem Schlußlicht der Tafelrunde, rückte, als zu allem Überfluß noch die vorletzte Station, eine mächtige Tante, die letzten Kuchenstücke, derentwillen es sich zu warten gelohnt hatte, an sich nahm, worauf der Kleine ihr zuzischte, sie solle fressen, bis sie platze. Angewidert schob der Sohn den leeren Teller weit von sich, fast schaudernd leerte er das letzte Glas, zugleich endete mit mahnenden Worten die Sendung. Zu den Klängen eines sich anschließenden Violinkonzerts trug der Sohn ab. Auf dem Weg in die Küche fiel sein Blick auf das Geschirr, welches er, zusammen mit der Kollegmappe, auf der Spiegelkommode abgestellt hatte. Als er es abräumte, leuchtete ihm unübersehbar das »Ricordo di Verena« entgegen.

Noch einmal regten sich Widerstandsgeist und Überlebenswille, als er im Bad vor dem Spiegel stand und sich prüfend in die ein wenig blutunterlaufenen Augen schaute: Ihm derart viel Speis und Trank vorzusetzen, wo sie es doch selber gewesen war, welche ihn in der schweren Zeit dazu abgerichtet hatte, rundweg alles zu essen, was auf den Tisch kam! Wer, wenn nicht sie, mußte wissen, daß er eher platzen würde, als einen Rest auf dem Teller zu lassen!

Bei den Worten »schwere Zeit« hätte der Sohn fast gelacht, beim Gedanken an die Endlichkeit seiner Person trübte sich sein Blick. Noch als er sein Zimmer aufgesucht hatte, wirkte das alles weiter und vermischte sich mit Gedankenspielen seiner Jugend, in welchen er ungezählte Opfertode und Selbstmorde gestorben war, stets beklagt von Mädchen, die erst jetzt seinen ganzen Wert erkannten, und häufig betrauert von einer Familie, welche zu spät begriff, was sie mit ihm verlor. Fast getröstet schlief er ein.

DIENSTAG

Der Sohn war noch nicht am Fuß der Treppe angelangt, da trat ihm auch schon die Mutter entgegen, so rasch, als habe sie ihn erwartet oder abfangen wollen. Das Wetter sei leider umgeschlagen, doch sie habe noch einmal auf der Terrasse gedeckt, da er doch so gerne im Freien sitze. Der Sohn fühlte sich wund und wehrlos, mißtrauisch blickte er durch die Terrassentür auf das dunkle Grau des Himmels. Eigentlich hätte er liebend gern drinnen Platz genommen, doch wenn die Mutter meinte, er säße lieber draußen, dann frühstückte man eben im Freien. Tee und Toast seien gleich soweit, wurde ihm fast verschwörerisch versichert, er solle schon mal Platz nehmen. Das erste, was der Sohn bemerkte, als er auf die Terrasse trat, waren die frischen Seelen im Brotkorb und der große Teller, auf

welchem die Mutter unterschiedlichsten Belag in gerade-
dezu verschwenderischer Fülle ausgebreitet hatte. Alles
materialisierte Beweise mütterlichen Opfergeistes, da in
dieser Randwohnlage selbst die nächsten Geschäfte nur
unter Mühen zu erreichen waren, und alles zugleich un-
beabsichtigte Vorwürfe. Während er eine der Seelen auf-
schnitt, sie mit Butter bestrich und mit Salami Mailänder
Art, seiner Lieblingswurst, belegte, erinnerte sich der
Sohn peinigend genau eines Traumes, den er kurz vor dem
Aufwachen geträumt haben mußte, möglicherweise just
zu der Zeit, als die Mutter ihre selbstlosen Einkäufe getä-
tigt hatte. Inhalt des Traums war eine ungebührlich lange
Sterbeszene gewesen, in welcher er und Verena, in Gesellschaft eines ihnen bekannten gleichaltrigen Ehepaars, der
aufgebahrten, schwer atmenden Mutter so lange alle nur
erdenklichen Abschiedsworte gesagt hatten, bis sich jene
Wiederholungen einstellten, die auch das Abschiedneh-
men an nicht pünktlich abfahrenden Zügen so peinlich
machen. Und dann hatte sich die Mutter noch zu allem
Überfluß mit Leichtigkeit und gänzlich unverbindlich
vom Sterbelager erhoben, wodurch sie die Abschiedneh-
menden in noch größerer Peinlichkeit zurückließ: All die
Abschiedsworte und dann nicht einmal ein Abschied!

Man habe ihn so vermißt gestern abend, berichtete die
Mutter, während sie den Tee eingoß. Von Kirsten sei ihr
gleich mehrfach aufgetragen worden, ihm Grüße zu bestellen, und der Vetter habe sich doch tatsächlich noch an
einen Artikel von ihm aus der Schülerzeitung erinnert, an
den über die englische Partnerstadt Durban.

»Durham«, korrigierte der Sohn schwunglos.

»Ach ja richtig, Durham«, verbesserte sich die Mutter
fast übereifrig und nahm am Tisch Platz.

Längere Zeit bereits hatte sich die Nachbarin derart
bedächtig und gedankenverloren mit einer Schere an der
Hecke zwischen den Grundstücken zu schaffen gemacht,

daß die Mutter es schließlich nicht mehr mit ansehen konnte.

»Schaut nach Regen aus«, rief sie verbindlich.

»Wir hatten ja solche Angst gehabt, daß das Wetter gestern schon umschlagen würde«, entgegnete die Nachbarin und setzte sogleich nach: Ob sie denn die Fernsehnachrichten gestern abend gesehen hätten? Sowohl im regionalen wie im überregionalen Programm sei ihre Menschenkette gezeigt worden, doch könne das Bild natürlich nur einen sehr schwachen Eindruck davon vermitteln, was es bedeute, Teil dieser Kette zu sein. Diese Kraft, die einen da durchströme, dieses Gemeinschaftsgefühl, diese … Die Nachbarin lächelte das demütige Lächeln jener, die derart der Tat verhaftet sind, daß ihnen Worte zwangsläufig fehlen, doch wieder sprang die Mutter bei: Es sei doch sicherlich sehr anstrengend, so die ganze Zeit in der Sonne zu stehen.

Die Nachbarin wehrte strahlend ab. Wenn sie, im Bewußtsein, einer guten Sache zu dienen, mit anderen zusammen sei, dann spüre sie überhaupt keine Anstrengungen. Man stehe ja auch keineswegs nur so herum, fügte sie mit so heiterer Miene und in solch gemütlichem Schwäbisch hinzu, daß es dem Sohn den Appetit verschlug, man rede auch miteinander, man musiziere, man singe … »Mir shall overcomle?« fragte der Sohn halblaut, fügte dann aber ein lautes »Ach nichts« hinzu, als die Nachbarin ihn »Was meinet Se?« fragte.

Daß nun auch er auf Gudrun-Niveau gesunken sei, dachte der Sohn beschämt und stand auf. Er müsse sich nach der Abfahrtszeit seines Zuges erkundigen, gab er zur Erklärung an, wünschte der Sache des Friedens alles nur erdenklich Gute und trat ins Wohnzimmer.

Vom Telefon aus behielt der Sohn Mutter und Nachbarin im Blick. Noch war kein Ende des Redeflusses abzusehen, doch schon begann die Zuhörende damit, Nahrungsmittel zu verpacken und Geschirr zu ordnen. Viel Zeit blieb ihm nicht, hastig wählte er, rasch bewahrheitete sich seine Befürchtung. Verena war am Apparat, mit gedämpfter Stimme brachte der Sohn sein Erstaunen zum Ausdruck. Er habe eigentlich erwartet, eine menschenleere Wohnung vorzufinden. Er müsse auf jeden Fall sicherstellen, in eine unbewohnte Wohnung zurückzukehren. Nein, er könne nicht lauter reden, da sonst seine Mutter Verdacht schöpfen könnte und …

»Verdacht? Wovon redest du eigentlich?«

»Von unserer Trennung.«

»Ich dachte, deine Mutter hätte bereits davon erfahren.«

»Von dir?«

»Hast du ihr denn nichts gesagt?«

»Nein. Du?«

»Ich auch nicht.«

»Weiß deine Mutter es denn?«

»Ja, sicher.«

»Die weiß also, daß wir uns getrennt haben?«

»Natürlich.«

»Und warum ruft sie dann hier an und fragt, wo du steckst?«

»Wann hat sie angerufen?«

»Gestern abend. Sie fragte nach dir, um mitzuteilen, daß Pascha wieder zurückgekommen ist.«

»Pascha?« Verena schwieg, dann lachte sie auf. »Aber Pascha ist doch schon vor vier Tagen wieder aufgetaucht!«

»Und warum erzählt sie mir dann, sie habe ihn erst gestern wieder in die Arme schließen können?« Wieder schwieg Verena, erneut lachte sie. Ihre Mutter lüge doch immer, wenn sich dadurch das Leben vereinfachen lasse.

»Wo lag denn da die Schwierigkeit?« fragte der Sohn gepreßt.

Es sei vermutlich so gewesen, erwiderte Verena, daß

ihre Mutter seine Mutter habe anrufen wollen, um, wahrscheinlich nicht zum ersten Mal, von Mutter zu Mutter über das traurige Schicksal der Kinder zu lamentieren bzw. zu beratschlagen. Unversehens aber sei eines dieser Kinder, er, am Apparat gewesen, weshalb die Mutter in ihrer ersten Verwirrung beschlossen habe, nach ihr, der Tochter, zu verlangen.

»Und weshalb nicht nach meiner Mutter?« Vermutlich deshalb, weil sie der Peinlichkeit eines Müttergesprächs in seiner, also eines Betroffenen, Gegenwart habe entgehen wollen, mutmaßte Verena. Vielleicht auch deswegen, weil beide Mütter übereingekommen seien, ihn im Glauben zu lassen, sie wüßten von nichts.

»Und warum inszenieren die beiden diese ganzen Heimlichkeiten?«

»Aber das habe ich dir doch schon gesagt: um sich Schwierigkeiten zu ersparen.«

»Welche Schwierigkeiten denn?«

»Zum Beispiel die, dich bedauern zu müssen.«

»Mich bedauern? Wofür denn?«

»Zum Beispiel dafür, daß ich ausziehe.«

»Und wieso bist du dann noch nicht ausgezogen?« sagte der Sohn so laut, wie es die Lage zuließ. »Das eine kann ich dir sagen: Sei bloß ausgezogen, wenn ich um … um …« Er blickte wild auf seine Uhr, »um …«

Sie sei doch nur mal kurz in die Wohnung zurückgekehrt, um den vergessenen Toaster zu holen, versuchte ihn Verena zu beschwichtigen.

»Meinen Toaster?«

»Aber das ist doch meiner. Deine Mutter hat ihn mir damals zum Staatsexamen geschenkt. Erinnere dich!«

Scheinbar besänftigt verstummte der Sohn. Er hörte der beschwichtigend weiterredenden Stimme zu und blickte auf die beiden Frauen im Garten, die eine immer noch mitteilend, die andere immer noch teilnehmend, obwohl ihr anzusehen war, daß sie bereits die geringste Unterbrechung nutzen würde, zusammen mit dem vollgestellten Tablett den geordneten Rückzug anzutreten. Wußte die wirklich ebensoviel wie Verenas Mutter? Hatte die ihn die ganzen Tage über ebenso getäuscht, wie es die andere gestern abend am Telefon getan hatte? Der Sohn wollte sich bereits einer großen Ergebenheit überlassen, da zwang ihn Verena unvermittelt zu erneutem Aufbäumen. Nach einigermaßen allgemein gehaltenen Überlegungen zur Tatsache, daß sie jetzt eine Wohnung für immer verlasse, in welcher sich ein Teil ihrer Geschichte abgespielt habe – ein sehr, sehr wichtiger Teil, wie sie fast beschwörend sagte –, brachte sie die Rede unerwarteterweise wieder auf den Toaster: Wenn er unbedingt Wert auf den Toaster lege, werde sie natürlich ihren Toaster in der Wohnung zurücklassen.

»Was heißt hier: dein Toaster? In all den Jahren hast du ihn nicht ein einziges Mal benutzt, im Gegensatz zu mir. Wieso jetzt dieses plötzliche Interesse am Toaster?«

Er sei schließlich nicht der einzige, der morgens gerne getoastetes Brot esse, hielt Verena überraschend unverbindlich dagegen.

»Wer denn noch? Wer denn noch?«

Darauf schwieg Verena. Mit wachsender Bitterkeit reimte der Sohn sich daher selber zusammen, daß Verena in Sachen Toastermitnahme für Jan tätig geworden war. Formal zu Recht, da das Gerät ihr gehörte. Allerdings lag auf der Hand, daß seine Mutter ihr besagten Toaster nicht eigentlich übereignet, sondern lediglich anvertraut hatte, als beredten Hinweis darauf, daß ihr Sohn zum Frühstück seinen Toast erwarte. Der erinnerte sich nun, diese von Frau zu Frau weitergereichte Fürsorge fürs Männchen seinerzeit mit belustigtem Kopfschütteln wahrgenommen zu haben, woran er sich allerdings nicht erinnern konnte, war, daß Verena diesen Fingerzeig jemals ernst genommen und den Toaster für sein Wohlbefinden in Betrieb gesetzt hätte. Um so alarmierender ihre Sorge um das leibliche Wohl seines Nachfolgers. Daß Verena und Jan miteinander schliefen, hatte den Sohn gekränkt, daß sie ihn überdies derart aufmerksam beköstigte, schmerzte ihn. Bei seiner Abfahrt hatte er geglaubt, die Geschichte halbwegs hinter sich zu haben, nun sah er sich unmißverständlich aufgefordert, eigenhändig und selbstverantwortlich einen Schlußpunkt zu setzen: »Das war mein Toaster, das ist mein Toaster, und das bleibt mein Toaster«, begann er mit erhobener Stimme, »und daher sage ich dir: Wenn mein Toaster nicht bei meiner Rückkehr …« Er brach ab, da er wahrnahm, daß die Mutter mit dem Tablett in der Verandatür stand. Bereits seit längerem?

»Ach so! Ja – dann herzlichen Dank für die Informationen«, sagte er, so geschäftsmäßig es ging, und legte auf. »Unheimlich schwer, bei der Auskunft durchzukommen«, fügte er zu seiner Mutter gewandt hinzu.

»Weißt du jetzt, wann dein Zug geht?« fragte sie mit unverändert beiläufig gesenktem Blick.

»So in einer halben Stunde«, sagte der Sohn aufs Geratewohl und sah sich unvermutet in neuer Bedrängnis, da die Mutter erklärte, sie müsse ebenfalls in die Innenstadt und werde ihn daher zum Bahnhof begleiten.

Doch er hatte Glück. Zwar war er während des Packens gezwungen, seine eigene Zeitangabe scheinbar ernst zu nehmen, zwar führte die Hast dazu, daß er um ein Haar seine Übersetzung vergessen hätte und nur dank eines Hinweises seiner Mutter, die ihn mit den Worten »Dein Roman!« auf die Kollegmappe im Vorzimmer hingewiesen hatte, kein belastendes Material zurückließ, am Bahnhof angelangt aber stellte er zu seiner Erleichterung fest, daß da in Kürze tatsächlich ein Zug in die Landeshauptstadt fahren würde, wenn auch nicht ganz so rasch, wie von ihm erfunden.

So standen Mutter und Sohn noch eine Zeitlang auf dem so gut wie leeren Bahnsteig. Entfernt sprach eine Frau beruhigend auf ein Kind ein, dessen unberechenbare, ruckartige Bewegungen schwere Störungen vermuten ließen, während ein Mann, anscheinend der Vater, ein wenig abgewandt, fast unbewegt, in der ›Bild‹-Zeitung las. Alle drei hatten das Interesse, auch den Widerspruch des Sohnes bereits erregt, als er und die Mutter der Gruppe in der Bahnhofshalle begegnet waren. Mußten die denn alle drei in derart knallbunter Freizeitkleidung herumlaufen, bedruckt mit durchweg unsinnigen Mitteilungen, wobei diejenige des Kindes zudem tränentreibend fehl am Platz war. »Don't worry, be happy« hatte der Sohn unter einem strahlend gelben Smiley-Antlitz gelesen und einen allzu genauen Blick auf das Gesicht des T-Shirt-Trägers vermieden, auf schielend unstete Augen und einen bewegt blekkenden Mund, die beide einen solch herzzerreißenden Gegensatz bildeten zur munteren Schrift und dem sonnigen Lächeln der Kleidung. Auf dem Bahnsteig dann hatte er seine Mutter so weit wie möglich von der Gruppe fortgelenkt, bis dorthin, wo die Überdachung endete, so daß es den Anschein haben konnte, sie hätten einander etwas sehr Persönliches, nicht für fremde Ohren Bestimmtes anzuvertrauen, dabei war das Gegenteil der Fall. Wünsche, Aufforderungen, Absichterklärungen der allgemeinsten Art teilten die beiden einander mit, unabweislich drängte sich dem Sohn die Erinnerung an seinen Traum auf. Als ob er etwas gutzumachen hätte, legte er seinen Arm um die Schulter der Mutter, die schaute ihn erstaunt, fast ängstlich an. »Du hast deine Fahrkarte«, fragte sie. Wie verzweifelt verdrehte der Sohn seine Augen. »Ich bin doch kein Kind mehr«, sagte er und wußte zugleich, daß er die Unwahrheit sagte, diesmal freilich ohne zu lügen. Solange jemand noch eine Mutter hatte, war er noch ein Kind. Ein Satz fiel ihm ein, den ein Quizmaster im italienischen Fernsehen geäußert hatte, begleitet vom nachdrücklichen Kopfnicken des Publikums: »Di mamma ce n'è una sola«. War das nicht ebenfalls in Verona gewesen, in diesem kleinen Hotel ganz in der Nähe von San Zeno? Und war es ihm nicht gelungen, Verena, die bei seinen Scherzen nur selten eine Miene verzog, dadurch zum Lachen zu bringen, daß er sich an einer wortwörtlichen Übersetzung dieses wie in Marmor gemeißelten Merksatzes versucht hatte? »Von Mutter davon gibt es nur eine«? Weise eingerichtet, dachte der Sohn und blickte verstohlen zur Anzeigetafel hinüber, sehr weise.

»Deine Tasche willst du nicht abstellen«, fragte die Mutter. »Der Zug kommt doch erst in zehn Minuten.«

Der Sohn tat so, als sei dies für ihn neu. »Dann hat man mir vermutlich eine falsche Information gegeben«, meinte er schwunglos und beendete erleichtert die Komödie der nicht abgelegten Reisetasche, welche fortwährend seine Schulter bedrückt hatte, so, als lohnte es nicht, sie abzustellen, da der Zug ja doch jeden Moment eintreffen mußte. Aufatmend ließ er die Tasche zu Boden gleiten.

»Wenn der Koffer dir zu schwer ist, laß ihn stehn«, sagte die Mutter.

»Wie bitte?« fragte der Sohn, von einer schwachen, jedoch bedeutsamen Erinnerung angerührt.

»Das hat doch Tante Tilly damals bei unserer Flucht immer gesagt.«

»Bei welcher Flucht?«

»Der von Posen nach Berlin.«

»Die ist mit uns geflohen?«

»Ja. Erinnerst du dich denn nicht?«

»Nein.«

Von Tante Tilly, einer zum Zeitpunkt der Flucht bereits älteren Dame, hatte der Sohn nur noch eine undeutliche Vorstellung, und daß sie zusammen mit ihm, der Mutter und dem zweijährigen Wolf stundenlang im klirrend kalten, überfüllten Posener Bahnhof auf den so ungewissen, angeblich letzten Zug in Richtung Westen gewartet haben sollte, kränkte ihn zutiefst. In seiner Erinnerung waren sie allein geflohen, der Bruder, die Mutter und er. Eigentlich nur die Mutter und er, da der Bruder ja stets hatte mitgeschleppt oder beaufsichtigt werden müssen, während ihm, dem knapp Siebenjährigen, bereits ein Gepäckstück anvertraut worden war – oder hatte er diese frühe In-die-Pflicht-Nahme ebenso planvoll aufgebauscht, wie er die Teilnahme der Tante gestrichen hatte, vermutlich deshalb, weil die das anrührende, lebende Bild vom standhaften kleinen Fluchthelfer und Mutters einziger Stütze störte?

»Doch, doch«, sagte er. »Ich erinnere mich, Tante Tilly! Natürlich!«

»Sie hat uns damals sehr geholfen und sich rührend um dich gekümmert, als du dann Typhus bekommen hast.« Die Mutter verstummte, routiniert machte sich der Sohn an eine Übersetzung dieses Satzes, welche nach seiner Erfahrung nur folgendermaßen lauten konnte: Willst du wirklich eine solch aufopfernde Gestalt als Menschenfresser darstellen oder schmähen?

Als ob sie die Gedanken des Sohnes erraten hätte, fügte die Mutter hinzu: »Und dich hat sie besonders gemocht.« Nun sah er sich auch noch der Anklage des Liebesverrats gegenüber. »Gute alte Tante Tilly«, sagte er hilflos. Wieder drängte es ihn, der Mutter die ganze Haltlosigkeit ihrer Befürchtungen zu offenbaren, wieder schwieg er, diesmal aus Trotz. Was eigentlich verpflichtete ihn dazu, der Tante deswegen ein liebevolles Gedenken zu bewahren, weil sie ihn geliebt hatte, und das nicht einmal in seiner eigenen Erinnerung, sondern der der Mutter? Gleichviel, dachte der Sohn, wenn man alle wiederlieben wollte, die einen angeblich geliebt haben oder nachweislich lieben, käme man ja gar nicht dazu, sich selber zu lieben. Muß ich aufschreiben, nahm er sich vor, laut aber sagte er: »Und von Tante Tilly stammt dieser Satz mit dem Koffer? Muß ich mir merken!«

Krachender Donner bekräftigte diese Worte und lenkte das Gespräch der beiden auf das schöne gewesene und das zu erwartende schlechte Wetter. Noch vor einer Stunde hätte der Sohn dahinter nichts weiter vermutet als den Wunsch nach entlastendem Geplauder, jetzt kam es ihm so vor, als diene das Allerweltsthema dem zutiefst humanen Zweck, nichts Persönliches zur Sprache kommen zu lassen. So viel Rücksichtnahme rührte und bewegte ihn. Als er bereits im geöffneten Fenster des Zuges lehnte, versuchte er sich zu revanchieren und den Sorgen der Mutter dadurch die Schärfe zu nehmen, daß er einen etwas wirren Satz begann, des Inhalts, Pläne und deren Vollendung seien stets zweierlei, weshalb er auch nicht dafür garantieren könne, ob und wann er seinen Roman fertigstellen werde. Er konnte ihn jedoch nicht zu Ende bringen, da ihn dreierlei daran hinderte: das langsame Anfahren des Zuges, ein fast heulender Aufschrei ganz in der Nähe und eine Geste der Mutter, die im letzten Augenblick unerwartet in ihre Tasche griff und dem Sohn einen Briefumschlag entgegenreichte. Beinahe wäre die Übergabe mißglückt, doch dann hatte der Beschenkte die flatternde Gabe fest im Griff. Er hielt sie noch winkend in der Hand, als er am schreienden Knaben vorbeifuhr und verwundert den Grund für dessen Klage und sein verzweifeltes Umsich-Schlagen begriff. Gegen jede Erwartung nämlich war der mit dem Vater auf dem Bahnsteig zurückgeblieben und mußte nun hilflos heulend mit ansehen, wie die weit aus dem Fenster gelehnte, winkende Mutter sich rasend entfernte. Gemessen grüßte der Vater mit der zusammengefalteten ›Bild‹-Zeitung zurück, geübt bändigte er mit der anderen Hand das sich windende Kind, abrupt schloß der Sohn das Wagenfenster.

Ohne Mühe fand er kurz darauf ein leeres Abteil, das

er sogleich planvoll in Beschlag nahm, indem er sich selber ans Fenster und in Fahrtrichtung setzte, seine Lederjacke auf den Sitz gegenüber warf und die Reisetasche auf den Platz zu seiner Seite stellte. Erst als das Revier, so gut es ging, markiert war, bemerkte er, daß er fortwährend den Briefumschlag in der Hand gehalten hatte, einen Augenblick lang zögerte er, ob er ihn überhaupt öffnen sollte. Er rechnete mit Geld, er befürchtete eine wie immer geartete Mitteilung, erleichtert stellte er fest, daß der Umschlag ein Foto enthielt. Eine Notiz in der Handschrift seines Vaters nannte auf der Rückseite zwei Namen, den seiner Mutter und seinen, sowie einen Ort, Posen, darunter stand ein Datum, 5. 9. 42. Mein fünfter Geburtstag! dachte der Sohn und drehte das Foto um.

Er begriff nicht sogleich, was es da zu sehen gab. Vor verfinstertem Himmel wetterleuchtete es, weithin rollender Donner kündete von einem scheinbar unausweichlichen Gewitter, im Abteil war es so dunkel, als dämmerte es draußen bereits. Zudem war das Foto die Aufnahme eines Amateurs, kontrastarm und ein wenig unscharf, doch zielstrebig und sachkundig setzte der Sohn die Informationen zusammen, bis er im Bilde war: Das da im Hintergrund war zweifellos ein Zirkuszelt, die Person zur Rechten, eine schlanke, junge Frau in breitschultrigem Kostüm, war unverkennbar seine Mutter, das sich niederbeugende, am linken Bildrand angeschnittene Tier schien ein Zirkuspferd zu sein, ein stattlicher Lipizzaner, der durch seinen hochragenden Kopfputz einen noch eindringlicheren Kontrast zu dem eigentlichen Mittelpunkt und Star der dramatischen Szene bildete. Der nämlich war ein vermutlich gerade fünf Jahre alt gewordener Junge, ein ebenso abenteuerlustiger wie furchtsamer Wanderer zwischen zwei Welten, da er sich mit seiner linken Hand krampfhaft der Hand der Mutter vergewisserte, die rechte aber, waagerecht ausgestreckt, so hoch es ging, den Nüstern des riesigen Wesens entgegenreckte, das sich offenbar zum gleichen Zeitpunkt anschickte, ein auf dem Foto nicht sichtbares Stück Zucker aus der Hand des Kleinen zu fressen.

Beklommen erinnerte sich der Sohn jener wohligen Furcht, die er noch heute beim Füttern eines Pferdes verspürte, ungläubig nahm er wahr, wie tollkühn er sich dem Fabelwesen auf dem Zirkusplatz ebenso ausgeliefert hatte wie dem Risiko, vom Fütternden zum wenn schon nicht Gefressenen, so doch Gebissenen zu werden. Freilich, er hatte damals die Mutter hinter sich gewußt. Doch hätte die ihn vor dem unvermuteten Zuschnappen der Pferdezähne bewahren können? Kaum, und noch viel weniger wäre das dem Fotografen der Szene gelungen, seinem Vater also. Hatten die beiden ihn demnach bewußt der Gefahr ausgesetzt? Oder war er es gewesen, der ihnen durch unausgesetztes Pua-Pua-Gequengel endlich die Lizenz zum Füttern abgetrotzt hatte? Der Sohn wurde nicht schlau aus dem Bild. Noch weniger vermochte er zu dechiffrieren, welche Botschaft ihm die Mutter durch die Gabe hatte mitteilen wollen. Wir, die Großen, waren immer gut zu dir, dem Kleinen? Du, der Große, solltest dir mal an diesem vertrauensvollen Kleinen ein Beispiel nehmen? Er rätselte, nicht wissend, daß ihm der Schlüssel zur Lösung fehlte. Das freilich sollte sich bald ändern.

Noch aber sitzt der Sohn im immer dunkler werdenden Abteil und versucht sich der Sentenz zu erinnern, mit welcher Tante Tilly seinerzeit den Flüchtlingen Mut zugesprochen hatte. Sie fällt ihm ebensowenig ein wie jene eigene Eingebung, die er doch unbedingt hatte notieren wollen. Solch massierte Vergeßlichkeit gibt ihm zu denken. Will er das alles nicht mehr im Gedächtnis behalten, kann er es nicht mehr? So viel ist ihm in der letzten Zeit abhanden gekommen, der Beruf erst, dann die Frau – jetzt auch der Kopf? Im Gefühl, die verbleibende Zeit nützen zu müssen, öffnet der Sohn die Reisetasche und holt die Kollegmappe heraus. Deren sentimentalische Widmung nimmt er diesmal kaum wahr. Jetzt will er die Drecksarbeit hinter sich bringen, rasch zieht er den Reißverschluß der Mappe auf, vorsichtig, damit da nichts durcheinandergerät, entnimmt er ihr das Machwerk samt dem eingelegten Manuskript, entschlossen schlägt er das Taschenbuch da auf, wo ihm der Packen handbeschriebener Papiere bedeutet, daß er es bis hierher und nicht weiter geschafft hat.

»Weiter im Text«, denkt der Sohn und liest: »*Jodi stretched out on the couch, her head on her father's thigh. Her face just an inch or two from his cock. Wallace had changed into his dressing gown, and Jodi was bursting with curiosity. Was he wearing underpants or not? He probably is, she thought. Old meany ...*«

Schon beim »*dressing gown*« hatte der Sohn nachdenklich die Stirn gefurcht, nun, beim »*old meany*«, war kein Zweifel mehr möglich: All das kannte er bereits. »*Chapter Twelve*« las er, und erinnerte sich im gleichen Augenblick, die Arbeit bei »*Chapter Twenty*« unterbrochen und diesen Einschnitt nach seiner Gewohnheit durch das eingelegte Manuskript kenntlich gemacht zu haben. Wieso lag es dann nicht an seiner Stelle?

Als des Rätsels Lösung sich ihm rasch und rücksichtslos aufgedrängt hatte, mußte sich der Sohn zurücklehnen, bis er den ersten Ansturm widerstreitender Gedanken und Gefühle überstanden hatte. Nach Verblüffung, Verwirrung, Beschämung, Gekränktsein, Zorn und Selbstmitleid freilich überwog kopfschüttelnde Anerkennung: Von dieser Mutter – davon gibt es nur eine!

Während er geglaubt hatte, sie täuschen zu können oder sie, in ihrem eigenen Interesse, belügen zu müssen, hatte sie sich Gewißheit verschafft. Wie es um ihn und Verena stand, wußte sie möglicherweise bereits seit längerem, was es mit seinem Roman auf sich hatte, mit Sicherheit erst seit letzter Nacht. Wie mochte sie die Wahrheit aufgenommen haben, als sie sich im gedämpften Schein der Vorzimmerbeleuchtung über die peinlichen Papiere gebeugt hatte? Und in welchem Licht mußte ihr der entlarvte Schriftsteller plötzlich erschienen sein?

Schon wollte sich der Sohn wieder um die Mutter sorgen, da endlich begriff er. Sie, die da auf ebenso umsichtige wie erfolgreiche Weise tätig geworden war, zählte ganz gewiß nicht zu den Opfern. Wer es wagte, sich aus dem wärmenden Sumpf der Zweideutigkeiten und Halbherzigkeiten auf den harten, jedoch tragenden Grund der Klarheit zu retten, die verdiente weder Mitleid noch Tadel, der mußte man im Gegenteil nacheifern. Doch auf welche Weise?

Und da, in einem leeren Zweiter-Klasse-Abteil der Bundesbahn, das sich mit mittlerer Geschwindigkeit durch eine Landschaft bewegte, der ihrerseits grell aufzuckender Lichtschein und ungestüme Böen den Anschein heftigster Bewegtheit gaben, überkam den Sohn eine Erkenntnis, die ihm blitzartig einleuchtete: Daß den Heranwachsenden die Forderung »Erkenne dich selbst« in Atem hielt, der Erwachsene jedoch dort seinen Anfang nahm, wo an die Stelle ichverfallenen Selbsterkenntnisstrebens das weltzugewandte Postulat »Erkenne die Lage« trat. Daß die Kinderfrage »Wer bin ich?« lediglich weitere Fragen nach sich zog – »Warum bin ich so?«, »Wer hat mich zu dem gemacht, was ich bin?« –, die Erwachsenenfrage aber »Was will ich?« lautete und zwingend Taten zur Folge hatte. Wie zum Beweis folgte grellem Aufleuchten und krachendem Donner prasselnder Regen, der die Scheibe erblinden ließ und das Abteil in gänzliche Finsternis tauchte. Noch ganz ergriffen schaltete der Sohn die Beleuchtung ein, sein Blick fiel auf das Foto, jäh glaubte er, dessen Botschaft zu wissen: Daß, wer die Lust eines suchenden, weichen Mauls auf dem Handteller erfahren will, naturgemäß das Risiko gelber, beißender Zähne eingehen muß. Fast andächtig blickte der Sohn auf das angespannt hochgereckte Gesicht des Kleinen, der da gerade dem Augenblick der Wahrheit entgegenfieberte: Würde das Pua da oben ihn als seinesgleichen erkennen und liebend annehmen?

Der Versuch damals schien geglückt zu sein, jedenfalls konnte sich der Sohn keiner Ablehnung und schon gar keiner Verletzung erinnern. Was aber hat mich in der Folgezeit so vorsichtig erst und dann so ängstlich werden lassen? dachte er. Warum – doch ein plötzliches Abbremsen des Zuges zwang ihn unvermutet zum Handeln. Im letzten Augenblick konnte er Buch, Manuskript und Schreibpapier davor bewahren, zu Boden zu fallen, beschämt konstatierte er zugleich, daß er seiner Erleuchtung noch ganz und gar nicht gewachsen war. Aber was nicht war, konnte ja noch werden.

Was will ich? fragte er sich. Was will ich eigentlich? Ihm fiel lediglich der Toaster ein. Schon wollte er auch diese Willensschwäche zum Anlaß selbstkritischer Reflexion machen, da stimmte ihn die Überlegung milder, daß er sich auf dem Weg in Neuland befand und daß auch die längste Reise mit dem ersten Schritt begann. Wie ein Geschenk fiel ihm zugleich die bereits vergessen geglaubte Ermutigung der Tante ein: »Wenn der Koffer dir zu schwer ist, laß ihn stehen.« Beschwingt griff er zum Buch.

»*Chapter Twenty*«, las er, »*They lingered in the shower, enjoying the heat and the refreshing pulsing of the water. Jodi washed her father's cock gently and lovingly, soaping it with her hands as she knelt on the floor of the cubicle.*« Was bedeutete eigentlich *lingered*? Was *pulsing*? Und was *cubicle*? Der Sohn war bereits versucht, zu einer sinngemäßen Übertragung anzusetzen, als er Manuskript und Vorlage plötzlich entschlossen zusammenpackte, sie in die Kollegmappe steckte und statt dessen einen kleinen

Stapel weißer Seiten herausholte. Den legte er auf das Klapptischchen. »Die Menschenfresser«, schrieb er quer und groß über die erste Seite, dann blickte er nachdenklich aus dem Fenster, auf die zerzauste Landschaft im gleichmäßig fallenden Regen.

Er saß unverändert, als der Zug in Metzingen hielt und polterndes Geräusch auf dem Gang troglodytenhaft ungeschlachte Zusteiger befürchten ließ. Nur zögernd wandte er daher den Kopf, als er hörte, daß jemand die Tür des Abteils öffnete. Zu seiner Überraschung stand da ein geradezu zierliches, wenn auch durchtrainiertes Mädchen, das in unbeholfenem, fast unverständlichem Deutsch fragte, ob noch ein Platz frei sei.

Der Sohn bejahte mit einladender Geste und beeilte sich, das zuvor so weitläufig ausgedehnte Revier zurückzustecken. Derweil ließ die Reisende routiniert ihren Rucksack zu Boden gleiten, ein hochgetürmtes Gepäckstück, auf welchem ein weißgefaßtes rotes Ahornblatt davon Zeugnis ablegte, daß seine Besitzerin aus Kanada kam. Der Sohn, der bereits häufiger die Bekanntschaft von reisenden Kanadierinnen gemacht hatte und damit angenehme Erinnerungen verband, lächelte der Erleichterten aufmunternd zu, halb aufmerksamer Gastgeber und ganz väterlicher Freund waghalsiger Jugend. Während sie sich setzte, senkte er den Blick und überlegte, mit welchem Dreh er sie ins Gespräch ziehen könnte. Vielleicht sollte ich sie danach fragen, was *cubicle* bedeutet, dachte er und schaute auf.

BLANKET CREEK
ODER
VERWILDERTE WÜNSCHE

Rita war gerade dabei, in den Museumspark einzubiegen, als ein fremdländisch aussehendes Kind auf sie zutrat, das ihr ein abgegriffenes, mit großen, kaum leserlichen Buchstaben bedecktes Pappschild entgegenhielt. Zugleich blickte es derart flehentlich, daß Rita wieder einmal so verfuhr wie bei vorangehenden Fällen dieser sich in letzter Zeit häufenden Art von Bettelei: Ohne auch nur ein Wort von der vermutlich niederziehenden Leidensgeschichte zu lesen, griff sie anstandslos zu ihrem Portemonnaie, um sich möglichst rasch freizukaufen. Diesmal freilich verzögerte sich dieser Vorgang, da sie ihre Börse nicht an der gewohnten Stelle fand, und während ihre Hand in der Umhängetasche kramte, blickte Rita erst in die großen, dunklen Augen des Kindes, dann, als sie dessen erwartungsvolles Starren nicht mehr aushielt, gedankenverloren auf das Stück Pappe. Da, sie hatte das wohlbekannte Ledertäschchen endlich an ganz ungewohnter Stelle ertastet, geöffnet und suchte gerade nach kleinerer Münze, wurde ihr plötzlich bewußt, daß ihr Blick auf das Gekrakel nicht folgenlos geblieben sein konnte, zu deutlich sah sie Teile des Geschriebenen vor sich, Buchstabenfolgen, die sich unversehens zu ganzen Wörtern formten und sich wie U HELFEN U HUNGE U SCHAISHUNGE U SCHAISASCHSCHAIS ausnahmen. Ob diese Lesart zutraf, war freilich nicht mehr festzustellen. Das Kind hatte das Pappschild bereits sinken lassen, nun griff es rasch nach der Münze, und Rita wagte es nicht, auf nochmaliger Lektüre zu bestehen. Als sie kurz darauf den Park betrat, kam ihr der Vorgang bereits unglaubwürdig vor, als sie auf das Museumscafé zuging, schien es ihr ganz und gar unglaublich.

Da sie sich etwas verspätet hatte, erwartete sie, bereits beide Freundinnen anzutreffen, doch lediglich saß Carla an einem der Tische im Halbschatten der Pergola, ein Glas Weißwein vor sich und den Blick auf etwas gesenkt, das sie in der Hand hielt. Rita vermeinte, Wehmut, ja Kummer im Gesicht der Freundin wahrzunehmen, und zögerte, näher zu treten. Bis zu diesem Augenblick hatte sie geglaubt, sich auf einen etwas allzu faktenreichen Bericht über hochexemplarische Ferien- und Wildnisabenteuer einstellen, ja sich gegen sie wappnen zu müssen, unvermutet schwante ihr, sie könnte hier auch als Trösterin benötigt und gefordert werden. Doch sogleich meldeten sich Zweifel. Solange sie Carla kannte, seit fünfzehn Jahren mittlerweile, hatte die zwar stets ein Publikum, nie aber Trost gebraucht. Wie zum Beweis begann Carla unvermittelt zu lächeln, ja zu lachen. Noch immer blickte sie auf den Tisch, doch als Rita sich räuspernd näher trat, sah sie den Grund: Vor der Freundin lag ein Stapel Fotos.

»Oh! Rita!«

»Bleib sitzen, Carla!«

Ihre Umarmung verheddert sich ein wenig, da Rita es nicht dulden wollte, daß Carla aufstand, Carla aber zugleich darum bemüht war, einen der Plastikstühle für Rita freizuräumen; vorausschauend hatte sie Tasche und Kleidungsstücke auf alles verteilt, was den Tisch umstand. Dann, immer noch lachend und so unvermittelt, als sei dies kein Wiedersehn nach Monaten, sondern lediglich die Fortsetzung eines bereits länger geführten Gesprächs, hielt Carla ein Foto hoch: »Und was siehst du hier drauf?«

»Eine Art Autobahn«, erwiderte Rita, »und Wald. Und Berge.«

»Und was noch?« fragte Carla.

»Hinten ein haltendes Auto. Vorn einen Mann von hinten, der die Straße entlangblickt. Ist das Kanada?«

»Rita! Das ist doch Gerd!« sagte Carla. »Und was sieht Gerd?«

»Das Auto?« fragte Rita zögernd.

»Die Schneeziegen!« korrigierte Carla mit gespielter Strenge. »Siehst, Rita, du die Schneeziegen nicht?« Mit hämmerndem Zeigefinger wies sie auf zwei weiße Fleckchen vor dem dunklen Saum der Nadelbäume, zwei bei näherem Hinsehen tierähnliche Umrisse, die augenscheinlich dabei waren, die Straße zu überqueren. »Rita! Du mußt doch die Schneeziegen sehen! Gerd hat sie gesehen, ich habe sie gesehen, vor allem aber Gerd. Jetzt sag du bitte nicht, daß du sie nicht sehen kannst. Schließlich ist das hier ein absoluter Qualitätsschnappschuß nach allen Regeln der Fotokunst. ›Hast du Tele, hast du Tele?‹ waren Gerds ständige Worte, und natürlich hatte ich immer Tele. Das Ergebnis: ein gestochen scharfes Schneeziegenbild. Oder etwa nicht, Rita? Du bist die erste, der ich diese Frage stelle, da ich selber diese Bilddokumente erst vor einer halben Stunde vom Entwickeln abgeholt habe. Um so wichtiger ist dein Urteil: Schneeziegen ja oder nein? Rita! Laß mich jetzt nicht im Stich! Du siehst doch Schneeziegen?«

Halbherzig nickte die Angesprochene, fast bereitwillig schickte sie sich in ihr Los, diesmal als Trösterin fungieren zu müssen, doch vorerst kam es anders. Mitten in Carlas besorgniserregend monotone Schneeziegenlitanei nämlich war Vera getreten, hatte sich unter Hinweis auf eine komplizierte Ausstellungsvorbereitung dafür entschuldigt, daß sie erst jetzt komme, hatte sodann nach einem Blick auf das Foto festgestellt »Dick ist er geworden, dein Gerd« und schließlich zwischen Carla und Rita Platz genommen, die Arme um die Schultern der beiden Freundinnen gelegt und mit einer Art demonstrativer Inbrunst die Worte ausgestoßen: »Nun ist sie also wieder mal komplett vertreten, die Trias.«

Die Freundinnen lachten, und Rita spürte, wie all ihre Vorbehalte gegen dieses Treffen von schierer Sympathie weggeschwemmt wurden. Hatte sie noch auf dem Weg zum Café Zweifel daran gehabt, ob die bereits fast zum Ritual gewordene Fortsetzung einer zu Universitätszeiten begonnenen und auf gemeinsame Studien gegründeten Freundschaft überhaupt sinnvoll sei, so belegte die Bewegung, die Veras Worte in ihr auslösten, wieviel ihr diese Treffen immer noch bedeuteten. Dabei hatten ursprünglich nicht Gefühle, sondern Interessen die drei zusammengeführt. Alle nämlich waren Studentinnen der Kunstgeschichte gewesen, Seminare, Exkursionen und Projekte hatten sie zuerst sporadisch, dann immer häufiger und schließlich ständig zusammenarbeiten lassen, wobei diese fortschreitende Verbindung der drei ihren Niederschlag auch in einem Gruppennamen gefunden hatte. Der, von Vera aufgebracht und von den beiden anderen mit Beifall akzeptiert, verband die unspektakuläre Tatsache einer Dreiergruppe auf elegante Weise mit dem nicht alltäglichen Faktum, daß die Namen aller drei Gruppenmitglieder auf A auslauteten – eine schlagende Benennung, die auch für Außenstehende zum Begriff geworden war. »Heute trifft sich die Trias«, hatte Rita ihrem Mann beim Frühstück mitgeteilt.

»Na, dann viel Spaß, und grüß die beiden anderen«, war seine Antwort gewesen.

Es hatte nicht lange gedauert, und die Trias war für die drei Studentinnen mehr als nur eine Arbeitsgemeinschaft geworden. Bald fungierte sie als Schutz- und Trutzbündnis in einer feindlichen Welt, wobei Vera die Freundinnen davon überzeugt hatte, daß es vor allem gelte, die, wie sie mit kaum merkbarer Ironie sagte, »Feindin in den eigenen Brüsten« zu bekämpfen, die frauliche Opferbereitschaft und das weibliche Anlehnungsbedürfnis, welche unweigerlich Identitätskrisen, Ichverlust und, als Tiefpunkt,

Schuldzuweisungen an die Adresse der Männer zur Folge hätten. »Frauen gemeinsam sind schwach«, lautete einer ihrer Lieblingssätze. Der hatte es natürlich auf Widerspruch abgesehen, beispielsweise den, wieso sie dann fast unausgesetzt mit zwei anderen Frauen zusammen sei. Darauf pflegte sie zu antworten: »Charakter ist nur Eigensinn, es lebe die Zigeunerin!«

Dabei war sie es gewesen, die der Gruppe nicht nur Ziele vorgeschrieben, sondern auch Regeln verordnet hatte. Eine Zeitlang war unter den dreien jedwedes Sichbeklagen derart verpönt, daß bereits der Ansatz eines Lamentos über männlichen Wankelmut oder weibliche Unzulänglichkeit mit einer Buße von einer Mark bestraft wurde, zahlbar sofort in die Jammerkasse. Davon wiederum wurde der Prosecco bezahlt, der die abendlichen Studien erleichterte, ehrgeizige und arbeitsreiche Sitzungen mit eigener Themenstellung, speziellen Literaturlisten und individuell ausgearbeiteten Kurzreferaten, alles Belege eines Fortbildungseifers, welcher der Trias unter Kommilitonen dieser nicht gerade arbeitswütigen Epoche deutschen Universitätslebens die Bezeichnung »Drei Aas« eingetragen hatte. Und auch dadurch brachen Rita, Carla und Vera mit den Gepflogenheiten jener Jahre, daß sie weder zusammenlebten noch jemals erwogen, zusammenzuziehen. Wieder war es Vera gewesen, die diese Normabweichung auf eine Formel gebracht hatte: »Aus den Augen, in den Sinn.«

Bei solch arbeitsorientierter Lebensweise hatte es nicht ausbleiben können, daß die Trias Klausuren und Magisterarbeiten mit einiger Bravour bewältigte, dann freilich hatten die drei Frauen unterschiedliche Karrieren eingeschlagen, wobei die Ritas ohne Zweifel die glanzloseste gewesen war. Noch bevor ihre halbherzigen Pläne, den Doktor zu machen, Kontur annehmen konnten, hatte sie geheiratet und in rascher Folge zwei Kindern das

Leben geschenkt, seither gab sie ihren Beruf mit »Hausfrau« an.

Da war aus Carla schon mehr geworden, eine Oberstudienrätin, ebenfalls verheiratet, jedoch kinderlos, die allerdings auch nicht bis zum Doktorexamen durchgehalten hatte. Das war allein Vera gelungen, ohne daß die freilich den Freundinnen einen Vorwurf daraus gemacht hätte, nicht bei der Stange geblieben zu sein. »Erstes Gebot: Du sollst dir keine Gebote machen«, lautete einer ihrer Merksätze, und als Rita ihr fast verschämt gestanden hatte, daß sie ihr Studium abbrechen werde, da sie schwanger sei, war Vera jeder weiteren Peinlichkeit mit den Worten zuvorgekommen: »Aber Rita, wie herrlich! Du weißt doch: Wo wir sind, ist vorn, und wenn wir mal hinten sind, ist hinten vorn.«

Die geforderte Diskretion in Leidensfragen, welche in der Einrichtung der Jammerkasse ihren materiellen Niederschlag gefunden hatte, ging freilich nicht so weit, daß zwischen den dreien nun gar nichts Persönliches zur Sprache gekommen wäre. Philipp und Gerd waren bereits recht früh in das Leben von Rita und Carla getreten, und Vera hatte den diesbezüglichen Berichten ihrer Freundinnen stets so lange aufmerksam zugehört, wie die geschilderten Vorfälle einen, wie sie sagte, Erkenntnis- oder Unterhaltungswert besaßen. Den aber vermißte sie nicht nur bei Klagen. Auch Schwärmereien sprach sie jede weiterbildende Relevanz ab, ja sie drohte sogar mit der Institutionalisierung einer weiteren Sanktion, der Jubelkasse. So weit kam es jedoch nicht, da Rita und Carla ihre Männergeschichten, zumal die erfreulichen, schon deshalb selten in Veras Gegenwart zur Sprache brachten, da diese nicht nur nie über Männer redete, sondern offenbar auch nichts darüber zu erzählen hatte. Das erschien den beiden Freundinnen um so verwunderlicher, als sich während der Studienzeit durchaus der eine oder andere Mann heftig für

Vera interessiert, sie selber jedoch niemals zu erkennen gegeben hatte, nun ihrerseits an Frauen interessiert zu sein.

»Die ist eine ganz Heimliche«, war Ritas Erklärung, doch Carla hatte heftig widersprochen: »Vor uns kann die doch nichts verbergen. Der einzige, mit dem die was hat, ist Elsheimer.« Damit spielte sie auf Veras Spezialgebiet an, in welchem diese schließlich auch promoviert hatte, auf jenen so folgenreichen deutsch-römischen Maler des 17. Jahrhunderts, dessen Werk in den Museen seiner Vaterstadt besonders gut vertreten war und besonders gründlich betreut wurde, ein Umstand, dem Vera schließlich auch die insgeheim angestrebte Anstellung am renommierten Kunstmuseum zu verdanken hatte.

Begonnen aber hatte alles in den Vorlesungen, den Seminaren und schließlich auch im Hause Professor Fehringers, eines profunden Kenners aller deutsch-römischen Kunstbeziehungen, der nicht nur lange in der Hertziana, der Bibliothek des Deutschen Kunstgeschichtlichen Instituts in Rom, gearbeitet, sondern auch eine Italienerin geheiratet und nach Deutschland mitgebracht hatte, als ihn endlich der Ruf in die nördliche Universitätsstadt ereilte. Doch auch da liebte er es, sich mit einem Flair südlicher *leggerezza* und *disinvoltura* zu umgeben, beispielsweise dadurch, daß er Studentinnen – und ausdrücklich auch deren Freunde – sowie Studenten – und ebenso explizit deren Freundinnen – zu einer *merenda* am Samstagnachmittag zu sich einlud, zu einem kalten Imbiß und einem Glas Rotwein also, was allerdings wenig mehr als ein Vorwand dafür war, ihn im Garten seines Hauses, umrahmt von alten Bäumen und jungen Menschen, brillieren zu lassen, zweisprachig und nach Kräften vieldeutig. Die Trias folgte den sporadischen Einladungen so gut wie immer, zumal der Professor sie geradezu beschwor zu kommen, da eine *merenda* ohne die drei Grazien – und er denke da durchaus an die graziösen eines Canova, nicht an die voluminösen eines Rubens – ein verlorener Nachmittag sei. Darauf pflegte Vera mit *adulatore* zu antworten, was soviel wie »Schmeichler« bedeutet; er sei ein *ammiratore,* ein Bewunderer also, lautete unbeirrbar die Replik des Professors.

Im Kreise der Freundinnen freilich redete Vera sehr viel mitleidloser von den Gastgebern: »Na, dann gehen wir mal zum laufenden Meter und seiner ruhenden Tonne«, womit sie darauf anspielte, daß der Professor kaum mehr als einen Meter sechzig maß. Das war perfide, da Vera sich ihre ansprechend gegliederten eins fünfundsiebzig ebensowenig als Verdienst anrechnen konnte, wie es dem kleinen, hageren Professor zu verdenken war, daß er eine nicht nur größere, sondern auch deutlich umfangreichere Frau geheiratet hatte. Dennoch hatte dieser naturgeschaffene Gegensatz Veras sonst so gezügelte Neugierde offenbar weiter beschäftigt, da sie den beiden Freundinnen an einem dieser Nachmittage unter Hinweis auf das Gastgeberpaar die Scherzfrage gestellt hatte: »Wißt ihr, wie die Hochzeitsnacht bei den Fehringers verlaufen ist? Er ist fortwährend um sie herumgestapft und hat dabei ausgerufen: ›Alles mir, alles mir!‹«

So von einem Mann zu reden, der zur gleichen Zeit als Lehrer geachtet und als Förderer gebraucht wurde! Die beiden Freundinnen hatten hell aufgelacht und zugleich einen Blick komplizenhafter Verständigung gewechselt: Der Vera ist aber auch nichts heilig!

Wie weit das nun schon zurücklag! Und doch stand Rita die seither verflossene Zeit tagtäglich vor Augen, in Gestalt ihres Ältesten. Der hatte vor kurzem den dreizehnten Geburtstag gefeiert, und Rita trug ein Foto dieses Ereignisses in der Tasche. Befreundeten Müttern hatte sie es bereits anstandslos gezeigt, zugleich verbot es der Anstand, die Freundinnen mit derart privaten Angelegenheiten zu behelligen. Neidlos anerkannte sie, daß Carla und Vera ihr überlegen waren, wenn es um Wissen und Können ging, und nur das zählte in der Runde. Fühlen und Tun, ihre Fertigkeiten, waren nicht gefragt. Hin und wieder hatte sie diesen Umstand mahnend zur Sprache bringen wollen, nie war es ihr gelungen, sich derart deutlich zu äußern, daß die Freundinnen ihre Vorhaltungen hätten begreifen können. Eine, wie Rita sich eingestand, durchaus selbstverschuldete Sprachlosigkeit, da sie in der Furcht gründete, die anderen zu langweilen oder, schlimmer noch, zu nerven. »Jammerkasse« wäre dann die mitleidlose Reaktion gewesen, und bereits die Erinnerung an diesen zweistimmigen, spitz und klagend ausgestoßenen Ruf ließ Rita häufig mitten im Satz verstummen.

»Du bist bereits beim Weißwein?« fragte Vera und deutete auf Carlas Glas. »Hast du den in Kanada derart vermissen müssen?«

Aber nein, dort gebe es in jeder größeren Ortschaft Liquor Stores, in welchen unter anderem auch so exzellente deutsche Importweine angeboten würden wie »Black Forest Girl« oder »Senators Rhinewine«. Sie habe sich freilich in der Regel an Soave Bolla gehalten und Gerd an sein Mäusebier.

»Wie bitte?«

»So nannte er seine Lieblingsmarke. Eigentlich heißt sie Moose Beer, also Elchbier.«

»Und was trinkst du jetzt?«

»Pinot Blanc.«

»Will ich auch haben. Bist du dabei?« Rita schüttelte den Kopf. »Ein Wasser bitte«, sagte sie der Kellnerin, änderte jedoch der Solidarität halber ihre Bestellung in »Eine Schorle«.

»Na, dann erzähl mal«, sagte Vera zu Carla gewandt.

Da gebe es nicht viel zu erzählen. Gerd und sie seien vier Wochen lang auf autobahnähnlichen Straßen durch die unberührte Natur der Rockies gekurvt. Eine ganz neue Erfahrung für sie, jedenfalls eine Lehre.

»Was heißt ›gekurvt‹, und was bedeutet ›Lehre‹?«

»Wir hatten in Vancouver ein *mobile home* bzw. Campmobil gemietet …« Carla zog ein Foto aus dem Stapel und legte es auf den Tisch.

»Ach so, einen Wohnwagen«, sagte Rita, während Vera eine Brille aufsetzte, um das Bild sodann eingehend zu betrachten. »Die vielen Bäume sind die Natur, vermute ich. Und der weißgrüne Kraftwagen ist dann wohl die Technik. Und dein Gerd« – sie deutete auf einen Mann, der Arm und Fuß besitzergreifend auf Kühlerhaube und Stoßstange gestützt hatte –, »der versucht in dieser Trias offenbar den Menschen darzustellen. Etwas rund ist er geworden, findest du nicht? Sag mal – in diesem Karton habt ihr vier Wochen lang gelebt?«

Das bereite keine Schwierigkeiten. Ein Campmobil sei sehr durchdacht und bestens ausgestattet mit Küche, Bad und Heizung.

»Na gut«, räumte Vera ein. »Aber ist das Zusammenleben auf derart kleinem Raum nicht eine harte Prüfung? So ein Wagen hat doch keinen Flur, und Bad und *living room* trennt schwerlich mehr als eine Plastiktür – wo habt ihr überhaupt geschlafen?«

Carla deutete auf einen kastenförmigen Vorsprung über der Fahrerkabine: »Da oben. Ein bißchen niedrig, aber es geht. An den Seiten hat es links und rechts Schiebefenster, und da wir stets auf *provincial campgrounds* übernachteten, in bergiger Gegend inmitten ausgedehnter Wälder und auf verschwenderisch großen *campsites*, waren die Nächte eigentlich nie ein Problem, im Gegenteil. Welch herrliche Grundkühle! Und der wunderbare Geruch all der Nadelbäume, dieser …«

Carla überlegte, dann sagte sie achselzuckend: »Da gab es jedenfalls auch Zedern.«

»Ach ja?« Kopfschüttelnd warf Vera das Foto auf den Tisch. »Diese Schlafstelle da ist doch nicht viel höher als ein Sarg!« Sie blickte Carla mit einem derart unverstellten Ausdruck des Entsetzens an, daß die Freundin drauf und dran war, dies für bare Münze zu nehmen.

Doch plötzlich lächelte die Entsetzte und begann in dozierendem Tonfall: »Ein kluger Franzose hat einmal gesagt …« Sie brauchte den Satz nicht zu Ende zu führen, da die Freundinnen dessen Fortsetzung kannten, zu oft hatten sie ihn immer dann gehört, wenn Vera ihre Vorbehalte gegen das Leben zu zweit auf den Punkt hatte bringen wollen; jetzt nahmen ihr Carla und Rita das Wort aus dem Mund: »Die Ehe ist der Austausch schlechter Launen bei Tag und schlechter Gerüche bei Nacht.«

»Gut aufgepaßt.« Vera nickte huldvoll. »Aber lassen wir die Nächte aus dem Spiel. Wie waren denn die Tage?«

»Na ja – Tage auf Reisen. Man fährt. Man hält an. Man steigt aus. Man staunt oder bewundert. Man steigt wieder ein. Und schließlich bringt man es auf ungefähr 4000 Kilometer in vier Wochen.«

»Ich möchte unverzüglich ebenfalls durch die Rockies reisen«, sagte Vera zu Rita gewandt. »Du nicht auch?«

Rita nickte halbherzig. »Carla erzählt aber auch zu begeistert von ihrer Reise, nicht wahr?« hakte Vera nach, da wagte es auch Rita mitzuhalten: »Sie platzt geradezu vor Begeisterung. Schade, daß du dich damals mit deiner Jubelkasse nicht durchsetzen konntest.«

»Jammerschade«, stimmte Vera zu. »Spätestens jetzt müßte sich Carla arm und blank zahlen.« Beide lachten, worauf Carla noch düsterer blickte. Es sei bei Gott nicht ihre Idee gewesen, in diese Naturparks zu fahren. Sie wäre liebend gern ein weiteres Mal durch die Toscana oder die Provence oder nach Santiago de Compostela gereist, auf den Spuren Brunelleschis oder dieser ominösen Protorenaissance oder jener mittelalterlichen Pilger, aber

Gerd habe diesmal – zum ersten Mal übrigens – nicht mitgespielt. Und als dann noch diese Bankertagung in Vancouver angesetzt worden sei, auf welcher Gerd vermutlich eben jetzt jenes hochwichtige Referat halte, an
welchem er während der ganzen vier Wochen in der Wildnis noch herumgefeilt habe, aber nein, sie vergesse ja jetzt
die Zeitverschiebung ...

»Ihr seid nicht zusammen zurückgekehrt?«

»Ich sag’ doch: Gerd ist noch in Vancouver.«

»Und dem hat es da drüben gefallen?« fragte Vera und
ging die Fotos durch, ein wenig geistesabwesend, wie es
schien. Schließlich hielt sie eines hoch: Sie begreife nicht,
wieso die Freundin derart herablassend von der Natur
spreche. An diesem Berg da sei doch überhaupt nichts
auszusetzen. Der habe doch etwas durchaus Architekto-
nisches, der sei doch eigentlich ein naturgeschaffenes
Kunstwerk.

»Der heißt ja auch Castle Mountain«, stimmte Carla
zu. »Aber das macht die Sache doch nur noch schlimmer.«

»Wieso?«

Nun, gerade in Kanada sei ihr bewußt geworden, daß
das Naturschöne an sich nicht existiere, da der Mensch
die ihn umgebende Natur entweder fortwährend anthro-
pomorphisiere, indem er beispielsweise in alle denkbaren
Gipfelprofile Menschengesichter hineinsehe – in Kanada
vorzugsweise die unglücklichen Töchter unmenschlicher
Indianerhäuptlinge –; oder indem er beim Wahrnehmen
sogleich analogisiere, in jeder burgähnlichen Formation
also geradezu zwanghaft die Burg wahrnehme, am ein-
drücklichsten aber sei ihr – doch anstatt weiter zu argu-
mentieren, blickte Carla plötzlich starr auf das Foto und
schrie unvermittelt: »Daß der doch noch draufgekommen
ist!«

»Der Berg?« fragte Rita erstaunt.

»Der Kojote!« rief Carla aus und warf das Foto neben

das Weinglas der Freundin. »Siehst, Vera, du den Kojoten nicht? Den Kojoten mit Ohr und Schweif? Sag jetzt bitte nicht, daß das ein Nebelstreif ist.« Sie zeigte auf einen dunklen, länglichen Fleck im Vordergrund, der fast vom hohen, sonnenbeschienenen Gras verdeckt wurde. Das zog sich weit hin, einzelne große Nadelbäume verdichteten sich nur langsam zu einem Wald, welchem sich, anfangs sanft ansteigend, bizarre Berge und steil aufragende Gipfel anschlossen, überwölbt von einem großen, blauweiß zerrissenen Himmel.

»Wie schön!« sagte Rita unwillkürlich.

»Du meinst den Kojoten?«

»Nein, die Landschaft. Was ist das denn überhaupt: ein Kojote?«

»Sie fragt, was ein Kojote ist, und hat doch einen vor Augen!« Klagend wandte sich Carla an die Freundin: »Vera! Bitte sag du ihr, was ein Kojote ist!«

»Ich glaube, am liebsten Fleisch«, antwortete Vera bedächtig, während Rita sich mühte, den dunklen Fleck zu deuten: »Ist das ein Hund? Oder ein Wolf?«

»Welch eine Ignoranz!« Carla verdrehte die Augen. »Weiß nicht, was ein Kojote ist! Ich habe es übrigens auch nicht gewußt, doch für solche Fragen war ja Gerd zuständig. Und er war es auch, der, kaum daß wir vier Stunden auf diese Wiese da gestarrt hatten, ausrief: ›Warum machst du denn kein Foto? Da läuft doch ein Kojote!‹ Aber nimm du mal einen kleinen Kojoten wahr, wenn du dich vier Stunden lang auf riesige Elche konzentriert hast!«

»Waren da so viele Elche?« fragte Rita erstaunt.

»Keiner!« rief Carla entrüstet. »Sag' ich doch die ganze Zeit. Oder etwa nicht?« Hilfesuchend blickte sie Vera an.

»Nein, Carlakind, das hast du nicht getan. Du hast dich überhaupt nicht allzu klar ausgedrückt. Wenn eine eine Reise tut, dann kann sie angeblich was erzählen. Warum tust du das denn nicht?«

»Weil es nichts zu erzählen gibt. Man fährt weg. Man kommt wieder zurück.«

»Schon verstanden. Aber was tut man in der Zwischenzeit? Man beobachtet Elche?«

»Man bemüht sich«, antwortete Carla mürrisch. »Man steht um fünf Uhr morgens auf, um rechtzeitig vor Sonnenaufgang vor den Moose Marshes Position beziehen zu können, weil der Elch diese Sümpfe laut Reiseführer vorzugsweise im Morgengrauen aufsucht. Man hält an jeder Salzlecke längs der Highways und der Schotterstraßen, weil da ja auch tagsüber ein Elch stehen könnte. Man wartet bis zur völligen Dunkelheit auf einem Parkplatz an den Moose Meadows, weil der Elch dort, glaubt man dem Experten, die Abenddämmerung nutzt, um aus den Wäldern zu treten.«

»Gehe ich recht in der Annahme, daß man trotz des ganzen Aufwandes am Ende gar keinen Elch gesehen hat?« fragte Vera.

»Und ob man den gesehen hat!« Carla kramte in den Fotos, »gesehen und festgehalten! Hier! Gestochen scharf! So etwas gehört eigentlich ins ›GEO‹!«

»Sehr gelungen«, pflichtete Vera bei. »So schöne große Bäume! Man sieht den Wald richtig vor sich! Aber warum guckt der kleine Esel so komisch? Hat der Angst?«

Aber das sei doch der Elch, insistierte Carla, der erste und einzige Elch ihrer Reise, aufgenommen von einer höhergelegenen Schotterstraße aus, daher wirke er möglicherweise ein wenig klein. Nein – sie. Zu Gerds Enttäuschung nämlich sei ihr Elch kein riesiger Bulle mit mächtigen Schaufeln gewesen, sondern eine staksige Kuh mit Fliegen am Hintern, die kämen auf dem Foto leider nicht so raus, durchs Fernglas aber habe sie die genau beobachten können, wunderbare Brummer.

»Vielleicht war's ein Zwergelch«, sagte Vera, doch Carla widersprach: »Der Elch ist das größte Landsäugetier der nördlichen Halbkugel. Aber auf Fotos wird das nur dann sichtbar, wenn man ein gutes Teleobjektiv hat, also von 110 Millimeter an aufwärts.«

»Und was hatte Gerd?«

»Null Millimeter. Der Apparat gehört mir, und sein 35-Millimeter-Objektiv bringt kaum etwas. Ich hatte Gerd bei Antritt der Reise gewarnt, doch dem fehlte es an Problembewußtsein. Auf unseren Kunstreisen hatte immer ich fotografiert, er weiß nicht einmal, wie man einen Film einlegt. Doch er hatte ja seine Fotografin dabei, eine erstklassige Kraft. Seht mal!«

Carla fächerte die Fotos auf, eine Folge von endlos erscheinenden Straßen, glühenden Himmeln und einsamen Landschaften, die hin und wieder durch einen leicht ergrauten Mann in Räuberzivil belebt wurden, der hier ein Kanu anhob, dort Holz hackte, am häufigsten aber ein Glas füllte oder leerte oder doch interessiert betrachtete.

»Und wo bist du?« fragte Vera.

Rasch wollte Carla die Fotos wieder zu einem Stapel zusammenschieben, schneller legte Vera die Hand auf die Abzüge. »Laß doch mal sehn!«

Mit flinkem Mittelfinger begann sie den Packen auseinanderzubreiten, besorgt nahm Rita wahr, wie Carla ihre Zähne in die Unterlippe grub.

»Also so groß können Elche werden?« fragte sie und gab sich den Anschein, als ob sie erst jetzt jene Fotografie wahrnähme, die doch soeben eingehend betrachtet und besprochen worden war. »Sind die nicht gefährlich?«

»Nicht, wenn man mit einem solch allgegenwärtigen Mann reist«, sagte Vera lächelnd und ließ von den Fotos ab. Hastig schichtete Carla die Bilder zum Stapel, fast schroff zog sie den zu sich heran.

»Die Reise ging also in Vancouver los«, begann Vera, nachdem alle drei eine Zeitlang schweigend aneinander vorbeigeschaut hatten. »Und wie weiter?«

»Aber wenn Carla doch gar nicht erzählen will«, warf Rita fast bittend ein.

»Aber ich will ja erzählen!« Carla ergriff begütigend Ritas Hand. »Ich habe sogar was zu erzählen. Eine richtige Geschichte aus der kanadischen Wildnis. Sie braucht freilich ihre Zeit.«

Das sei kein Problem, erwiderten die Zuhörerinnen, und wie zum Beweis ihrer Aufnahmefähigkeit bat Vera die Bedienung an den Tisch, woraufhin alle ein weiteres Glas Wein bestellten, auch Rita, die eine mahnende innere Stimme dadurch zu beschwichtigen versuchte, es könne sie ja niemand dazu zwingen, das bestellte Glas auch noch auszutrinken.

Dann kam das Gewünschte, im Gleichtakt hoben die drei die Gläser an, und unversehens spürte Rita, wie zusammen mit der Geste Erinnerung aufstieg an die Prosecco-Abende während des Studiums und an eine Gruß- oder Prostformel, an einen Satz, der ihr auf der Zunge lag und den sie dennoch nicht loswurde, da Vera ihr das Wort aus dem Munde nahm: »In vino vetrias!«

»Also«, begann Carla, »ihr müßt euch das so vorstellen: Da fährt ein durchaus idealtypisches Paar durch die kanadischen Nationalparks, sie, wie ihr wißt, kunstbegeistert und kulturbeflissen, er ein Naturfreund. Nolens volens, vermute ich. Sie hat ihn in den zurückliegenden Jahren durch so viele Kirchen, Schlösser und Museen geschleppt, stets besser informiert, immer mit wenn nicht erhobenem, dann doch gehobenem Zeigefinger – ›Schau mal, Gerd, bei diesem rechten Säulenkapitell da handelt es sich, im Gegensatz zu dem links daneben, ganz offensichtlich wieder um eine authentische Arbeit von Meister Gislebertus‹ –, daß er ganz einfach ein Kontrastprogramm entwickeln mußte. Auf jeden Fall hat er sie jetzt endlich da, wo sie nichts zu melden hat, in einer so vollkommen geschichtslosen Gegend, daß es der Reiseführer mangels anderer Daten für erwähnenswert hält, wann irgendein See von wem auch immer entdeckt worden ist; Entdeckertaten, die selten länger als hundert Jahre zurückliegen und die sich fast immer unter reichlich dubiosen Umständen abgespielt haben. Den berühmten Lake Louise beispielsweise hat angeblich ein Herr Wilson im Jahre 1882 entdeckt, liest man jedoch genauer nach, dann wurde der Entdecker von einem nicht genannten Indianer an das Ufer dieses smaragdgrünen Juwels geführt, an einen Bilderbuchsee in einer Bilderbuchlandschaft, die bis auf den heutigen Tag hoffnungslos überlaufen ist, da sie bereits die ersten Touristen heftig an die Schweizer Alpen erinnert hat und dementsprechend oft gemalt worden ist, von europäischen Landschaftern übrigens, welche die Kanadische Eisenbahngesellschaft eigens – zusammen mit Schweizer Bergführern – aus Europa hatte herbeischaffen lassen, um den Fremdenverkehr anzukurbeln. Das hier ist der See« – sie schob ein Foto in die Tischmitte –, »und das hier« – sie legte ein anderes daneben – »ist der Lake Maligne, und den zeige ich euch lediglich deswegen, weil den zwei Frauen entdeckt haben, Anfang dieses Jahrhunderts, ebenfalls unter Führung eines Indianers. Ihre Namen nennt kein Reiseführer, dafür aber werden jene auf Landkarten vermerkt, welche sie den Gipfeln rund um den See gegeben haben. Die nämlich haben sie nach ihren Bekannten benannt, nach Leuten, die Smith oder Brown oder Herbert hießen …«

»Das denkst du dir jetzt aber aus!« unterbrach Rita.

»Die Namen ja, die Tatsache nein«, erwiderte Carla. »Welch eine berauschende Tatsache! Stellt euch vor, ihr hättet ebenfalls die Möglichkeit, euren männlichen Bekanntenkreis unsterblich zu machen! Nach wem würdet ihr die Gipfel benennen, hochragende, gewaltig steil ansteigende Bergriesen wohlgemerkt?«

»Carla, ich bitte dich!«

Carla schlug die Augen nieder. »Entschuldigen Sie, Schwester Oberin.«

»Schön, der See«, sagte Rita.

»Na gut«, fuhr Carla fort, »in den Rockies gibt es also jede Menge Natur, die wiederum in vier große Nationalparks und eine Unmenge von kleineren Parks zerfällt, welche von den Provinzen unterhalten werden. Die Nationalparks, Banff, Jasper, Kootenay und Yoho, sind natürlich ein Muß, und da Gerd die Route und die Aufenthalte nach gründlicher Information und in gewissenhafter Vorplanung festgelegt hatte, blieb mir nichts weiter zu tun übrig, als all die Herrlichkeiten über mich ergehen zu lassen, die Murray-Kiefern, die ich ständig mit Douglasien verwechselte, die Zitterpappeln, die ich immer mit Birken durcheinanderwarf, und die Goldgestreiften Erdhörnchen, die ich fortwährend für Kleine Streifenhörnchen hielt.«

»Da gibt es einen Unterschied?« fragte Rita ehrlich verwundert, worauf Carla erst »Und was für einen!« sagte und dann »Irgendwas mit irgendwelchen Nasenstreifen, die irgendwer hat und irgendwer nicht«.

»Hier ist eins«, fügte sie hinzu und kramte ein Foto hervor, auf welchem zuerst keine der beiden Freundinnen etwas erkennen konnte, bis Vera »Ist das Gerd?« und Rita, fast gleichzeitig und deutlich erschauernd »Ist das eine Ratte?« fragte.

»Nein, Gerd. Und der reicht gerade einem Streifenhörnchen ein Plätzchen. Oder einem Erdhörnchen. Jedenfalls einem winzigen Tierchen. Vielleicht hätte ich doch Gerds Rat folgen und näher rantreten sollen. Was meint ihr?«

Die Freundinnen betrachteten das Foto, auf welchem außer einer gebückten, stark angeschnittenen Gestalt vor allem große Felsbrocken zu sehen waren, und schließlich befand Vera, daß der Bildaufbau rechtslastig sei, was möglicherweise durch Gerds Gewicht verursacht werde.

»Meinst du?« fragte Carla.

»Schöne Steine gibt es da«, sagte Rita.

»Findest du?«

»Wie auch immer«, begann Carla von neuem, »Gerd nahm es in all diesen Fragen sehr genau. Ein Erdhörnchen und ein Streifenhörnchen zu verwechseln, das zeuge ebenso von Unbildung wie die Verwechslung eines Veronese mit einem Tintoretto – das nämlich war ihm in Venedig dauernd passiert –, und überhaupt gäbe es ohne Natur- und Erdgeschichte auch keine Kunstgeschichte, weshalb er aber auch jede Gelegenheit nutzte, auf das unglaubliche Alter all der Trümmer hinzuweisen, die da fortwährend gen Himmel ragten, und das angeblich bereits seit 600 Millionen Jahren, aber ich will mich nicht festlegen. Jedenfalls pflegte ich auf seine Hinweise zu antworten, daß es mich keineswegs erstaune, wenn in einem solch wahnwitzig langen Zeitraum ganze Meere austrockneten und Sedimentplatten sich zu Bergen türmten, das sei schließlich weltweit geschehen, also nichts Besonderes. Daß aber im gotischen Siena das knapp siebzigjährige Interregnum der Guelfen ausgereicht habe, an diesem – und nur an diesem! – Fleck der Erde jenes Ensemble von Bauwerken und Plätzen entstehen zu lassen, die bis heute Ruhm und Stolz dieser Stadt ausmachten – das sei nun wirklich einzigartig; und es lasse seine, Gerds, Klagen während unserer gemeinsamen Siena-Besichtigung in einem noch finstereren Licht erscheinen, wenn er sich jetzt plötzlich für ungestalte, große Steine begeistere. Aber eigentlich war der Gerd ja gar nicht hinter Steinen her, sondern hinter Tieren.«

»Tiere sind auch wirklich etwas Schönes«, warf Rita ein. Zusammen mit den Fotos ihrer Familie trug sie stets auch das ihrer Katze bei sich, fast fühlte sie sich angesichts der vielen Bilder auf dem Tisch dazu berechtigt, nun auch ihrerseits etwas vorzuzeigen, doch eine deutlich warnende Stimme ließ sie innehalten.

»Tiere können wunderschön sein«, stimmte Carla zu, »vorausgesetzt, sie sind gemalt, gezeichnet oder in Stein gehauen. Oder meinetwegen auch in Parks untergebracht, wo sie zutraulich ans Gitter kommen, wenn man etwas mit der Erdnußtüte raschelt. Aber die Tiere Kanadas sind ja wild, zumindest wird vorgegeben, sie seien es. Überall stehen daher längs der Highways Schilder, daß man keine Tiere füttern solle, doch in den ersten Tagen begann ich diese ganze, angeblich unberührte Tierwelt für einen ausgemachten Schwindel zu halten, da sich buchstäblich kein einziges Lebewesen zeigte, bis auf das eine oder andere Eichhörnchen natürlich, doch die sehe ich auch hier vom Balkon aus. Nun wäre das alles für mich kein Problem gewesen, hätte nicht Gerd aufgrund seiner Lektüre bereits ganz klare Vorstellungen davon gehabt, was uns wo in welcher Menge erwarten würde. Von jenem Paß aus sollte das scheue Bergschaf gleich herdenweise zu sehen sein, in diesem Tal so gut wie immer der kapitale Wapiti-Hirsch äsen, am Kilometer XY sich die seltene Schneeziege zum Minerallecken einfinden – aber nichts da. Nicht einmal ein kreisender Raubvogel oder ein überfahrener Igel, die doch auf deutschen Autobahnen dem Tierfreund die Zeit verkürzen helfen – rein gar nichts. Gerd tat mir aufrichtig leid, wie er da verbissen die Highways links und rechts nach Bewohnern der Wildnis absuchte, dabei war doch eindeutig ich die Leidtragende. Denn ich saß schließlich die ganze Zeit neben ihm und mußte mir fortwährend anhören, daß es sogleich etwas zu sehen geben würde, daß es leider noch nichts zu sehen gebe, wieso da eigentlich nichts zu sehen sei. Ich versuchte ihn mit der Versicherung zu trösten, daß ich in meinem ganzen bisherigen Leben noch nie den Anblick eines Bergschafes vermißt hätte und daß das vermutlich auch für dessen Rest gelten würde, doch solche Worte stachelten Gerd nur zu immer verzweifelteren Taten an. Und da machte ich einen entscheidenden Fehler ...« Carla unterbrach sich und sah forschend von der einen Freundin zur anderen. »Sagt mal – ich jammer' doch nicht?«

Sogleich erteilte Rita Absolution, erleichtert nahm Carla wahr, daß auch Vera abwinkte.

»Zuerst noch ein Wort zu Gerds Taten. Sie beschränkten sich zunächst darauf, daß er zusätzlich zu den drei Reise- und Wanderführern, die er aus Deutschland mitgebracht hatte, an jedem Informationsstand und in jeder einschlägigen Buchhandlung längs der Reiseroute weitere Broschüren und Bücher mitnahm oder erwarb, Landkarten und Druckwerke, die das versprachen und zeigten, was der Tierfreund zu hören und zu sehen wünschte. *Wildlife abounds* – Wildtiere im Überfluß beispielsweise verhieß ein Faltblatt dem Besucher des Wells Grey Park, der Besucher aber konnte sich bereits glücklich schätzen, wenn er in dieser riesigen Waldeinsamkeit einen einzigen Stellars Blue Jay zu Gesicht bekam – so jedenfalls bestimmte Gerd den ansprechend blauen Vogel, und er mußte es ja wissen, da er stets das Werk ›Vögel der Rokkies. Ein Finderführer‹ parat hatte.«

»Ist das so etwas wie ein Pfadfinderführer?« fragte Vera angeregt.

»Leider nein«, entgegnete Carla. »Das ist die wörtliche Übersetzung von ›A Finder's Guide‹. Aber Pfadfinderführer stimmt insofern ebenfalls, als Gerd mich immer häufiger drängte, mit ihm irgendwelche Bergpfade und Waldwanderwege entlangzuschreiten, da er der irrigen Meinung war, die Tiere der Wildnis hielten sich auch in derselben auf. Von diesem Irrtum sollte er bald befreit werden, doch vorher schon machte ich den bereits erwähnten Fehler. Nach zwei, drei Fußmärschen, die außer einem Vögelchen hier und einem Eichhörnchen da nichts als müde Beine gebracht hatten, weigerte ich mich, weitere Strapazen auf mich zu nehmen. Gerd, so schlug ich vor, solle mich doch samt Wagen und Büchern an einem ruhigen Ort, vorzugsweise einem Wasserfall, zurücklassen und seiner Wege gehen, ich würde mich derweil selber zu beschäftigen wissen, zumal an einem Wasserfall. Die Wasserfälle nämlich, und es gibt viele in den Rockies, hatten es mir wirklich angetan, die entzückten und ergriffen mich jedesmal aufs neue: Da, angesichts des steten Einflusses, den das Weiche auf das Harte nahm, glaubte ich die größtmögliche Annäherung des Naturschönen an das Kunstschöne feststellen zu können. Freilich war bereits der erste dieser Wasserfälle auch der schönste gewesen, die Helmcken Falls, ein einziger, ungeteilter, nicht endender Riesensturz Wassers von gut 140 Meter Höhe in ein wundervoll glatt ausgewaschenes, von ständigem Tosen erfülltes Bassin am Fuße steil aufragender Felswände, wo die strudelnde, kreisende und in allen Regenbogenfarben irisierende Gischt wohl in jedem Betrachter den ebenso schauerlichen wie lustvollen Gedanken wachrief, wie es wäre, sich von der hochgelegenen Aussichtsplattform geradewegs ins Herz all dieser unmenschlichen Gewalten zu stürzen …« Carla blätterte eilig in den Fotos, betrachtete eines, schob es mit den Worten, daß da aber auch überhaupt nichts rüberkomme, wieder in den Stapel, überlegte einen Moment und setzte nach einem »Ja, richtig!« erneut an: »Der Vorschlag mit den Wasserfällen! Den schien Gerd geradezu als Kriegserklärung aufzufassen. Er erinnerte an unsere Reisen nach Florenz, Autun oder anderswohin. Da habe er ja auch nicht in irgendeiner Bar auf mich gewartet, er sei vielmehr trotz der unmenschlichen Hitze durch all diese nicht enden wollenden Museen und all die ewig gleichen Kathedralen gewandert. Das war natürlich eine dreiste Geschichtsfälschung, da Gerd stets freiwillig mitgestiefelt war, und außerdem ein völlig unzulässiger Vergleich, was ich ihm auch sofort unter die Nase rieb, wodurch ich einen scheinbar leicht errungenen Sieg verbuchen konnte, welcher sich freilich kurz darauf als weiterer schwerwiegender Fehler entpuppen sollte. Aber vorerst konnte ich ganz einfach nicht an mich halten.« – Carla nippte am Wein; als gehöre sich das so, tat es Rita ihr gleich. – »Ich machte Gerd nämlich unmißverständlich klar, daß es einen nicht unerheblichen Unterschied zwischen den – beispielsweise – Uffizien und einem Nationalpark gebe. Daß ich ihn nicht mit der Versicherung in dieses Museum gelockt hätte, man könne im dortigen Botticelli-Saal mit etwas Glück gegen Abend »Die Erschaffung der Venus« beobachten, sondern daß er von mir ohne Umwege direkt vor dieses Meisterwerk geführt worden sei. Ein schwer zu widerlegender Einwurf, den sich Gerd denn auch schweigend anhörte, allzu schweigend, wie ich heute weiß. Doch ob er damals bereits über Racheplänen brütete?« Vera und Rita wechselten einen besorgten Blick, nachdenklich legte Carla den Kopf in den Nacken.

»Wann hat sich Gerd eigentlich die *Bear Attacks* gekauft? War das schon in Jasper? Oder erst in Banff?« Als ob sie die Antwort im Stapel vermute, blätterte Carla in den Fotos, dann, als habe sie jene gefunden, zog sie zwei Bilder heraus, die sie mit geradezu inniger Anteilnahme betrachtete. »Gleich!« beschwor sie die Zuhörerinnen mit beruhigend erhobenen Händen. »Erst noch einige erklärende Worte. Wir hatten bereits die Stadtgrenze von Jasper erreicht, der größten Stadt mitten im größten der Nationalparks, wir hatten Hunderte von Kilometern auf relativ einsamen Highways hinter uns, ohne bisher auch nur ein größeres Tier gesehen zu haben, und wißt ihr, was da mitten in Jasper über die Hauptstraße stakst, seelenruhig, geradezu pomadig?«

Die Antwort konnte für die beiden Freundinnen kaum überraschend ausfallen, war doch auf beiden Fotos ein Hirsch zu sehen, auf dem einen groß, als Verkehrsteilnehmer, auf dem anderen, bereits deutlich kleiner, bei nicht klar zu benennender Tätigkeit. »Da steht er vor einem Gartenzaun, gleich wird er hinüberspringen, um die Rabatten zu rupfen, der saubere König der Wälder. Daß dieser Vorgang nicht ebenfalls dokumentiert wurde, liegt einzig an Gerd, der mir mit unverstelltem Grimm die Hand vor die Linse hielt. Weil er einfach nicht begreifen wollte, richtiger: weil er es einfach nicht fassen konnte, daß es heute keine Wildnis mehr gibt, sondern nur noch Parks, keine wilden Tiere mehr, sondern nur noch wildgewordene, keine Trapper mehr, sondern nur noch Gerds. In Jasper jedenfalls stießen wir überall auf Hirsche, in den Vorgärten, hinter der Polizeiwache, und in Banff, der zweitgrößten Stadt der Rockies, konnten wir Bruce, den laut Lokalzeitung standortältesten Weißnichtwievielender nur deshalb nicht bewundern, weil ihm die zurückliegende Weihnachtszeit das Genick gebrochen hatte, wortwörtlich, er war nämlich mit seinem Geweih in der quer über die Hauptstraße gespannten Lichterdekoration hängengeblieben.

Aber noch lag ja der größere Teil der Reise vor uns, und, wie es so schön bei Hemingway heißt, ein Mann kann zwar besiegt, aber nicht vernichtet werden. Dabei ist unser Mann nicht einmal ersteres, er ist lediglich angeschlagen, und da die Frau sich gewohnheitsmäßig zurückhält, versucht er, so gut es geht, Punkte zu sammeln. Sie unterläßt jeden Kommentar, wenn die angeblich so scheuen Dickhornschafe sich unversehens wie Wegelagerer um den Wagen drängen und den vor lauter Gier ins unvorsichtigerweise offengelassene Wagenfenster gepreßten dicken Kopf nur noch mit Hilfe des Menschen herausbugsieren können. Sie schweigt auch zur Maultierhirschkuh mit Halsband, die am Vermillion-See grast. Und sie sagt kein Wort zur unübersehbaren Tatsache, daß ihr Trapper und sie kein einziges Wildtier exklusiv zu Gesicht bekommen, da jedes von einer Traube von Menschen umgeben ist, die, vermute ich, allesamt das gleiche Bild auf ihre Filme bannen: das jeweilige Tier unter möglichst vollständiger Weglassung der umstehenden Menschen, da deren Präsenz den Wildnischarakter des Dargestellten doch erheblich geschmälert, wenn nicht vollständig ruiniert hätte. Auf jeden Fall legte Gerd größten Wert auf solch präzis getürkte Authentizität; seine immerwährende Anweisung an die Fotografin lautete denn auch: ›Keine Menschen, keine Menschen!‹ Na, der kann aber sehr zufrieden mit mir sein!«

Mit einem Kichern, das die Freundinnen erneut besorgte Blicke tauschen ließ, reihte Carla ausgesuchte Fotos aneinander, Motive, welche das Thema Tier und Mensch mit nur geringen Variationen abhandelten: Stets blickte da eine Menge größerer Zweibeiner auf selten mehr als zwei meist schwer zu identifizierende Vierbeiner, häufig waren zudem noch parkende Autos zu sehen, in einem Fall sogar ein ganzer Reisebus, dessen Passagiere dabei waren, ins Freie zu treten, da sich dort ein verschrecktes weißes Wesen an die sandige Böschung längs des Highways preßte.

»Die Schneeziege!« rief Carla eine Spur zu fidel. »Da ist die Schneeziege wieder! Eine ganz rare Tierbegegnung, wenn man den Reiseführern glauben darf! Ein weiterer Punkt für Gerd.«

Rita war unbehaglich zumute. Sie pflegte die Übereinstimmung und begriff weder die Regeln des Kampfes, der ihr da geschildert wurde, noch verstand sie dessen Ursachen. Sie mühte sich, die Wellen durch Öl zu glätten, und mußte die Erfahrung machen, daß sie es statt auf Wellen in ein Feuer gegossen hatte. »Was ist denn dabei, wenn Gerd Tiere mag?« fragte sie.

Diesmal waren es Carla und Vera, die einen komplizenhaften Blick wechselten. »Es geht nicht um Tiere, Rita«, sagte Vera schließlich. »Es geht um Menschen.«

»Aber Carla redet doch die ganze Zeit von Tieren!«

»Gerd und ich sind schließlich auch Menschen, oder nicht?« fragte Carla.

»Wenn man deinen Gerd so sieht, möchte man manchmal daran zweifeln.« Vera schwenkte mit spitzen Fingern ein Foto durch die Luft. »Mensch oder Mops, das ist hier die Frage.«

Schweigend blickte Rita von einer unangemessen aufgekratzten Vera zu einer Carla, die fast erstarrt dasaß; doch plötzlich rötete sich deren Gesicht, blitzten die Augen, fuhr die Hand nach dem Foto. »Da sind wir ja schon mitten im Bärenland!« rief sie aus. »Da war der Terror ja bereits in vollem Gange! Gib her, gib her!«

Nun, da das Foto gut sichtbar auf dem Tisch lag, begriff Rita zwar Veras Frage, nicht aber Carlas Worte. Alles, was sie sah, war eine von Wald begrenzte Wiese, in deren Mitte ein einziger Nadelbaum stand, an welchem zwei Schilder angebracht waren, ein gelber Rhombus mit der Nummer 9 und ein gleichfarbiges, beschriftetes Rechteck, dessen Mitteilung nicht zu erkennen war, jedoch wichtig zu sein schien. Denn aufmerksam hatte sich ein Mann in hellem Hemd und verwaschenen, deutlich zu knappen Jeans in die Zeilen vertieft, unzweifelhaft Gerd, dem eine Schirmmütze und ein blauer Rucksack den Anschein einer Mischung von Wanderer und Waldläufer gaben.

»Könnt ihr erkennen, was draufsteht?« fragte Carla, wartete jedoch keine Antwort ab und las vor: »*Caution/ Avis. Bear in area. Travel with caution. Ours dans ce secteur. Avancez prudemment.*‹ Da steht's! Und da stand Gerd mit seinem Bärenglöckchen und sagte mir, ich solle keine Angst haben, er würde ja auf dem Wanderweg Nummer neun vorangehen und den Bären verscheuchen. Der! Wo er doch darauf brannte, einen Bären zu sehen. Und wenn einer etwas sehen will, dann verscheucht er es doch nicht! Bär in der Gegend – da mußte Gerd natürlich durch, der Bär ist schließlich der König der Rockies und die Begegnung mit einem Grizzly die Krönung aller Wildnisabenteuer. Ich aber war dazu verdammt, Gerd durch das Bärenland zu folgen, da das tückische Warnschild nicht etwa am Beginn des Wanderweges zum Wabasso Lake angebracht worden war, also am Parkplatz längs des Icefield Highways, sondern erst nach etwa vier Kilometern Fußweg durch Wald und Sumpf, mitten in einer farblich zwar ansprechenden, doch räumlich bedrückend weitläufigen Wildnis, die nur wenig Parkmäßiges hatte. Eine Rückkehr zum Wohnwagen hätte ebenso durch Bärenland geführt wie der Weitermarsch zum See, also entschied ich mich dafür, weiterzumarschieren, da der Fehler, überhaupt losmarschiert zu sein, anders nicht gutzumachen war. Und damit lieferte ich mich natürlich vollkommen Gerd, seinem Bärenglöckchen und seinem Bärenwissen aus. Stimmt nicht ganz – ich wußte zu diesem Zeitpunkt auch schon was über die Bestien, da es für Gerd einfach undenkbar gewesen war, seine Kenntnisse für sich zu behalten. Und die verdankte er natürlich seiner Lieblingslektüre, dem Standardwerk über Bärenangriffe, *Bear Attacks* von Stephen Herrero, aus welchem er des Abends – am Lagerfeuer und in angeregtester Laune – die ausgesuchtesten Scheußlichkeiten zum besten gab, über böse Bären, die Frauen am Bein aus dem Zelt schleifen, zum Beispiel. Oder er dozierte über die vielfältigen Risiken, dem gewaltigen Grizzly unangenehm aufzufallen, sei es, indem man sich nichtsahnend einem von ihm gerissenen Beutetier näherte, sei es, indem man einer aufgestörten Bärenmutter das irrige Gefühl vermittelte, man wolle ihren Jungen etwas antun. Daher wurde denn auch der Besitz und vor allem der Gebrauch eines Bärenglöckchens immer dann dringend empfohlen, wenn es durch Bärenland ging, und unter Gebrauch eines Glöckchens versteht man ja wohl das Läuten. Wer aber nicht läutete, war Gerd. ›Laß mich das Läuten besorgen‹, bat ich. Er schüttelte den Kopf. ›Dann läute du!‹ rief ich. ›Wir sind doch nicht in der Kirche‹, war seine Antwort; außerdem solle ich keine Angst haben, er sei ja bei mir, und bekanntermaßen hielten sich die Bären zuerst immer an die Männer. Das aber war eine blanke Lüge, da die Bären, von denen er mir des Abends so genüßlich Bericht erstattet hatte, häufig Frauen anfielen, vorzugsweise solche, die gerade ihre Tage hatten, ungeachtet neben ihnen schlafender oder wandernder Freunde. Darüber hinaus aber waren seine Worte eine kalkulierte Gemeinheit, da er jedweden Hinweis auf die Gefährlichkeit des Bären bei mir gut – und das meint: schlecht – aufgehoben wußte.«

Carla blickte erhitzt in die Runde. »Der Gedanke an große Raubtiere flößt mir nun mal Angst ein, während er in Gerd irgendwelche atavistischen Jäger-, Kämpfer- und Beschützerphantasien auslöste; das heißt, eigentlich wollte er mich ja keineswegs beschützen, sondern verängstigen und bestrafen dafür, daß ich seine Wildnis und sein Trappersein nicht ernst genommen hatte. Nun – beides gelang ihm während dieser Wanderung nicht schlecht; das vermutlich ließ ihn Blut lecken und führte schließlich zu jener zumindest für ihn ausweglosen Situation, derentwegen ich diesen ganzen Psychokleinkrieg referiere. Erst mal freilich folgt ein immer hellhörigeres Siedlerfrauchen einem immer kühneren Lederstrumpf auf einem Weg, der ihr immer unheilvoller erscheint, je länger er sich hinzieht. Und er zieht und zieht sich. Durch prärieartiges Grasland, aus welchem kantige Felsbrocken ragen, längs murmelnder Flüßchen, gesäumt von lichten Wäldern voller Buschwerk und reifenden Beeren – alles vom Bären gern aufgesuchte Gebiete. Dennoch würde sie den Weg vermutlich einigermaßen gelassen entlangwandern, trotz des Warnschilds und der Gruselgeschichten am *campfire,* hätten nicht weitere Faktoren dazu beigetragen, ihr

Furcht einzuflößen. Seit einer Woche bereits wird die ge-
schürt. In allen Camps werden warnende Handzettel verteilt, die böse, große Bären unter Aufschrift DANGER
zeigen. Bären hätten einen unglaublichen Geruchssinn.
Sie seien unerhört stark und schnell und vor allem auf Es-
sensreste scharf. Nur nichts draußen liegenlassen! Allen
Müll in den bärensicheren Abfallcontainern entsorgen!
Metallkästen, die ich nie ohne leises Gruseln aufsuchte, da
ihre panzerschrankähnliche Konstruktion Rückschlüsse
zuließ auf die fabelhafte Kraft des Bären ebenso wie auf
seine diabolische Intelligenz. Da mußten nach kompli-
ziertem System erst mehrere Klappen bewegt und Hebel
gedreht werden, bis der Müll in Stahlkammern versenkt
werden konnte, alles Manipulationen, die zu bewerkstel-
ligen ein Wesen ohne gegengreifenden Daumen ganz einfach nicht in der Lage ist. Aber mußte das die gierigen Bären nicht nur noch wütender stimmen? Es schien so.
Denn warum wiesen derart viele dieser Metallboxen derart wüste Kratzstellen, ja Schlag- und Trittdellen auf?«

Die Erzählerin blickte die Zuhörerinnen mit geweiteten Augen an, so daß sich Vera dazu veranlaßt sah, »Tapfere, kleine Carla« zu sagen, während Rita »Und? Seid ihr
denn einem Bären begegnet?« fragte.

»Auf dem Wege zum Wabasso Lake?« Im Schnell-
durchgang musterte Carla ihren Fotostapel und zog eines
heraus, das sie, als ob es die Antwort noch nicht verraten
sollte, sorgfältig mit den Händen verdeckte. »Einem Bären? Ich rechnete fest damit. Denn während die Wildnis
der Rockies sonst nicht nur tierleer gewesen war, sondern
auch keine Hinweise auf die Existenz von Tieren enthalten hatte – jedenfalls keine sichtbaren –, wies unser Wanderweg eine Fülle solcher Belege auf. Immer wieder lagen
da Exkremente unterschiedlichen Alters und dementsprechend unterschiedlicher Konsistenz; Ausscheidungen, die
ich auf den ersten Blick pflanzenfressenden Arten zuge-

ordnet hätte, wäre da nicht die Tatsache gewesen, daß der Bär ein Allesfresser ist. Nicht nur seine pflanzenfressenden Beutetiere also, auch er selber konnte die ständig wiederkehrenden Haufen verursacht haben: Ungeachtet der Frage, ob Bär, ob Beute, war dieser Weg ganz eindeutig eines der Bärenzentren der Rockies. Jedenfalls in meinen Augen. Ich nämlich wähnte mich auf einem vielgenutzten und in Bärenkreisen wohlbekannten Wildwechsel, ich erwartete hinter jedem Stamm, jedem Stein, jeder Wegbiegung die endgültige Bestätigung meiner Ängste, möglicherweise ersehnte ich sie sogar. Denn, wie es so richtig heißt: Lieber ein schreckliches Ende als ein Ende ohne Schrecken.«

»Sehr wahr«, bekräftigte Vera und beschied Rita durch eine Handbewegung, einen offenbar geplanten Einwand zu unterlassen. »Und dann kam der Bär?«

»Dann kam der See!« berichtigte Carla sie unduldsam. »Und mit ihm des Rätsels Lösung. An dessen Ufer nämlich saß eine stattliche Reiterinnen- und Reiterschar rund um ein zünftiges *wilderness barbecue,* unweit ihrer hin und wieder sorglos äpfelnden Pferde. Dahinter aber lag der See, ein gleißendes Schmuckstück inmitten reinster Natur, auf welchem doch wieder nur ein einziger Prachttaucher seine einsamen Kreise zog – ich habe vorhin den Main überquert, da tummeln sich mindestens zehn Arten Wasservögel, Kanadagänse mit eingeschlossen, in einer Brühe, die den Eindruck erweckt, sie müßte den Tieren eigentlich die Beinchen wegätzen …«

»Der Main soll aber vergleichsweise gute Werte aufweisen«, merkte Rita an, worauf ein etwas ratloses Schweigen eintrat, bis Carla sich des zuvor beiseite gelegten Fotos erinnerte: »Und das ist unser Lederstrumpf, nachdem er vom Wabasso Lake an den Ausgangspunkt seiner so hoffnungsvoll begonnenen Wildnisexpedition zurückgekehrt ist, fotografiert mit sozusagen versteckter Kamera.« Zu diesen Worten legte Carla den Freundinnen die bildliche Pointe vor, einen mürrisch blickenden Gerd, der, erneut neben dem Nadelbaum und seinem Warnschild stehend, diesmal ostentativ in eine ganz andere Richtung schaute.

»Wir waren also die ganze Zeit einem offenbar sehr populären Reitweg gefolgt – dazu ebenfalls zu schweigen, brachte ich denn doch nicht übers Herz. Auf dem Rückmarsch wandelte ich das Versprechen *wildlife abounds* in *horselife abounds* um, auch bat ich Gerd inständig darum, doch ja nicht mit dem Bärenglöckchen zu läuten, das würde nur den Grizzly erschrecken, der traue sich wegen der vielen großen, bösen Pferde sowieso kaum noch aus der Höhle, armer Bär. Glatter Punktgewinn für Carla also, doch da, als ich bereits dachte, die Partie glanzvoll gewonnen zu haben, ging unser kanadischer Kampf erst richtig los.«

Aufmunternd nickte Vera, indes Rita bekümmert den Kopf senkte und verstohlen auf die Uhr sah. Längst saßen die drei nicht mehr im Halbschatten, sondern im wärmenden Licht der tiefstehenden Augustsonne, bald würden die Geschäfte schließen.

»Dauert nicht mehr lange«, sagte Carla, der Ritas Blick nicht entgangen war. »Und das Beste kommt noch!«

»Also Ring frei zur letzten Runde!« Anfeuernd hielt Vera der Bedienung das leere Glas entgegen, wieder zog Carla mit, während Rita diesmal energisch verneinte.

»Letzte Runde? Noch ist es nicht soweit. Noch durchleben wir so etwas wie die Pause vor dem Gongschlag. Noch machen wir die letzten Nationalparks, Kootenay und Yoho – dort sehen wir übrigens auch die Elchkuh –, noch hakt Gerd brav seine Tierbegegnungen ab, wobei er freilich immer bescheidener wird: den Kojoten – gesehen; das Eisgraue Murmeltier – gesehen; den Pica-Pfeifhasen – gehört und gesehen; noch bestehe ich darauf, daß wir angesichts der ringsum herrschenden Waldesdumpfheit wenigstens jeden Wasserfall ansteuern, die Athabasca-Fälle, die Sunwapta-Fälle, die Bridal-Veil-Fälle, die sind wenigstens hell und schnell. Dann aber, es ist einer der letzten Tage, die Gerd für die Nationalparks eingeplant hat, lese ich, daß wir die höchsten Wasserfälle Kanadas noch gar nicht gesehen haben und daß sie direkt an unserer Strecke liegen, die Takakkaw-Fälle, deren Höhe der eine Reiseführer mit 380 Metern angibt, während der andere, wortwörtlich, sagt: etwa 384 Meter hoch. Und nicht etwa 383. Dafür schreibt der eine dann wieder, daß diese Fälle zu den zehn höchsten der Welt gehören, und warnt eindringlich vor der Zufahrtstraße, die sich in unglaublich engen Serpentinen vom Yoho-Tal zum Naturschauspiel hochschraube, ja er sagt sogar ausdrücklich: Vorsicht mit dem Campmobil. Doch das scheint meinen Lederstrumpf nur anzustacheln. Wenn er sein Siedlerfrauchen schon nicht vor Bären schützen kann, dann will er es wenigstens sicher zum Ort ihrer Wünsche kutschieren. Wir verlassen also den Highway, die schmale Straße steigt an, jedoch in sanften Kurven, die dem tapferen Fahrer nur kopfschüttelnde Kommentare abnötigen: Darüber könne jemand, der die Großglockner-Höhenstraße gemacht habe, doch nur lachen! Doch auf einmal lacht er nicht mehr, denn plötzlich gelangen wir an eine steil aufragende Wand, in welche ein im spitzesten Zickzack verlaufendes Band eingehauen ist, eine Erscheinung geradezu, die wir nur deshalb als Straße zu begreifen in der Lage sind, weil sich da doch tatsächlich sehr langsam Personenwagen, sogar ein Wohnwagen in die Höhe bewegen. Aber was soll ich viel erzählen«, hastig nahm Carla eines der beiden Gläser von dem Tablett, das die Bedienung in die Mitte des Tisches gestellt hatte, »Gerd kamen bereits nach der ersten, nur mühsam bezwungenen Haarnadelkurve Bedenken. Im Personenwagen würde er die Strecke jederzeit bewältigen, im – überdies gemieteten – *mobile home* sei ihm die

Fahrt zu riskant. Ich schlug ihm vor, er solle mich ans Steuer lassen; er lehnte ab. Er habe den Mietvertrag unterschrieben, er hafte als Halter. Außerdem breche er das Unternehmen auch mir zuliebe ab, als Fahrer trage er Verantwortung für die Mitreisenden. Darauf setzte er den Wagen trotz meiner Proteste zurück in eine Wendebucht, wenig später waren wir wieder auf sicherem Boden. Da machte Gerd überraschenderweise ein Friedensangebot. Er schlug vor, die Nationalparks unverzüglich zu verlassen, um mehr Zeit für die Rückreise und für Vancouver zu haben. Auch dürfe ich bestimmen, wo wir die nächste Nacht verbringen würden. So viel guter Wille hatte ein Einlenken verdient. Statt dem entgangenen Wasserfall nachzutrauern, suchte ich einen vielversprechenden *campground* aus, Blanket Creek. Der befand sich eindeutig nicht mehr in *bear county* – so hatte ich die Parks getauft –, er lag, bequem zu erreichen, in der Nähe der Stadt Revelstoke und an einem Wildbach, einem kleinen Wasserfall sowie an einem langgestreckten See. Seltsame Entscheidung! Blanket Creek war einer von rund zwanzig *campgrounds*, öffentlichen wie privaten, die allesamt in Frage gekommen wären. Daß ich ausgerechnet Blanket Creek auswählte! Zufall? Oder Schicksal?«

Erwartungsvoll lächelte Vera, beunruhigt griff Rita zum Weinglas und ließ es geschehen, daß aus dem geplanten Schlückchen warm gewordenen Weines ein Schluck wurde. »Wie auch immer«, fuhr Carla nachdenklich fort, doch dann verklärte sich ihr Ausdruck beinahe: »Ich bin, ihr wißt es, keine Naturschwärmerin, jedoch lernfähig. Mit den *campgrounds* ging es mir, je länger wir reisten, so wie seinerzeit mit den romanischen Kirchen Burgunds. Wurde hier die Hilfskonstruktion ›Romanik‹ durch Anschauung erst zu einem Begriff, der nicht zugleich ihm wesenseigene Qualität meinte – es gibt, ihr wißt es, eine plumpe Romanik und eine raffinierte, eine formelhafte und eine inspirierte und so fortan –, so hatte ich in den Rockies mit der Zeit begriffen, daß von ›der‹ Natur ebenfalls nicht die Rede sein kann, nicht einmal innerhalb ein und derselben Region. Auch da gibt es Gelungenes und Verhauenes, und Blanket Creek war, das merkten wir bereits bei der Einfahrt zum Platz, ein überaus gelungenes Stück Natur, eine rare Kreuzung von *locus amoenus* und *locus selvaticus*. Es war früher Abend, als wir das Eingangstor passierten. Dort saß – und das bereits war ein gutes Zeichen – niemand, der uns, wie es auf den großen *campgrounds* die Regel war, einen Platz zuwies, statt dessen hob ein äsender Maultierhirsch nur mäßig interessiert das schönäugige Haupt. Wir konnten uns unsere Bleibe also selber aussuchen, und wir hatten Glück – so jedenfalls dachte ich in diesem Augenblick noch. Im weitläufigen, leicht abfallenden Gelände sahen wir nur wenige Wagen, immer häufiger waren wir bei unserer Rundfahrt versucht, einen der gegen Blicke geschützten und zugleich besonnten Stellplätze zu erwählen, doch eine Ahnung ließ uns so lange weitersuchen, bis wir den Traumplatz gefunden hatten, die einsame Nummer zwei am Rande des Geländes, dort, wo der Zedernwald von wildem, dichtem Himbeergesträuch abgelöst wurde, das sich bis zum See hinzog, ein weites, unberührtes Hinterland, durch das lediglich ein schmaler Weg zum Ufer führte. Da dieser Pfad an unserem Stellplatz begann, betrachteten wir ihn ebenso als Privatweg wie Buschland und Seeufer als unserem Territorium zugehörig, und als wir, im letzten noch wärmenden Sonnenschein, unser Essen einnahmen – Tische und Bänke gehören ebenso zur Grundausstattung der *campsites* wie Feuerplatz und kostenloses Holz –, da konnte ich nicht anders, als Gerd für die Ausdauer und Gründlichkeit zu loben, mit welcher er das Kanada-Unternehmen vorbereitet und durchgesetzt hatte, oh, hätte ich mir doch lieber die Zunge abgebissen!

Aber nein, ich plapperte wie im Rausch weiter, und es war ja auch berauschend, der erste abendliche Schluck Wein, dann der schon nächtliche Cognac zum die Mahlzeit beschließenden Kaffee, auf Campingstühlen eingenommen, den Blick in das von Gerd wie immer perfekt gewartete *campfire* gerichtet, das in Blanket Creek eine ganz exklusive Note dadurch erhielt, daß ausschließlich Zedernholz verfeuert wurde, ein ohnehin ungemein aromatisch riechendes Material, das freilich im Zustand des Entflammtseins erst seine ihm innewohnenden Wohlgerüche gänzlich entfaltet. Von alldem war ich derart hingerissen, daß ich beschloß, ein für allemal meinen Frieden mit Gerd und der Welt zu schließen, ich schickte mich bereits an, dies auch in Taten unter Beweis zu stellen, als mich unversehens dieses Geräusch da aus allen Träumen riß.«

»Ach, dieses Geräusch da«, sagte Vera.

»Welches Geräusch denn?« fragte Rita.

»Wie soll ich es beschreiben? Ein unüberhörbares Rascheln in den nicht weit entfernten Büschen, ein schon schwerer hörbares Knacken von kleinen Zweigen, ein derart unterdrücktes Schnaufen, daß eigentlich nicht mehr auszumachen war, ob da wirklich jemand schnaufte oder nicht vielmehr ein Windstoß durch Geäst und Blätter ging, ein alles in allem furchterregendes Lautgemisch, welches auch dadurch nicht vertrauenerweckender wurde, daß es im Halbkreis um unsere Feuerstelle zu wandern schien und eine leichte, freilich nur zu ahnende Bewegung in Himbeeren und Farn verursachte – nur zu ahnen, da unser Feuer ja lediglich uns selber mit mattem Schein bestrahlte, die Wildnis aber, von der wir umgeben waren, in tiefster Dunkelheit dalag. Himbeeren! War es der Gleichklang der Worte? War es mein Wissen um spezielle Freßgewohnheiten? Ich jedenfalls war schlagartig und felsenfest davon überzeugt, daß ein Bär uns belausche, belauere, bedrohe. Lederstrumpfs große Stunde! Welcher Bär denn? Ha! Ein Bär, und wenn schon. Ha ha! Bär, komm raus, du bist umzingelt. Ha ha ha! Lachend ließ Gerd seine Taschenlampe wandern, er stand sogar auf und schritt auf dem schmalen Pfad in die Himbeerbüsche, so weit, bis ich nur noch einen fernen Lichtschein tanzen sah, dann kehrte er so aufgeblasen und herablassend zurück, wie die Männes bereits zur Steinzeit zu ihren verängstigten Frauchen in den Höhlen zurückgekehrt sind: Du – alles unter Kontrolle! Da draußen ist nichts! Und wie die erleichterten Steinzeitfrauchen ließ auch ich in meiner Verblendung den Bären ein – ich nämlich hatte Gerds Suche vom sicheren Campmobil aus verfolgt und empfing meinen vermeintlichen Beschützer mit unverstellter Freude: Mein Jott, was sind wir Weiber dumm!«

Dieser Claire-Walldorf-Refrain hatte zu den Verständigungstexten der Trias gehört, anerkennend nickte Vera, ungeduldig drängte Rita: »War denn da nun ein Bär oder nicht?«

»Ja und nein.« Fast beschwörend versprach Carla der Freundin, sie werde sich ganz, ganz kurz fassen, müsse allerdings noch einige Basisinformationen vorausschicken, anders würde das heillose Ende nicht verständlich. Ergeben nickte Rita, lachend griff Vera den obersten Abzug vom Fotostapel, auf welchem ein vom Blitzlicht unvorteilhaft ausgeleuchteter Mann dabei abgebildet war, wie er sitzend in ein Feuer starrte, ein Glas in der Hand und von Dunkelheit umfangen: »Auf jeden Fall war da ein Mops.«

»Da war auch ein Bär!« sagte Carla mit ungewohnter Schärfe. »Es dauerte nur etwas, bis ich das begriff. Richtiger: bis ich begreifen wollte. Dabei hätte ich es bereits am strahlenden nächsten Morgen begreifen können, als Gerd und ich einem Hinweis des Campleiters folgend zum nahegelegenen kleinen Badesee gingen. Welch ein herrlich sanftes, im Gegensatz zum großen See immer noch sommerwarmes Wasser! Und wie seltsam, daß die sonst doch so umweltbewußten Kanadier den Mülleimer am See – einen ganz normalen, nicht eigens gesicherten Plastikmülleimer – umgeworfen und seinen Inhalt, leere Dosen, Cornflakesschachteln und Plastiktüten, recht nach Vandalenart auseinandergezerrt, zerrissen und verstreut hatten! Ich hätte es spätestens am Nachmittag begreifen müssen, als ich von unserem Stellplatz aus dem Campleiter dabei zuschaute, wie er im Landrover etwas hinter sich herzog, das einer länglichen Tonne auf zwei Rädern glich, etwa von der Größe eines Jauchefasses. Gerd hätte vermutlich sogleich den wahren Zweck dieses Gefährts herausgefunden, doch der saß zu diesem Zeitpunkt an einem ausgesucht abgeschiedenen Arbeitsplatz weit hinten in den Himbeeren, und ich dachte in aller Unschuld an einen Wasserwagen oder dergleichen. Ein Wasserwagen mit durchbrochenen Gittern an Vorder- und Rückseite! Dieser Einfalt wurde freilich bald ein Ende gesetzt. Als Gerd und ich am späteren Nachmittag nochmals zum Badesee gingen, fanden wir die grüne Tonne auf Platz vier, also zwei *campsites* von unserem entfernt, aufgebockt und geöffnet. Wir traten näher, hörten ein Geräusch und blickten hinein. Drinnen, am Tonnenende, war der Campleiter gerade damit beschäftigt, mehrere Würstchen mit Hilfe eines Bindfadens an einem dicken, gelben Seil zu befestigen, das, im Tonnenboden verankert, senkrecht nach oben führte, durch die Tonnendecke hindurch, bis zu einem auf der Tonne befestigten Hebel, der seinerseits durch einen Metallstab und weitere, äußerst kompliziert wirkende Vorrichtungen so mit dem Tonnenanfang verbunden war, daß die weit offen stehende durchbrochene Metalltür im entscheidenden Moment zuklappen konnte und einrasten mußte. Heute weiß ich etwa, wie das Ding funktioniert, vor allem aber weiß dies Gerd; damals genügte der pure Augenschein, um sogleich seine Funktion

zu begreifen: eine Falle! Und richtig: In gelben Großbuchstaben stand DANGER BEAR TRAP auf der Tür,
schnaufend kam der Campleiter herausgeklettert, offenbar nach getaner Arbeit, und bestätigte, daß sich ein Bär
im *campground* herumtreibe; zur Zeit seien ja die Beeren
reif, auch locke den Bären der Abfall auf das schon
herbstlich menschenleere Gelände. Hochinteressant! Gerd
glühte förmlich vor Wissensdurst. Und diese paar Würstchen dahinten in der Tonne – genügten die denn, den Bären aus dem Unterholz in die Falle zu locken? Nein, nein,
die bildeten lediglich den Schlußpunkt, erwiderte der
Campleiter, griff in eine Plastiktüte und legte vor unseren
Augen in regelmäßigen Abständen weitere Würstchen-
paare aus, drei im Tonneninnern und fünf weitere auf dem
Boden bis hin zum undurchdringlichen Waldrand, hinter
welchem der Bär bereits auf sein Festmahl warten mochte, unerkannt und heimlich.

Und das mit den Würstchen funktioniere? Sicherlich.
Vor noch nicht einmal zwei Wochen habe er an dieser
Stelle und nach dieser Methode einen großen Bären ge-
fangen. Und was geschehe mit den Bären? Die würden
etwa hundert Kilometer weit in die Wälder transportiert
und ausgesetzt. Schließlich wagte auch ich eine Frage: Besteht eine akute Gefahr für Menschen? Vereintes Kopfschütteln und Händeheben der beiden Männer. Aber woher denn! Der Bär – und dann folgte nochmals die sattsam
bekannte Beschwichtigungslitanei vom gutmütigen Tier,
das freilich in Ausnahmefällen zum Untier werden könne. Ich merkte mir von dem ganzen Sermon lediglich die
Information, daß der Bär vorzugsweise nachts in die Falle
gehe, was Gerd zum unsinnigen Einwurf veranlaßte: Wie
der Mensch.«

»Aber das tut der Mensch doch auch«, sagte Rita, worauf Carla ihr fast unangemessen streng auseinandersetzte,
die Unterhaltung habe doch auf amerikanisch stattgefun-

den, in einer Sprache also, in welcher die Wendung »*to stop into the trap*« keinerlei Doppelsinn habe, schon gar keinen erheiternden.

»Wie auch immer: Ich hatte genug gehört, Gerd freilich ebenfalls. Ich wollte unter allen Umständen sofort weg, er wollte auf jeden Fall bleiben, zumindest bis zum nächsten Morgen. Ich sagte ihm ein paar unschöne Sachen, er konterte mit unguten Taten, indem er die Wagenschlüssel ostentativ in seinem Brustbeutel verstaute und dabei erklärte, in Fällen wie diesem entscheide der Käpten. Sodann erzählte er mir heiter von den verschiedenen Haltungen, die sich im Falle eines Bärenangriffs bewährt hätten, ausgestreckter Toter Mann mit über dem Nacken verschränkten Händen oder Toter Mann in Embryonalstellung mit angezogenen Knien – ›Gilt das alles auch für die Tote Frau?‹ fragte ich.

Wir blieben also. Wieder aßen wir in der Abendsonne, wieder, noch als es hell war, entzündete Gerd das Feuer, wieder entfaltete sich der Wohlgeruch des Zedernholzes. Und doch hatte sich alles verändert. Jetzt hätte ich liebend gern Nachbarn neben mir gewußt, jetzt trank ich nicht, um den schönen Augenblick zu krönen, sondern um die gereizten Nerven zu beruhigen. Es dämmerte bereits, als Gerd unversehens aufstand und erklärte, er wolle noch einen Armvoll Brennholz holen. Was darauf folgte, ist mir bis auf den heutigen Tag so dunkel geblieben, wie es an diesem Abend rund um mich bald werden sollte. Warum kehrte Gerd nicht umgehend zurück? Die Holzstelle war doch ganz in der Nähe! Weshalb war die Wagentür verschlossen? Sie hatte doch, wie an jedem Abend, offengestanden, als ich das Essen herausgetragen hatte, zwei würzige Steaks, deren stattliche Knochen groß und gut sichtbar auf den Tellern lagen. Ob sie zudem jemandem in die unbegreiflich feine Nase stachen? Gerade wollte ich die Reste ins Feuer werfen, da ließ mich ein Geräusch herumfahren. Was war das für ein Stampfen und Brechen in den Himbeersträuchern? Welch ein unförmiges Wesen erhob sich da aus dem Unterholz und stand als undeutlicher Umriß unheilvoll breit im Dunkel des Hinterlandes? Was tun? In das Campmobil konnte ich mich nicht retten. Wegrennen, so viel hatte ich aus all den *Bear-Attack*-Geschichten gelernt, durfte man nicht. Hinlegen wollte ich mich erst im Falle eines Angriffs. Also packte ich mit der zitternden rechten Hand die Axt, mit der bebenden linken einen dicken, brennenden Ast, und so stand ich da im Feuerschein, die Schöne von Blanket Creek in Erwartung des Biestes. Das freilich ließ sich Zeit. Schnaubte hier, tauchte in den Farn, grunzte hinter meinem Rücken, war verschwunden, wenn ich mich umdrehte. Brach schließlich brummend aus dem Unterholz und war natürlich Gerd, etwas, das ich zuletzt zwar geahnt hatte, aber nicht glauben wollte: Ein solcher Gipfel an Niedertracht war doch einfach undenkbar! Der Schaden war erlitten, nun sorgte der Schädiger auch noch für den Spott. Die Verspätung? Ihm sei beim Holzholen eingefallen, daß er ja noch Klappstuhl, Kissen, Decke und vor allem das Rede-Manuskript an seinem Arbeitsplatz in den Himbeeren vergessen habe, der vermeintlich abkürzende Weg von der Holzstelle zu diesem Platz aber habe sich als zeitraubender Umweg erwiesen. Das abgeschlossene Campmobil? Den hinteren Einstieg habe er möglicherweise beim Getränkeholen in Gedanken verschlossen, die Tür zur Fahrerkabine aber sei die ganze Zeit unverriegelt gewesen – warum ich die denn nicht probiert hätte? Die bärenhafte Verkleidung? Seine Arme seien doch voller Brennholz gewesen, da habe er sich das Manuskript eben unter den Arm klemmen, Klappstuhl, Kissen und Decke aber so um und auf Hals, Kopf und Rücken hängen müssen, daß er möglicherweise einen seltsamen Anblick geboten habe, aber doch nie und nimmer einen furchterregenden! Das

Brummen und Grunzen? Trag du mal das ganze Zeug durch dunkle Unwegsamkeit! Das Versteckspiel schließlich? Aber ich hätte doch mit dem Spielchen begonnen! Fackel und Axt in beiden Händen – dieser Empfang sei doch wohl nicht ernst gemeint gewesen! Wie das Denkmal der unbekannten Siedlerfrau hätte ich ausgesehen – sehr komisch! Und er hätte mir zuliebe mitgespielt, trotz der beschwerlichen Lasten. Brumm, brumm, grunz, grunz – weißt du, was der böse Bär jetzt gleich mit seinem tapferen kleinen Frauchen machen wird?«

Empört seufzte Rita auf, wie angewidert kniff Vera die Augen zusammen: »Und das hast du dir gefallen lassen?«

»Was denn, Frau Oberin?« fragte Carla piepsend, sprach sodann jedoch mit gewohnter Intonation weiter: »Am nächsten Tag war Gerd bereits im Morgengrauen auf den Beinen und auf dem Weg zur Bärenfalle. Zwei Stunden später, beim Frühstück, berichtete er mir in aller Unschuld von seiner Enttäuschung: alle Würstchen unversehrt, kein Bär in der Falle. Eine weitere Stunde später waren wir reisefertig, als Gerd plötzlich einen letzten Blick auf die Falle zu werfen wünschte: Der Mechanismus sei ihm nicht ganz gegenwärtig, den müsse er noch mal in groben Zügen studieren. Irgendwer – ein Engel? ein Teufel? – flüsterte mir ein, ich dürfe Männe auf diesem Wege nicht nochmals aus den Augen lassen, also ging ich mit. Die Falle stand so leer wie am Vortag, lauter vergeblich gespreizten braunen Victory-Fingern gleich lockten die Würstchen vom Waldrand bis zum Seil in der Tonne. Ah – ich verstehe! Gerd zeigte auf die am Seil festgebundenen Würstchen: Wenn der Bär daran zieht oder rüttelt, dann wird dieser Hebel auf der Tonne nach unten gezogen, worauf jener Metallstab nach oben gedrückt wird, wodurch hier hinten dann der Stift aus der Halterung springt, und die gelöste Federspannung bewirkt, daß ...«

Rita blickte angestrengt. »Faltenbalgverbindungsschraube«, sagte Vera, ein Code-Wort, das, einmal in einem Waggon der Bundesbahn gelesen und seit jener Exkursion zum Sprachschatz der Trias gehörig, immer dann zum Einsatz kam, wenn die Terminologie der oder des Referierenden sich auf schwerverständliche Sachverhalte bezog oder selber dabei war, die Grenze zur Unverständlichkeit zu überschreiten.

»Ihr habt ja so recht!« räumte Carla eilfertig ein. »Das alles läßt sich lediglich vermitteln, wenn man vor dem Ding steht oder doch wenigstens die Fachausdrücke kennt. Ich will mich daher auf den Kern unserer Auseinandersetzung beschränken: Während Gerd, wie berichtet, der Meinung war, der Bär solle via Würstchen am Seil in der Tonne ziehen, um über komplizierte Vermittlungen ein Zuschlagen der Tür zu bewirken, war ich der Ansicht, die Würstchen seien deshalb in der Mitte des Seiles angebracht, damit der Bär zu- und das Seil zerbeiße, woraufhin – lediglich auf einfachere Art und Weise – der nämliche Effekt, das Zuschlagen der Tür, eintrete. Ziehen oder Zerbeißen aber sind – und ich hoffe, daß ihr mir darin folgen könnt – Ausdruck einer vollkommen gegensätzlichen Mechanik: In dem einen Fall wird die Spannung noch gesteigert, in dem anderen schlagartig gelöst; und da wir beide, Gerd und ich, keine Mechaniker waren, konnten wir uns weder verständigen noch überzeugen, bis es Gerd schließlich zu dumm wurde und er, Höhlenmensch, Lederstrumpf, Käpten und Männe in einer Person, in die Tonne kroch, vorsichtig, um die Würstchen nicht zu beschädigen, bis hin zum Seil, an welchem er erst ein wenig zog, dann, als ich seine Frage, ob schon was zu sehen sei, verneinte, heftiges ›Aber jetzt mußt du doch was sehen!‹ – ›Nichts sehe ich.‹ – ›Aber‹ – noch heftigeres Ziehen – ›das gibt's doch nicht! Da muß sich doch jetzt‹ – ›Tut es aber nicht!‹ Und so fortan, bis sich unvermutet der Erfolg einstellte. Ein letztes Ziehen, ein Quietschen und Klacken sodann, das die Aufbauten der Tonne entlanglief, ein Schnappen von Federn schließlich – und mit einem unheilvoll satten, schrecklich endgültigen Krachen schloß sich die Tür, Gerd hatte recht gehabt.

Er wollte das auch sogleich bestätigt wissen, was ich anstandslos tat, indem ich mich für ganz und gar geschlagen erklärte. Sodann forderte Gerd von mir, die Tür wieder zu öffnen, was sich als weniger einfach erwies. Da waren mir fremde Bolzen und Federn auf eine mir unverständliche Weise in mir rätselhaften Scharnieren derart eingerastet, daß ich keine Möglichkeit sah, mit meinen ungeschickten Händen irgend etwas zu lösen. Das sagte ich Gerd und schlug ihm zugleich vor, es doch von innen zu versuchen. Davon aber wollte er nichts wissen: Die Falle sei so konstruiert, daß ein Bär nicht hinauskönne, wieviel weniger er, der deutlich schwächere Mensch. Darauf ich: ›Gestern hast du dich aber noch bärenstark gefühlt.‹ Darauf er: ›Gestern hast du ja auch die tapfere kleine Siedlerfrau nur gemimt, als die du dich jetzt erweisen mußt – mach die Tür auf!‹

Vielleicht hätte Gerd mich nicht noch einmal an diese finsteren Momente im Licht der Fackel erinnern sollen.« Carla hob fragend die Schultern, wollte fortfahren, wurde aber von Vera daran gehindert, da die ihr Glas hob und ein Prost auf den gefangenen Mops und sein tapferes kleines Frauchen ausbrachte.

»Wie meinst du das?«

»Na – deinem Mops kann man doch nur beipflichten. Du bist nun mal ein tapferes kleines Frauchen.«

»Bin ich das?« Carla schaute fragend auf Rita, und der schien es, als habe die Freundin nie heftiger auf die Unterlippe gebissen.

»Ein tapferes Frauchen?« Sie biß noch einmal fest zu, dann lächelte sie: »Ein tapferes Frauchen, jawohl. Und dieses tapfere Frauchen ließ sich vom Mops zunächst mal die Wagenschlüssel durchs Gitter reichen – es wolle Werkzeug zu seiner Befreiung herbeischaffen. Doch am Campmobil angelangt, setzte es sich statt dessen ans Steuer und fuhr geradewegs zu den Takakkaw-Fällen. Ende der Geschichte.«

Verblüfft saßen die Zuhörerinnen, heiter trank die Erzählerin ihr Glas leer. Den Freundinnen schienen sich ausschweifende Fragen geradezu aufzudrängen, Carla antwortete mit sibyllinischer Knappheit.

Was denn aus Gerd geworden sei? Ein klügerer Mensch vermutlich. Wieso denn klüger? Durch Schaden werde man doch angeblich klug. Er sei demnach zu Schaden gekommen? Das habe sie damit nicht sagen wollen. So ging das hin und her.

»Aber diese Wasserfälle da – die waren schön?« fragte Vera schließlich.

»Die Takakkaw-Fälle? Oh, wunderschön! Die höchsten von Kanada.«

»Und die zehnthöchsten der Welt, du sagtest es. Alles in allem also ein höchst gelungener Selbsterfahrungs- und Ichfindungstrip, sehe ich das richtig?«

»Goldrichtig.«

»Dann sehe ich mich zugleich zu einer Korrektur gezwungen: Du bist kein tapferes kleines Frauchen, sondern eine mutige, starke Frau. Das ist unsere Carla doch, nicht wahr?«

Vera wandte sich Rita zu, die den letzten Sätzen mit wachsendem Unbehagen gefolgt war und sich nun regelrecht erschreckt dazu aufgefordert sah, eine ihr ganz und gar unliebsame Rolle einzunehmen, die der Schiedsrichterin. Die der Richterin gar?

Sie wußte nicht, was sie auf Veras Frage antworten sollte. Sie fühlte, daß jede Antwort neue Fragen nach sich ziehen würde, neue Mißverständnisse, vielleicht auch neue Kränkungen. Sie überlegte, wie sie das Thema wechseln könnte, als ihr unvermutete Hilfe zuteil wurde, da an ihren Tisch mit leidendem Blick und fahrig beschriftetem Karton der Knabe trat, welcher ihr Stunden zuvor am Eingang zum Park Rätsel aufgegeben hatte. Dankbar schrie sie auf: »Ah! Bleib mal stehn!« Die Freundinnen betrachteten sie verwundert. »Paßt auf! Bleib hier!«

Im Gefühl, eine nicht nur entlastende, sondern auch ganz eigene und ungewöhnliche Geschichte erzählen zu können, versuchte Rita so rasch und eindringlich wie möglich darzulegen, unter welchen Umständen sie den Knaben getroffen habe, welcher Verdacht dabei in ihr aufgekeimt sei und daß sie die Freundinnen nunmehr bitte, mit ihr zusammen die ominöse Schrifttafel zu studieren und zu überprüfen, doch all der Aufwand lief ins Leere.

Während sie noch auf den Knaben deutete, der mit wachem Glotzen seine Lage zu begreifen suchte, während sie noch dabei war, die Worte auf der Tafel zu entziffern, BITTE U HELFEN U AUS RUMÄNIEN U MEINE VATER U MEINE MUTTER KEIN ARBEIT U, gleich mußte es kommen – da hatten sich die Blicke der Freundinnen bereits vollständig und endgültig von dem Knaben und ihr abgewandt. Statt dessen waren sie in die Höhe gerichtet, auf eine Erscheinung hinter Ritas Rücken, mit freudigem Erkennen blickte Vera, mit ungläubigem Staunen Carla.

»Ihr kennt euch«, sagte Vera, stand auf und zog Professor Fehringer an den Tisch. Nun schaute auch Rita auf. Sprachlos sah sie den beiden dabei zu, wie sich das ungleiche Paar routiniert umarmte und eindeutig zärtliche Wangenküsse tauschte.

Wenig später – der Professor hatte Vera unter vielen Entschuldigungen zur Eile gemahnt, da der Vortrag früher als ausgedruckt beginne, und wortreich die Zurückbleibenden beschworen, sie sollten ihnen beiden unbedingt die Ehre eines Besuches erweisen, vielleicht im Rahmen einer kleinen *merenda*? –, nicht lange nach diesem hastigen Aufbruch also gingen Rita und Carla, noch immer kopfschüttelnd, die belebte Einkaufsstraße entlang. Vor einem Feinkostgeschäft, in welchem Rita noch etwas einkaufen wollte, blieben sie stehen, Carla, um zum wiederholten Male ihr Erstaunen darüber zum Ausdruck zu bringen, mit welch tückischer Heimlichkeit Vera dieses nun offenbar glücklich legitimierte Verhältnis hinter ihrer beider Rücken durchgezogen hatte, und Rita, um Carla fürsorglich zu versichern, die Sache mit Gerd werde sich bestimmt wieder einrenken.

»War doch gar nichts richtig ausgerenkt«, antwortete Carla ein wenig verlegen.

Aber die Fahrt zu den Wasserfällen unter Zurücklassung des Eingesperrten, die Heimkehr ohne den Zurückgelassenen …

»Es gab keine Fahrt zu den Wasserfällen. Und Gerd hält zur Zeit tatsächlich sein Referat auf dieser Bankertagung in Vancouver.«

Rita blickte auf die Uhr, sodann zum Laden. Noch blieb ihr etwas Zeit, nun wollte sie die Wahrheit wissen: »Hast du etwa alles erfunden?«

Carla lächelte fast schmerzlich. »Schön wär's«, entgegnete sie mit fast unverstellter Bitterkeit. Dann aber lachte sie Rita ins Gesicht und legte wie beschwichtigend ihre Hand auf deren Arm. »Nur den Schluß. Und den auch nur deshalb, um Vera mitsamt ihrem penetranten Mops-Frauchen-Modell auflaufen zu lassen. Ich wußte ja nicht, daß ich mich ihr gegenüber schon deshalb nicht zu rechtfertigen brauchte, da sie selber längst im Schrat-Frauchen-Lager gelandet war. Dabei ist das wahre Ende der Geschichte eigentlich noch schöner: Statt zum Campmobil zu gehen – wieso auch? Mit dem Werkzeug hätte ich ohnehin nicht viel anfangen können –, suchte ich nach dem Campleiter. Da ich den nicht sogleich fand, erkundigte ich mich bei den Gästen, die um diese Zeit zumeist dabei waren, ihr Frühstück einzunehmen. Da ich denen doch erklären mußte, wieso es derart wichtig für mich war, den Campleiter zu finden, ließ ich durchblicken, auf Platz vier sei vermutlich ein Bär in die Falle gegangen. Und als ich den Campleiter schließlich gefunden und zum Ort des Geschehens gebracht hatte – aber den Rest wirst du dir sicherlich unschwer selber ausmalen können.«

»Nicht so ganz.« Schon hatte das uniformierte Personal im Laden damit begonnen, leere Schüsseln einzusammeln und volle abzuräumen. Die Zeit drängte, und Rita versuchte, es ihr gleichzutun: »Dein Gerd ist doch nicht wirklich in die Falle gegangen – oder?«

»Er ist auf jeden Fall in die Falle gestiegen, Rita, großes Indianerinnen-Ehrenwort!«

»Ist er nun gestiegen oder gegangen?«

»Eigentlich gekrochen – so hoch war die Tonne ja gar nicht, daß man aufrecht hätte hineinschreiten können.«

»Du weißt doch genau, wie ich es meine, Carla!«

»Nicht so ganz – erklär mal!«

Doch darauf konnte es Rita nicht mehr ankommen lassen, da nun auch der Besitzer des Ladens offensichtlich Anstalten machte, das Geschäft zu schließen. Durch Handzeichen bedeutete sie ihm, er solle sich gedulden, hastig schüttelte sie die seit dem angebotenen Ehrenwort noch immer ausgestreckte Hand der Freundin: »Carla, ich muß leider …«

»Ich leider auch, sonst hätte ich dich noch begleitet. Aber man sieht sich ja wieder – spätestens bei dieser *merenda*. Zu sechst, vermute ich, jetzt, wo auch Vera ihren Schrat hat – ciao, Rita!«

Die nickte angestrengt, dann stürzte sie geradezu in den Laden. Durch die Schaufensterscheibe sah sie noch, wie sich Carla ein wenig unschlüssig umblickte, bis sie eine auf der anderen Straßenseite gelegene Café-Bar ins Auge gefaßt zu haben schien. Doch noch bevor Rita in Erfahrung bringen konnte, ob die Freundin sich auch wirklich dorthin begab, wurde sie von einer Verkäuferin unterbrochen: »Sie wünschen?«

KOMODO
ODER
ERLOSCHENE KONTEN

I

Seit geraumer Zeit bereits lebten Ingrid und Christian in ungeklärten Verhältnissen. Vor der Welt waren sie ein Paar, die Pfeiffers, spät abends jedoch, wenn sie das breite Bett wieder einmal lediglich zu dem Zweck aufsuchten, einander nach mehr zartem denn zärtlichem Wangenkuß eine gute Nacht zu wünschen und das Licht zu löschen, da hätte keiner der beiden zu sagen gewußt, wann das nun präzis begonnen hatte und wohin genau das führen würde. Sie kannten einander viel zu gut und glaubten einander viel zu sehr zu lieben, um nun gleich ein Problem daraus zu machen, zugleich aber war ihnen je länger, je mehr bewußt, daß da gar nichts gemacht werden mußte, weil es längst da war. Je heiterer und fürsorglicher sie den Abend verbracht hatten, desto banger sahen sie der Nacht entgegen, die, anstatt als befriedigendes I-Tüpfelchen all die liebevolle Hinwendung zu krönen, sich immer deutlicher als Punkt unter jenem Zeichen zu erkennen gab, das nach und nach auch ihre Tage in Frage zu stellen begann. Da half es wenig, daß Ingrid sich all jener Freundinnen erinnerte, bei denen nach deren Bekunden auch nicht mehr viel oder gar nichts lief, und daß Christian sich die Information ins Gedächtnis rief, Freud habe den Geschlechtsverkehr bereits mit zweiundvierzig Jahren eingestellt. Im Gegenteil. Das Gefühl, daß sich da nicht einmal eigenes Schicksal vollziehe, sondern lediglich eine so triviale wie unerbittliche Statistik bestätigt werde, machte die Abende der beiden nur noch anstrengender und die Nächte nur noch schaler. Mit wieviel Sorgfalt Ingrid bereits den Tisch gedeckt hatte, wenn er aus der Redaktion heimkehrte. Mit welcher Umsicht Christian versuchte, sich im Gegenzug dadurch erkenntlich zu zeigen, daß er tagsüber sorgsam gesammelte und eigens für sie selektierte Themen, Nachrichten und Histörchen ins Gespräch brachte. Wie fördernd die Komplimente und Bekräftigungen, wie schonend schließlich die Mitteilung, man werde noch etwas arbeiten, man sehe noch schnell die »Tagesthemen«, man gehe schon mal zu Bett, man folge bald nach, man wünsche schon jetzt eine gute Nacht.

Ein Dutzendlos, und ebenso verbreitet war auch die Gegenmaßnahme, von welcher sich die beiden eine Veränderung, vielleicht sogar Klärung der Lage versprachen. Seit zwei Jahren bereits arbeitete Ingrids Bruder Franz als Ingenieur in Jakarta, ebenso lange war er nicht müde geworden, Schwester und Schwager dorthin einzuladen. Vor einiger Zeit hatte er seine Aufforderung noch einmal vorgetragen, während eines langen Telefonats, da endlich fiel sie auf fruchtbaren Boden. Zuvor hatte Christian stets abgewinkt und bedauernd Verpflichtungen vorgeschützt, dabei dachte er nicht daran, mit der Gewohnheit des seit Jahren bewährten Finnland-Urlaubs zu brechen. Sehr zur Enttäuschung der Schwester, die den Bruder gerne gesehen, und des Bruders, der ihr gerne die Schönheiten Javas gezeigt hätte, das grüne Bogor und den tausendfigurigen Borobodur, Wayang-Spiele und Batik-Künstler. Um so erfreuter waren die Telefonierenden, als sich Christian unvermutet zu einem solchen Orts- und Klimawechsel bereit erklärte, freilich ohne die wahren Gründe zu nennen. Sosehr er die Regel liebte, so bewußt war ihm, daß es vermutlich gerade die Regelmäßigkeit ihres Zusammenlebens gewesen war, die sie nun dazu zwang, weniger ausgetretene Pfade zu suchen. Dazu kam, daß Ingrid bereits wiederholt von Aussprachen geredet hatte, die in Fällen wie dem ihren nützlich, ja notwendig seien; sogar der Begriff »Gesprächstherapie« war gefallen. All dem hoffte Christian durch ein Einlenken auf absehbare Zeit, vielleicht sogar endgültig zu entkommen, dem fernen Schwager aber sagte er, dessen eindringliche Schilderungen von Land und Leuten hätten ihm Lust gemacht, deren Wahrheitsgehalt zu überprüfen, vielleicht beteilige sich sogar die Zeitung an den Reisekosten.

Ein Gespräch am darauffolgenden Tage erbrachte, daß Interesse an einem Beitrag über Bali bestand, den endgültigen Ausschlag aber gab die Warnung eines erfahrenen Reiseredakteurs vor den Tücken solch exotischer Paradiese: Man sei auf Schritt und Tritt von den schönsten Frauen der Welt umgeben und wegen des schwülwarmen Tropenklimas dauernd spitz wie Nachbars Lumpi.

An diesem Abend beschlossen Ingrid und Christian, der Einladung des Bruders so bald wie möglich Folge zu leisten, und bereits die schiere Absicht ließ sie die Decke des breiten Bettes als weniger lastend und die Zukunft als schöne Möglichkeit empfinden. Noch lange nachdem das Licht gelöscht worden war, lag Christian wach, erfüllt von einer deutlichen Erinnerung und voll undeutlicher Vorfreude.

Die Reisepläne nahmen rasch Gestalt an, und das aus verschiedenen Gründen. Franz hatte sie gedrängt, möglichst noch im November zu kommen, da im Dezember die Regenzeit beginne und das Reisen erschwere, außerdem könne er bis Ende dieses Monats noch einige Tage freinehmen, danach fange ein für ihn neuer, möglicherweise sogar etwas riskanter Abschnitt seiner Arbeit an. Christian hatte von seiner Redaktion grünes Licht bekommen. Ingrid schließlich konnte ab Januar wieder mit einer Anstellung bei einer Frauenzeitschrift rechnen, so daß der vereinte Druck von äußeren Umständen und inneren Beweggründen das Paar zu ungewohnt raschen weiteren Schritten und Weichenstellungen veranlaßte, bis der Tag des Abflugs bevorstand und Christian sich anschickte, den letzten Punkt jener umfangreichen Liste abzuhaken, die ihn die vergangenen Wochen über in Trab gehalten hatte. Noch nämlich fehlte ein Mitbringsel für Franz, und das hoffte Christian in einem kuriosen Geschäft der Innenstadt, dem »Bali-Market« zu finden. Schon häufiger hatte er vor dem Laden gestanden, rätselnd und schmunzelnd. Dessen vollgestopftes Schaufenster zeigte neben glitzerndem Kleinzeug und geradezu aufdringlich exotischem Kunstgewerbe vor allem große Farbfotos, die den Besitzer des Geschäfts, einen blonden, bärtigen Kraftmenschen namens Pissarek, beim Geschäftemachen zeigten. Stets lachend stand er inmitten sehr viel kleinerer, lächelnder Menschen und gewaltiger Mengen von Schnitzwerk und Stoffen, ein Inbild des Abenteurers und zugleich, glaubte man seinen Umarmungen, ein väterlicher Freund der grazilen, fremdartig herausgeputzten Eingeborenen. Die handgeschriebenen Selbstanpreisungen neben den Fotos ließen die Menschenfreundlichkeit des Weltenbummlers freilich in anderem Lichte erscheinen. Die galt plötzlich nicht mehr den braunen Freunden, sondern ausschließlich seiner weißen Kundschaft. Von unglaublich günstigen Direkteinkäufen war da die Rede, von klug erwirtschafteten Preisvorteilen, die ohne Abstriche an den Käufer weitergereicht würden, von »Raritäten für Kunstkenner« und von »Geschenken von steigendem Wert« – lachte dieser weiße Mann da auf den Bildern überhaupt noch mit seinen braunen Brüdern? Lachte er sie nicht vielmehr aus? Andererseits war der größte Teil der Ausstellungsstücke unverkennbar modischer Ramsch und rasch produzierter Kitsch. Hatte der Europäer einst den Bewohnern ferner Inseln ihre Kostbarkeiten für Glasperlen abgeschwätzt, so schienen die Betrogenen nun den Spieß umgedreht zu haben. Stammte diese fabrikfrisch glitzernde Ware überhaupt aus den Händen der abgebildeten Exoten? Nicht vielmehr von den Fließbändern Hongkongs? Lächelten die kindhaft zierlichen Geschöpfe mit dem weißen Vater? Oder über ihn?

»Achtung! Sie sehen den größten Garuda der Welt und den 3,5 Meter langen Barong aus Bali!« las Christian mit belustigtem Unverständnis und betrat den Laden.

Seine Absicht, etwas Balinesisches nach Indonesien zu tragen, war weniger unsinnig, als es den Anschein hatte. In seinen Kreisen bemaß man Geschenke nicht nach ihrem Preis oder Nutzen, sondern nach ihrem Unterhaltungs- oder einfach nur Juxwert, und irgendeine kleinformatige, nett pointierte Kuriosität hoffte Christian in der langgestreckten, halbdunklen Rumpelkammer mit Leichtigkeit finden zu können. Doch je länger er sich darin umschaute, desto weniger eindeutig erschien ihm das, was er da sah. Ein Teil der zusammengerafften Gegenstände hätte, zumindest dem Materialwert nach, durchaus in einer Schatzkammer Platz finden können, ein anderer in den Abstellkammern der Völkerkundemuseen. Ohne daß er sich jemals eingehend mit der Kunst der Papua beschäftigt hätte, war Christian die Botschaft all der Ahnenmasken und Kultfiguren keineswegs fremd. Wie alle archaische Kunst kündete sie von Unschuld und Gewißheit, und wie so viele seiner Zeit- und Artgenossen hatte Christian solche Botschaft nie ohne die widerstreitendsten Gefühle vernehmen können, voll Sehnsucht nach jeglicher Form des einfachen Lebens und voller Widerwillen dagegen, jemals in die Lage zu geraten, diese angesichts des Daseins und der Werke anderer einfühlsam miterlebte Eindeutigkeit womöglich selber nach- oder gar vorleben zu müssen. Aus befremdlich starren Muschelaugen blickten ihn die Verschleppten an, flink taxierend blickte Christian zurück. Wo war eigentlich der Herr all dieser Schätze? Er räusperte sich. Da sein Signal folgenlos blieb, begann er damit, sich nach irgendeinem Scherzartikel umzuschauen. Er verwarf kuriose Tierdarstellungen und Miniaturgerätschaften, Sternkreiszeichen und Kleinstkeramik, schließlich, vor einem Glasschrank in einer Nische des verwinkelten Ladens, glaubte er, der Sache schon näher zu kommen. Da waren Erotika versammelt, offenbar aus allen Teilen Asiens, im Sitzen verschränkte indische Paare, japanische Gürtelschnallen aus Elfenbein, deren reizvoll entblößte Protagonisten es im Liegen trieben, und, in einer strohgeflochtenen Schale, allerlei Amulette, die sich auf die pure Darstellung des erigierten Gliedes zu beschränken schienen, so, als sei damit auch schon alles Mitteilenswerte zum Thema gesagt. Wieder räusperte sich Christian, erneut ohne Erfolg. Behutsam drehte er den Schlüssel der Schranktür, beinahe wäre ihm beim unerwartet ruckartigen Öffnen der Tür ein schimmernder Lingga-Stein entgegengefallen, geistesgegenwärtig stützte er den kühlen Schaft, stellte ihn auf und vergewisserte sich, daß er wieder senkrecht und sicher im ausgehöhlten Halbrund der vielfach abgetreppten Holzbasis ruhte. Dann erst wandte er sich dem Gegenstand seiner Neugierde zu, der Schale, die er rasch musterte, bis er auflachend das Richtige gefunden zu haben glaubte, einen gut fünf Zentimeter langen Phallus, welcher von einer winzigen nackten Frau mit Armen und Beinen umklammert wurde. Ihr Gesäß stützte sich gegen die Rundung eines Aufhängers, der es offenbar ermöglichen sollte, den schwarzen Glücksbringer allein oder in Verbindung mit anderen Amuletten bei sich zu tragen, um den Hals oder an einem Kleidungsstück befestigt; und da Christian seinen Schwager und dessen Freude an jeder Form von Folklore kannte, auch drastischer, glaubte er, am Ziel zu sein. Das Amulett in der Hand, durchquerte er den Laden, dorthin, wo er hinter Holzplastiken und einem Paravent versteckt ein Kontor vermutete. Wieder, und diesmal mit Macht, räusperte er sich.

Er hatte Erfolg. Aus dem Halbdunkel trat eine unerwartet zierliche, nur wenig hellere Gestalt, lediglich die schrägen Augen strahlten im braunen, stark geschminkten Gesicht. Verlegen schloß Christian die Hand und fragte nach dem Ladenbesitzer. Der sei nicht da, sie vertrete ihn, antwortete die junge Frau in fast fehlerfreiem Deutsch, was sie für ihn tun könne. Christian blickte betreten auf seine Faust, dann öffnete er sie langsam: Was das hier koste?

Eingehend betrachtete die Frau das Amulett, dann ergriff sie es mit unerhört langen, schmalen Fingern, um es durch den Laden zu tragen, bis hin zur Kasse, wo das Tageslicht eine genauere Prüfung ermöglichte. Peinlich berührt folgte ihr der Mann, ungläubig hörte er den Preis. Er brachte Einwände vor, welche von der Frau lächelnd zurückgewiesen wurden: Das sei thailändische Handarbeit, ein Fruchtbarkeitssymbol aus Königsebenholz. Sie faßte das dunkle Ding an den zierlichen Hoden und hielt es vor den Hintergrund einer großen perlmuttfarbenen Muschel: »Eine sehr schöne Arbeit.«

Hastig zahlte der Mann, lächelnd packte die Frau den Phallus in ein Tütchen, das sie dem Käufer mit geradezu ritueller Geste überreichte. Bezwungen von solch anmutiger Förmlichkeit verneigte sich Christian beim Empfang der Ware tiefer, als es seine Art war.

Zwei Stunden später hörte ihn Ingrid lauter als gewohnt fluchen. Besorgt trat sie in sein Arbeitszimmer, barsch versicherte er ihr, es sei nichts, achselzuckend ging sie wieder. Es war aber doch was gewesen. Beim Versuch, einen etwas zu dicken Faden durch den kreisrunden Aufhänger des Amuletts zu zwängen, war der gebrochen, derart unorganisch glatt, daß Christian mißtrauisch zur Lupe gegriffen hatte. Rasch war jeder Zweifel beseitigt. Nicht aus handgeschnitztem Holz war das priapische Objekt, sondern aus gegossenem Kunststoff. Verärgert versuchte Christian, den Bruch zu kleben, da sprang ihm das abgebrochene Stück aus den Fingern. Als Ingrid eintrat, fand sie ihn auf allen vieren, schimpfend und tastend. »Es ist nichts!« rief er aufgebracht, während er zugleich hochfuhr und das Amulett, so rasch und unauffällig es ging, in eines der Fächer seines Portemonnaies schob. »Es ist wirklich nichts!«

Tags darauf fiel es ihm wieder entgegen, als er im *Duty Free Shop* des Flughafens eine Flasche Cognac bezahlen wollte. Verstohlen steckte er das verhinderte Geschenk in das sicherste Fach seiner Börse, entschlossen griff er nach der Plastiktüte: So ein Konjäckchen war schließlich auch ein schönes Gastgeschenk.

Franz erwartete sie am Flughafen von Jakarta, und er ließ seine Gäste nicht lange darüber im unklaren, wie ernst er die Rolle des Gastgebers nahm. Bereits auf der Fahrt in das von ihm ausgewählte Hotel entwarf er das Programm, welches sie in den nächsten Wochen erwartete und das von »Stadtbesuch« über »eine Woche gemeinsame Java-Rundreise« bis zu »relaxen in Bali« reichte. Ingrid und Christian, die sich noch keinerlei Gedanken über die Gestaltung ihres Indonesien-Aufenthalts gemacht hatten, versicherten Franz, sie würden sich gerne überraschen lassen. Überraschungen blieben auch nicht aus, vor allem jene, die noch so gut gemeinte Pläne zu durchkreuzen pflegen. Als ob die Belastbarkeit der Ankömmlinge im Schnelldurchlauf geprüft werden sollte, wurden sie einem Wechselbad ausgesetzt, das eine solch elementare Erfahrung wie die der allgegenwärtigen Tropenhitze mit der andauernden Herausforderung verband, die Flut der Eindrücke so zu ordnen, daß der Betrachter sich weder von ihrer augenscheinlichen Fremdheit überwältigen noch von ihrer scheinbaren Vertrautheit täuschen ließ.

Kaum daß er einen Fuß auf indonesischen Boden gesetzt hatte, war es Christian so vorgekommen, als sei er auf Schritt und Tritt von Zweideutigkeiten umgeben. Im Flughafen hatten ihn die Hinweisschilder und Werbetafeln irritiert, die, obwohl in einer vollkommen fremden Sprache abgefaßt, sich der gewohnten lateinischen Buchstaben bedienten, vertrauter Lettern, die hin und wieder so bekannt wirkende Wörter wie *Imigrasi* oder *Informasi* bildeten. Doch erst auf dem Weg in die Stadt wurde ihm bewußt, in welch labyrinthischen Zusammenhang Ingrid und er sich leichtfertig begeben hatten. Was sich da beispielsweise auf den ersten Kilometern Schnellstraße noch als normaler, wenn auch dichter und nach englischem Vorbild links organisierter Verkehr dargestellt hatte, schlug, als ihr Jeep die Peripherie der Stadt erreichte, um in ampelloses Chaos und unauflösbare Verfahrenheit, die sich allerdings immer wieder auf wundersame Weise in Entwirrung und Weiterkommen verwandelten, bis zur nächsten, nun scheinbar endgültigen Verkeilung von überladenen Lastwagen, überfüllten Bussen, unbegreiflich zerbrechlichen Kleinfahrzeugen und unverantwortlich zusammengeflickten Karossen. Das alles eingehüllt in schauerlich schwarze Abgase, vor dem Hintergrund eines brünstigen Sonnenuntergangs, der sich in glänzenden Hotels und Bürohochhäusern spiegelte; vorbei an gestikulierenden Halbwüchsigen, überquellenden Märkten, endlosen Wellblechwüsten und hochragenden Monumentalgestalten, die einzeln oder paarweise riesige Gegenstände in den düster glühenden Himmel reckten, Waffe und Kette, Werkzeug und Symbol.

Franz steuerte, Ingrid saß schweigend neben ihm. Offenbar vertrage sie das Fliegen nicht, hatte sie nach der Landung erklärt und die Männer zu beschwichtigenden Mitteilungen über die absolute Normalität und die erwiesen kurze Dauer solcher Beeinträchtigungen veranlaßt. Wie um sie aufzuheitern, fuhr Franz besonders schneidig und wortreich. Daß die mandeläugigen Amokfahrer sich noch mal umgucken würden, rief er in gespielter Wut aus. Sobald das von ihm erarbeitete neue System der indonesischen Führerscheinprüfung in Kraft trete, würden auf den Straßen dieser Anarchochaoten unverzüglich deutsche Zucht und Ordnung einkehren, es könne sich nur noch um Jahre handeln. Ingrid lächelte schwach, was Christian durch lautes Lachen ausglich, sie waren ja hier als Paar zu Gast. Er nahm sich vor, so bald wie möglich mehr über die ihm bisher reichlich undeutliche Tätigkeit des Schwagers in Erfahrung zu bringen, vorerst aber bemühte er sich um eine Erklärung dessen, was hier eigentlich lief. Dem kam der Fahrer gerne nach.

Nein, die da am Straßenrand und zwischen den Wagen seien keine Bettelkinder, sondern zähe Jungunternehmer, die die reizvolle Tätigkeit des Straßenhandels von der Pike auf erlernten. Ja, die Märkte hier seien wirklich ganz ungewöhnlich opulent, vor allem die Gewürz- und Obststände. Ah! Die Frucht da müßten die Gäste unbedingt mal probieren, ja, diese melonengroße, die zur Zeit haufenweise angeboten werde, die Durianfrucht. Eine wirklich sehr extravagante Spezialität dieses schwülen Landes. Ja doch, in den nicht enden wollenden Blech- und Schrottgebieten beiderseits der Schnellstraße wohnten Menschen, etwas beengt, dafür in ein derart dichtes Netz sozialer Kontakte eingebunden, daß man verstehe, wieso zwei der weltweit verbreiteten malaiischen Wörter etwas mit Mord und Totschlag zu tun hätten, *Kris*, der bekannte Dolch, und *Amok*, der bekannte Lauf. Nein, nein, diese riesigen Denkmäler seien keine indonesische Variante des stalinistischen Proletkults, sondern sowjetische Originale, alles Geschenke der UdSSR an Sukarno, Indonesiens starken Mann der 50er Jahre. Meist repräsentierten sie Verherrlichungen des Bürgerkriegs sowie die Befreiung von holländischer Herrschaft. Der da zum Beispiel – Franz zeigte angeregt auf den dunklen Bronzekoloß eines bis auf den wehenden Lendenschurz nackten Mannes, der mit geradezu tierisch wildem Gesichtsausdruck eine flammende Schale in den düster glühenden Himmel stemmte –, der da sei Pizza-Harry. Diese Denkmäler trügen alle Spitznamen, der Indonesier lache gern.

Wieder geriet der Verkehr ins Stocken, es dunkelte rasch. Um das absonderliche Monument besser sehen zu können, kurbelte Christian die getönte Scheibe herunter, und unvermittelt zerbrach die Scheidung von Innen und Außen, die ihn bisher zugleich beruhigt und befremdet hatte. Mit feuchtheißer Luft und unbestimmbaren Gerüchen drangen Stimmen, Rufe, Hände und Ärmchen in den langsam fahrenden Wagen. »Was wollen die?« fragte Christian erschreckt. »Dich«, antwortete Franz belustigt, nutzte eine Verkehrslücke, die Fahrt zu beschleunigen, und empfahl dem Gast mit ungewohntem Ernst, nicht nur die Fenster während der Fahrt stets geschlossen zu halten, sondern auch die Türen vor jeder Fahrt unbedingt zu verriegeln. Eilig gehorchte Christian. Als er sich umwandte, sah er, wie eine Gruppe zierlicher Menschen, in Abgas gehüllt und vom letzten Widerschein des Sonnenuntergangs verklärt, es dem Denkmal nachtaten und die schmalen Arme in die Höhe reckten, unmöglich zu sagen, ob sie winkten oder drohten. »Was suche ich hier eigentlich?« fragte er sich und wußte es doch nur zu gut. »Alles klar?« fragte er Ingrid. Die nickte matt. »Ganz schön heiß«, sagte er und löste bei Franz unerwartet begeisterte Zustimmung aus: »Ein Klassewetter! Das ganze Jahr über gleichbleibende Temperaturen, tagsüber um die 34, nachts um die 30 Grad. Und immer feuchtschwül. Und so gut wie immer Smog.« Jakarta sei bereits der dritte Name der Stadt am Ciliwung-Fluß, doch schon ihre Vorgängerinnen seien klimamäßig stets spitze gewesen. Jayakarta habe den Ehrentitel »Friedhof des Ostens« getragen, und von der Nachfolgerin Batavia sei das Urteil des Captain Cook überliefert, diese Stadt habe mehr Menschen auf dem Gewissen als irgendein anderer Ort auf der Erde. Jakarta schließlich zähle heute nach einer Statistik der Weltgesundheitsorganisation zu den vier Städten mit der weltweit stärksten Luftverschmutzung – hier veranlaßte ein Blick auf die Schwester den Fahrer, das Thema zu wechseln: Gleich seien sie im Hotel, einem absolut sauberen Etablissement, dort könnten sie erst mal ausspannen. In zwei Stunden hole er sie zum Essen ab. Recht so?

»Sehr recht!«

Schon seit längerem hatten Ingrid und Christian nicht mehr in einem Hotelzimmer übernachtet, fast schamhaft blickten sie einander an, nachdem der Gepäckträger den großen Raum verlassen hatte. Schweigend setzte sich Ingrid auf das von Rattan gerahmte Doppelbett, enttäuscht registrierte Christian, wie schematisch Tropenanmutung und Kolonialstilreminiszenzen in den genormten, herzlich zeit- und ortlosen Raum eingebaut worden waren. »Schön hier«, sagte er schließlich, um Ingrid eine Freude zu machen; schließlich war es ihr Bruder gewesen, der diese Unterkunft ausgesucht hatte.

»Schön unpersönlich«, erwiderte sie, beleidigt trat er ans Fenster. »Und schön laut«, ergänzte Ingrid, die Klimaanlage werde offenbar von einem ungedämmten Flugzeugmotor betrieben. Verletzt starrte Christian ins Dunkel. Wie die Dinge lagen, war er gehalten, die undankbare Rolle des Positiven weiterzuspielen; zu denken, daß er die lediglich aus Gutmütigkeit übernommen hatte! Wider besseren Wissens leugnete er, überhaupt etwas von irgendeiner Klimaanlage zu hören, mißmutig blickte er in den glitzernden, feuchtschimmernden Hotelgarten, aus dessen Mitte ein Schwimmbecken feenhaft herausleuchtete. Jäh erkannte er, wie fremd und schön der Anblick war, scheinbar selbstlos forderte er Ingrid dazu auf, ebenfalls einen Blick auf die zauberische Szenerie zu werfen. Die lehnte unter Hinweis auf ihr Unwohlsein ab. Also fuhr Christian fort, sich zu begeistern, und wartete auf die nächstbeste Gelegenheit, sich ebenfalls beklagen zu können. Sie kam rascher als gedacht.

Als er geduscht hatte und sich für das Abendessen umziehen wollte, fehlte es an frischer Unterwäsche. Die habe sie doch einpacken sollen, ereiferte er sich, was Ingrid freilich vollkommen in Abrede stellte: »Wie komm' ich denn dazu?« Eine Frage, die auf den ersten Blick berechtigt, auf den zweiten vollkommen unangebracht war. Nach so vielen Jahren des Zusammenlebens als Paar waren die Gewalten deutlich getrennt. Schon früh hatte sie sich einiger jener Versorgungsbereiche bemächtigt, die eine wenn nicht Steuerung, so doch zumindest Kontrolle seiner Basisbedürfnisse und deren Befriedigung erlaubte. Essen, Kleidung und Wäsche gehörten dazu und hatten als verbindende, das Paar begründende Elemente in dem Maße an Bedeutung gewonnen, in welchem jener Klebstoff rarer geworden und schließlich versiegt war, der sie anfangs zusammengeführt und danach für so lange Zeit verbunden hatte.

»Keine Unterhosen!« Wie gebrochen warf sich Christian auf das Bett, wortlos stand Ingrid auf und ging ins Bad. Wiederholt glaubte Christian, sie durch die geöffnete Tür etwas rufen zu hören, stets übertönte die Klimaanlage jedes andere Geräusch. Schließlich erhob er sich, um sich Gewißheit zu verschaffen, bei seinem Anblick zog Ingrid rasch den Duschvorhang zu. In das Geräusch prasselnden Wassers rief sie, Franz laufe sicherlich auch nicht ohne Unterhosen herum. »Na und?« Daraus schließe sie, daß es irgendwo in Indonesien Unterhosen zu kaufen gebe. »Das wird sich feststellen lassen«, erwiderte Christian drohend. »Und das werde ich auch feststellen. Und

zwar sofort! Lange mache ich das nämlich nicht mit!« –
»Was?« – »Einen Tropenurlaub ohne Unterhosen.«

Doch als Franz das Paar zum Essen abholte, sah sich
Christian außerstande, sogleich zum Thema zu kommen.
Diesmal gab es für Ingrid keinen Platz auf dem Beifahrer-
sitz. Den hatte bereits eine junge Frau eingenommen,
deren schräg geschnittene Augen den strahlendsten Gegensatz bildeten zur dunkleren Haut, den tiefschwarzen
Haaren und den karminrot geschminkten Lippen.

»Das ist Sari«, sagte Franz, stellte seine Gäste vor und
setzte sich hinters Steuer. »Sari ist ein sehr verbreiteter indonesischer Frauenname, laut Wörterbuch bedeutet er
auf englisch *kernel* oder *gist.*«

»Und was bedeuten *kernel* und *gist* auf deutsch?« fragte Christian, da Ingrid keine Anstalten machte, die unver-
meidliche Frage zu stellen. »Der Kern beziehungsweise
Das Wesentliche«, antwortete Franz und drehte den
Zündschlüssel.

Ob ein Nachtisch recht sei, fragte Franz, Früchte zum
Beispiel?

Ingrid schüttelte den Kopf, Christian starrte durch die
geöffnete Glastür ins Freie. Es fiel ihm schwer, den Blick
von dem unglaublichen Wassersturz zu wenden, der
draußen niederging. Er bedauerte es, nicht auf einem Terrassentisch bestanden zu haben und statt dessen Franz in
diesen wenig beleuchteten, viel zu kühlen Raum gefolgt
zu sein. Wie berauschend es wäre, jetzt inmitten der Sint-
flut zu sitzen, beschirmt von der ausladenden Markise
und umgeben von fettem Grün und duftenden Blüten, die
im Schein der Lichterketten glänzten und strahlten.

Ein Kellner trat an den Tisch, eindringlich wiederholte
Franz seine Frage. Ob man hier auch diese Durianfrucht
bekommen könne, wollte Christian nach kurzem Nachdenken wissen. »Die Stinkfrucht? In diesem Nobelschup-

pen?« Lachend warf Franz den Kopf in den Nacken, erwartungsvoll blickte ihn Sari an. In schnellen, ein wenig kindlich klingenden Lauten teilte er ihr den offenbar seltsamen Wunsch mit, worauf sie das glatte Gesicht Christian zuwandte. Der glaubte, ihrer Miene belustigtes Erstaunen entnehmen zu können, verlegen lächelte er zurück. Was denn daran so lustig sei, fragte Ingrid.

Die Stinkfrucht! Franz beugte sich verschwörerisch vor. Ob sie denn nach dem anstrengenden Flug nicht lieber eine ruhige Nacht verbringen wollten? Die Durianoder Zibetfrucht gelte als verläßliches Aphrodisiakum, setzte er mit noch gedämpfterer Stimme hinzu, so, als schicke sich dieses Thema nicht in Gegenwart der zahlreichen livrierten Kellner. Wenn die Durian unten sind, gehen die Sarongs hoch, laute eine bekannte Faustregel, doch dieser segensreichen Wirkung stehe leider der Geschmack dieser Frucht gegenüber, eine unbeschreibliche Mischung aus Erdbeeren, Zwiebeln, Käse und anderen Ingredienzien, vor allem aber ihr gänzlich abartiger, wenn auch von Liebhabern geschätzter Geruch. Ein Gestank, besser gesagt, der einen Raum wie diesen trotz seiner Ausmaße und der Klimaanlage mühelos dominieren könnte, sofern hier eine Durian angeschnitten würde. Das aber sei ganz undenkbar, nicht einmal in Hotelzimmern sei der private Verzehr dieser Stinker gestattet – er brach ab, da Ingrid ihn auf den immer noch wartenden Kellner aufmerksam machte.

Daß das Warten nun mal deren Job sei, entgegnete er und wies auf die anderen Unbeschäftigten, deren dunkle Silhouetten von hellen Aquarien gerahmt wurden, großen, aneinandergereihten Becken, in welchen perlmuttfarbene, traumhaft träge Fische schwammen.

»Nicht viel los hier, doch der Laden ist für den Durchschnittsindonesier ganz einfach zu teuer. Wer fünfzig- bis hunderttausend Rupien im Monat verdient, der kann sich schlicht und ergreifend keinen Fruchtsalat für tausend Rupien leisten. Nach heutigem Kurs: eine Mark – der günstigste Kurs aller Zeiten, vor zwei Jahren noch war die Mark die Hälfte wert. Mag jemand einen Fruchtsalat? Oder ein Getränk?«

Christian winkte ab, Sari zeigte auf ihren kaum angerührten Saft, Ingrid fragte halblaut, ob es auch so etwas wie einen Magentee gebe. Die Frage hatte Gegenfragen und Erklärungen zur Folge, auf deutsch erst, dann auf englisch, schließlich auf indonesisch. Christian, der mit dem Rücken zu einem der Aquarien saß, betrachtete die gedämpft beratschlagende Gruppe im grüngoldenen Licht. Da er sich im Dunkel wußte, wagte er einen längeren vergleichenden Blick auf die Profile der Frauen, die nun beide zum radebrechenden Kellner aufschauten, die eine braunschimmernd und von nahezu puppenhaft geschlossenem Umriß, die andere ungewohnt bleich, hart konturiert, mit fast eingefallenen Augen. Die gehört ins Bett, dachte er und schämte sich des Doppelsinns. Wie Verrat kam ihm der verstohlen angestellte Vergleich vor. Er zwang sich wegzuschauen, auf die ausgeleuchtete Terrasse, wo sich vor der blühenden Hecke helle, makellos gedeckte Tische in grünglänzenden Kacheln spiegelten. All das wartete auf den Gast, doch als der unvermutet auftauchte, hätte Christian fast ungläubig aufgeschrien. Daß er es nicht tat, geschah Ingrid zuliebe. Christian teilte ihre geradezu abgründige Angst vor Ratten nicht, doch verspürte auch er Beklommenheit angesichts des ungewöhnlich großen Tieres, das aufreizend langsam die Terrasse inspizierte. Es schlenderte bis zur Schwelle, dort richtete es sich witternd auf. Den Blick in den Raum gerichtet, schüttelte es sich, wobei es zugleich, eingehüllt in eine Aureole von Wasserdunst, mit rasender Geschwindigkeit das vom Widerschein der Kacheln hellgrün gefärbte Bauchfell kratzte. So unbemerkt und gemächlich, wie es sich genähert hatte, trollte sich das Tier; Christian atmete erleichtert auf, als endlich auch der lange, nackte Schwanz im triefenden Blattwerk verschwunden war.

»Ich glaube, ich gehöre ins Bett.« Matt tupfte sich Ingrid die Stirn, von allen Seiten wurde ihr versichert, daß man ebenfalls aufbrechen wolle, zumal ja der Regen aufgehört habe. Energisch bestand Christian darauf, die Rechnung zu begleichen; verdammt günstig, dachte er und griff zum Portemonnaie.

Als sie in die Hitze der Nacht traten, war der Himmel bereits wieder aufgerissen, ruhig stand der Mond inmitten prachtvoll leuchtender Bewegung. Trotz all des Regens war keine Abkühlung spürbar, noch stärker als zuvor hatte Christian das Gefühl, sich in einem Tropenhaus ohne Begrenzung und ohne Ausgang zu befinden. Um eine Straßenbeleuchtung flatterten behende Schatten. Was denn das für Vögel seien, fragte Ingrid beunruhigt, doch Franz schien ihre Frage nicht gehört zu haben. Oder hatte er sie überhören wollen?

Keiner sprach während der Fahrt zum Hotel. Sari hatte den Kopf gegen die breite Schulter von Franz gelehnt, Christian war das wie eine Aufforderung vorgekommen, Ingrid ebenfalls an sich zu ziehen. Die hatte sich zu seiner Erleichterung entzogen, daher konnte er sich wie beleidigt abwenden und hinausstarren, auf undurchsichtige Vorgänge vor dunklen Häuserzeilen und in wackligen Ständen, wo trotz der späten Stunde beim Schein von Kerosinlampen immer noch gehandelt, gekocht und gegessen wurde. Unvermittelt fielen ihm die fehlenden Unterhosen ein, doch erst am Ziel wagte er es, Franz um Rat zu fragen. Der bedauerte, nicht selber helfen zu können, morgen habe er noch einmal einen vollen Tag. Aber sie stehe zur Verfügung – er sprach eilig auf Sari ein, die zustimmend nickte. »Sie holt euch morgen um neun ab und fährt mit euch in die Stadt.« Verlegen dankte Christian, im

Scheinwerferlicht umarmte der Bruder die Schwester, sehr aufmerksam und gesammelt betrachtete Sari den Abschied. So unangreifbar wirkte sie, daß den Betrachter plötzlich längst vergessen geglaubte, knäbisch lüsterne Mutmaßungen überkamen. Die Japanerinnen haben es bekanntlich quer, dachte er. Und wie hat's die Javanerin?

Kein Reiseführer, der nicht davor gewarnt hätte, allzu große Erwartungen an Jakarta zu stellen, und doch hatte Christian bei seinem ersten Stadtgang erneut das Gefühl, gänzlich unvorbereitet in eine bisher ganz ungewohnte Lage versetzt worden zu sein. Gewiß, von Stadt konnte angesichts dieses Konglomerats kaum die Rede sein. Auch hatte er rasch die Vorstellung aufgegeben, er könne dieses unvermittelte Nebeneinander von vielspurigen Schnellstraßen und stinkenden Kanälen, verrottenden Zweckbauten und bereits restlos verrotteten Hütten flanierend erkunden, wie er es von mitteleuropäischen Städten gewohnt war. All diese Mängel aber wurden unerwarteterweise mehr als aufgewogen. In dieser sinnwidrigen Häßlichkeit und ungehemmten Desorganisation überlebten Menschen, die Christian schöner und sinnreicher organisiert schienen als irgendein Menschenschlag, der ihm irgendwo während bisheriger Reisen begegnet war. Freilich, sie wirkten auf den ersten Blick kleinwüchsig, doch hatte niemand von ihnen etwas Zwergenhaftes. Im Gegenteil. Je länger er sich zwischen ihnen bewegte, desto unwiderlegbarer schien ihm die Tatsache, daß nicht sie klein, sondern er und seinesgleichen ungeschlacht waren. Ungeschlacht im Ganzen und unschön im Detail, ungeachtet des Alters und des Geschlechts. Durch die Bank war dem Weißen zuviel Differenzierung eigen, auch zuviel Individualität, die sich vor der Folie schöner Norm ständig als Abnormität entlarvte. Nasen mußten nicht derart vorspringen, Ohren nicht derart abstehen, Haut nicht in derart vielen, meist abstoßenden Schattierungen zur Schau gestellt werden, vom fahlen, blau grundierten Weiß bis zu jenen kupferroten Fehlfarben, die schlagend belegten, daß die so Verbrannten hier nichts verloren und gar nichts gelernt hatten. Vor allem aber war es nicht normal, ein derart ausgedehntes Knochengerüst auszubilden und dermaßen wuchernde Mengen Fleisch und Fett auf ihm anzusetzen. Schon gar nicht, wenn man inmitten all der Zierlichen eine passende Unterhose suchte. Christian, der darauf vorbereitet gewesen war, sich der Zwiespältigkeit seiner exotischen Wunschträume stellen zu müssen, sah sich unversehens in einen eindeutig humoristischen Albtraum verstrickt. Seit einer Stunde bereits zog er an der Seite Saris durch die Gassen des Neuen Basars, ohne daß irgendein Händler das Gewünschte in der benötigten Größe hätte herbeischaffen können. Doch waren es weniger diese ständigen Mißerfolge, die Christian das Gefühl gaben, auf peinliche Weise fehl am Platze zu sein, als vielmehr der unbedingte Wille des indonesischen Personals, es ihm recht zu machen, selbst dann, wenn bereits oberflächlichster Augenschein dagegen sprach, daß er auch nur entfernt in die nach langem Suchen von hohen und entlegenen Regalen heruntergehangelten Übergrößen passen könnte. Es dauerte, bis er begriff, daß es offenbar unschicklich war, die Frage eines Kunden zu verneinen. War es auch unstatthaft, seinen Wunsch nicht erfüllen zu können? Es kam so weit, daß er aus schierem Mitgefühl nach Kleidungsstücken fragte, die er gar nicht benötigte, nach T-Shirts und Batikhemden. Das freilich machte die Suche nur noch schlimmer, da er sich nun gezwungen sah, die Ware auch anzuprobieren. Hatte er geglaubt, die Verbindlichkeit der untröstlichen Verkäuferinnen und Verkäufer belohnen zu müssen, so sah er sich nun für seine eigene bestraft. Schöne Menschen in luftiger Kleidung blickten ihn aus erwartungsvoll samtenen Augen an, wenn er aus der Ankleidekabine trat, im T-Shirt, das ihm die Luft abschnürte, oder im gebatikten Hemd, das sich kaum schließen ließ. Ein bitterer Opfergang, der den Bemühten vor Augen führen sollte, wie wenig ihre Bemühungen gefruchtet hatten; doch die gaben vor, es anders zu sehen. Daß die Kleidungsstücke wie geschaffen für ihn seien, wurde Christian vielsprachig versichert. Der lockerte unauffällig die Armbanduhr am unnatürlich gedunsenen Handgelenk und blickte mit bedauerndem Kopfschütteln in den eilig herangerollten Spiegel. »The white man's Würgen«, dachte er angewidert.

Bei einem Fruchtsaft versuchte er Sari klarzumachen, daß er offensichtlich am falschen Ort suche. Da sie kaum Englisch sprach, bediente er sich einfachster Worte und Gesten: Ingrid krank. Sonne heiß. Ich müde. Hose hier klein. Wo große Hose? Ich schnell zurück Hotel.

Sari blickte langsam von einer Zeitschrift auf, in die sie sich seit Beginn der Suche während all der Wartezeiten vertieft hatte, und sagte etwas, das Christian nur mit Mühe zu entschlüsseln vermochte: Daß sie den Pasar Baru verlassen und ins Ratu Plaza fahren sollten, dort befinde sich der Mega Shop Matahari – schon glaubte Christian, alles begriffen zu haben, als ihn der Name der legendären Spionin des Ersten Weltkriegs an seiner Deutung irre werden ließ: »Mata Hari?« fragte er.

»*Matahari*«, korrigierte ihn Sari und erläuterte ernsthaft die Bestandteile des Doppelwortes, während Christian zugleich im Lexikon nachschlug »*mata* – das Auge«, »*hari* – der Tag«, »*matahari* – die Sonne«.

Dann sei also die Sonne das Auge des Tages, sagte er, welch schöner Ausdruck! Und der Mond? Auge der Nacht? Doch Sari blickte ihn derart verständnislos an, daß er, statt weitere Fragen zu stellen, erneut zum Wörterbuch griff. »Der Mond – *bulan*«, las er enttäuscht.

Als er sich erheben wollte, bat ihn Sari, noch ein wenig

auf sie zu warten. Um sich die Zeit zu verkürzen, griff er nach ihrer Zeitschrift, einem grellen Druckwerk namens »*Wanita Kartini*«, augenscheinlich für Frauen gedacht und gemacht. Amüsiert durchblätterte er das Heft, da ließ ihn eine ganzseitige Anzeige erst stutzen, dann erneut im Lexikon nachschlagen. Dabei genügte eigentlich bereits ein Blick auf die Zeichnung: Zwischen den übereinandergeschlagenen Riesenbeinen einer aus Platzgründen nicht weiter sichtbaren Frau kniete ein vergleichsweise zwergenhafter Mann mit nacktem Oberkörper, die Unterschenkel leidend auseinandergespreizt, die kleine Hand in die Wade der Übermächtigen gekrallt, mit angstvoll geweiteten Augen und erschöpft heraushängender Zunge. »*Hoh! Aku Tak Mampu*«, klagte der Unglückliche in einer Sprechblase, »Oh! Ich nicht fähig«, entnahm Christian Wort für Wort dem Wörterbuch, dann legte er es beiseite, da er den Rest auch ohne Hilfe nur zu gut begriff: »*Seksologi Dr. Naek C. Tohing Psikiater Sex Educator Sex Counselor*«, las er, vor allem aber jenes Wort, das unübersehbar und in Großbuchstaben quer über die Seite lief: »IMPOTEN«.

Kopfschüttelnd blickte er auf, da erst bemerkte er, daß Sari hinter ihm stand. Wie lange mochte sie ihm bereits zugeschaut haben? Verlegen schloß Christian das Heft.

Als sie zwei Stunden später vor dem Hotel aus dem Taxi stiegen, stand die Sonne so hoch, daß Christian fast in den Mittelpunkt seines Schattens trat; wenigstens äquatormäßig schien hier noch alles in Ordnung zu sein. Er beeilte sich, das schützende Hotel zu erreichen, verwundert darüber, wo wohl Sari verschwunden sein mochte. Derart gedankenverloren durchstapfte er die Lobby und den Hotelgarten, daß Ingrid mehrfach seinen Namen rufen mußte, bis er sich umwandte. Schließlich aber hörte und sah er: sie, weiß und winkend im Bikini auf einer schattigen Liege neben dem Swimming-pool, und Sari, die ihr braun und behende dabei half, eine rote Blüte im dunkelblonden Haar festzustecken. Daß sie übern Berg sei, rief Ingrid Christian zu. Ob er denn seine Unterhosen gefunden habe? In priesterlicher Gebärde hob Christian die beiden Plastiktüten in die Luft, dann verschränkte er sie feierlich vor seinem Unterleib und verneigte sich. Aufspringend spendete Ingrid Applaus und trat einen Schritt auf Christian zu. Die Taschen noch immer schützend gekreuzt, trat der einen Schritt zurück.

Von da an lief alles nach Plan. Auf schöner Route hatten sie die Insel durchquert, nun machten sie im vielgerühmten Yogyakarta Station. Daß sie in diesem »Florenz Indonesiens« der Taman Sari, der »Garten des Wesentlichen« erwarte, hatte Franz mit viel Geheimnistuerei und Augenzwinkern verkündet, doch tat sich zu Ingrids Enttäuschung hinter dem von steinernen Schlangen bewachten Eingangstor zunächst kein Garten auf, sondern ein, wie es schien, schon lange nicht mehr benutztes Bad. Einst sicherlich prächtige, nun von Alter und Feuchtigkeit gezeichnete Bauten umgaben die leeren, nicht allzu tiefen Bassins, aus welchen zahlreiche, von kleinen Öffnungen durchbrochene Zylinder erwuchsen, turmähnliche Gebilde, die in der Höhe des Beckenrandes von stumpfwinkligen Dächern gekrönt wurden.

Tuschelnd sprach Franz mit Sari, laut zitierte Christian den Reiseführer: Ein portugiesischer Architekt habe den Taman im Jahre 1765 im Auftrage des Sultans Hamangobono errichtet, eine Anlage mit kühlen Innenhöfen, in denen durch Bogengänge miteinander verbundene Springbrunnen und Schwimmbecken zusätzlich für Abkühlung gesorgt hätten ...

»Aber auch für Aufheizung«, unterbrach ihn Franz ernsthaft und führte aus, der Sultan habe vom Wesentlichen offenbar ebenso klare wie schlichte Vorstellungen gehabt: »In den Bassins da lebten Zierfische – für die waren die Löcher in den Türmchen angebracht worden –, vor allem aber tummelten sich in den Wassern Frauen, und für die waren die Türmchen selber gedacht, als Möglichkeit, sich auf ihnen niederzulassen, sitzend oder räkelnd, auf jeden Fall so verlockend wie möglich. Denn von jener Zinne dort beobachtete der Sultan das Treiben seines Harems, über diese Treppen hier wurde die Erwählte von Dienerinnen aus dem Wasser geleitet, dann ging es in jenen höhergelegenen Umkleideraum und schließlich …«, mit einer Handbewegung wies Franz den Trupp an, ihm zu folgen, bis er vor einem besonders prächtigen Portal stehenblieb, durch welches nun alle in einen Raum blickten, dessen Einrichtung und Zweck Ingrid auf den ersten Blick nicht zu deuten verstand: Den Großteil füllte eine Art gemauerter Tisch aus, dessen Längsseite freilich zwei dunkle, von Ornament eingefaßte Öffnungen aufwies. Wie Feuerlöcher, dachte Ingrid. »Ein Herd?« fragte sie.

Großes Gelächter der Männer. Daß die Frauen doch immer an das eine dächten, rief Franz aus. Und die Männer an das andere, ergänzte Christian. Aber nein, schaltete sich nun wieder Franz ein, auf dieser großflächigen Lagerstätte, die man sich freilich noch voller Blumen, Pfühle und Kissen denken müsse, habe es stattgefunden, dorthin sei die Erwählte gesalbt und geschminkt geleitet worden, dort habe sie der Sultan angenehm vorgewärmt, ja erhitzt empfangen, das Bett da sei nämlich in der Tat beheizbar gewesen.

Wieso denn der Sultan trotz der tropischen, angeblich doch so aufreizenden Wärme noch zusätzliche Hitze benötigt habe, fragte Christian mit gespielter Verwunderung.

Daß etwas Feuer unter dem Hintern noch keinem Mann geschadet habe, antwortete Franz, zumal dann nicht, wenn er mit einer Vielzahl von Gespielinnen konfrontiert werde.

Daß da aber nach Lage der Dinge beziehungsweise bei Berücksichtigung der Grundstellungen den Frauen eingeheizt worden sei, hielt Christian dagegen. Seiner Meinung nach übrigens völlig zu Recht. In der Tierwelt werde das Männchen ja auch erst dann scharf, wenn das Weibchen heiß sei.

Das stimme doch hinten und vorne nicht, empörte sich Ingrid. In der Tierwelt werbe das Männchen vielmehr um die Gunst des Weibchens, beispielsweise durch massive Vorleistungen beim Nestbau, sie denke da an die Webervögel.

Und er denke an den Eisbären, sagte Christian auftrumpfend, an jenen in jeder Beziehung – also auch in seinen Beziehungen – konsequenten Gesellen, da er sich mit dem Weibchen nur zur Zeit ihrer Hitze zusammentue, für zwei, maximal drei Wochen, den Rest des Jahres jedoch als Einzelgänger lebe.

Was denn daran vorbildlich sei, wenn jemand …, begann Ingrid, doch unvermittelt schwieg sie.

Also ihn erinnere der Sultan Hamangobono weder an einen Webervogel noch an einen Eisbären, sondern an einen Pavian auf dem Affenfelsen, sagte Franz verbindlich. Aber ob ein solches Leben nicht sehr anstrengend gewesen sei – jeden Tag eine andere?

Na gräßlich, fiel Christian ein, eine ganz schauerliche Vorstellung! Womöglich auch noch jeden Tag eine Jüngere! Oder eine Schönere! Oder eine Anders … Er hielt ein, da sein Blick plötzlich auf Sari fiel. Die hatte sich auf die Bettstatt gesetzt; ermüdet vom ihr unverständlichen Gespräch oder einfach nur selbstversunken schaute sie zu Boden, eine schmale, dunkle Silhouette vor der abblätternden Wand. Alterslos erschien sie Christian auf einmal, fast auch geschlechtslos, doch da blickte sie auf.

»Sari …« Im Bestreben, sie in die Runde und deren Konversation einzubeziehen, redete Christian drauflos und verrannte sich von Wort zu Wort mehr. Ob sie den Eisbären kenne, der Eisbär … Er bemerkte seinen Fehler und setzte erneut an, kam vom Taman Sari zum Sari Garden, dann zum heißen Garten und schließlich zum Sultan und dessen Zeitvertreib – doch da wollten sich plötzlich keine Wörter mehr einstellen. Überraschenderweise hatte Sari weniger Schwierigkeiten. »*Where I sit de Sultan make love*«, sagte sie, »*Franz told me, yah Franz?*«

Die Männer nickten fast gleichzeitig, brüsk wandte sich Ingrid zum Gehen. »Will noch jemand ins Hotel?« fragte sie.

Tags drauf war es an Christian, sich zu ärgern. Dankend hatte er es abgelehnt, den anderen zum Pasar Triwindu zu folgen, dem Antik- und Trödelmarkt im benachbarten Surakarta, er möge nun mal keine Märkte, außerdem kenne er das hiesige Angebot bereits aus dem heimatlichen »Bali-Market«; anstatt in dessen indonesischem Pendant zu schwitzen, werde er den Tag anders nutzen. Auch dieses Hotel habe ja einiges zu bieten, am Pool, im Pool, um den Pool herum – mit einer großartigen Armbewegung wies er auf den tropischen Garten, das livrierte Personal und die vorwiegend einheimische Klientel, die bereits zu dieser Stunde ein geradezu mitreißendes Talent für jede Art von Muße bewies, nie zuvor hatte Christian derart eindringlich Liegende und dermaßen endgültig Ruhende gesehen. Lob der Faulheit, hatte er hinzugefügt, als er der Wirkung seiner Worte sicher gewesen war, und auch die Anpreisungen des Schwagers, der avisierte Markt sei der absolut günstigste und reellste von ganz Java, hatten ihn nicht umstimmen können. »Laßt euch nicht allzusehr bescheißen!« waren seine Abschiedsworte gewesen.

Es dunkelte bereits, als die drei zurückkehrten. Sie fanden einen Christian vor, der so bis zum Bersten von einer Geschichte erfüllt war, daß er die anderen gar nicht erst zu Wort kommen ließ: Ihm sei da vielleicht was passiert! Gegen seine ursprüngliche Absicht sei er nachmittags doch in die Stadt gegangen und dabei nochmals ins Palastviertel geraten, wo sich plötzlich ein junger Mann an ihn gewandt und ihn gefragt habe: *»Where are your shoes from?«* – »Der fragte nicht, wo ich her bin, sondern wo meine Schuhe herkommen – ist das nicht der Gipfel der Aufreißerei?« Er habe wahrheitsgemäß mit »Deutschland« geantwortet, worauf der junge Mann ihm mit bewegenden Worten seine Lage geschildert habe: Er sei Kunststudent, habe bereits einen Studienplatz in Deutschland, in Berlin erwarte man ihn tagtäglich, lediglich das Geld für die Überfahrt fehle noch. Doch sein hiesiger Professor, der berühmteste Batikmaler Yogyas, habe ihm erlaubt, eines seiner besten Bilder zur Deckung der Reisekosten zu verkaufen, der guten Sache halber zudem noch zu einem Spezialpreis. Wie der Zufall so spiele, sei dieses ganz einmalige Kunstwerk nur heute und lediglich bis 18 Uhr in jenem Eckladen da zu besichtigen, ob er nicht einen Blick darauf werfen wolle. Nun könne er die Qualität solcher Batikbilder nicht beurteilen, räumte Christian ein, doch das Werk, eine figurenreiche Szene im, vermute er, traditionellen Stil, sei recht ansprechend, freilich auch ziemlich teuer gewesen, rund 2500 Mark. Nichts für ihn, doch um einigermaßen freundlich aus der Nummer zu kommen, habe er Interesse für weitere, weniger teure Bilder mit anderen Motiven geheuchelt und sei vom jungen Mann auch prompt in ein weit abgelegenes, geräumiges Magazin geführt worden, wo er neben den erwarteten anderen Motiven zu seiner nicht geringen Überraschung auch das vorgeblich einmalige Bild des angeblichen Professors gleich mehrfach vorgefunden habe und das auch noch, laut aufgeklebtem Preisschild, etwa tausend Mark billiger. »Tausend Mark! Glaubt man hier eigentlich, jeden Fremden für dumm verkaufen zu können? Auf jeden Fall scheine ich einen ausnehmend schlichten Eindruck zu machen, da ich auf dem Weg ins Hotel abermals angesprochen wurde, wieder von einem jungen Mann und wieder mit den Worten ›*Where are your shoes from*‹.«

Christian lehnte sich strahlend zurück, kurz darauf hatte er Mühe, nicht allzu finster zu blicken. Zu seiner Überraschung versuchten die Geschwister gar nicht erst, mit ihm in Mißerfolgs- und Marktbetrugsgeschichten zu wetteifern, sie packten handgreifliche Erfolge aus. Grobem Packpapier und einer gebatikten Hülle entnahm Ingrid einen Gegenstand, den anzufassen es Christian auf den ersten Blick verlangte. Das war ja ein Traum von einem Dolch! Der Griff und das ausladende Oberteil der Scheide aus schimmernden, geflammten Hölzern, die schmale, vielfach gewellte Klinge aus dreierlei Metall: dem dunklen Grundmaterial war auf unbegreifliche Weise silbrige Materie so eingearbeitet, daß es den Anschein hatte, als wären da zwei bis zum Fließen erhitzte Metalle im Augenblick plötzlicher Erstarrung eine ganz überraschende Verbindung eingegangen, und schließlich glänzten am Ansatz der Klinge noch winzige Goldeinschlüsse.

Der ganzen Waffe wie jeder ihrer Einzelheiten war anzusehen, daß da ein Meister am Werk gewesen war, jemand, der eine zweifellos vollständig vorgegebene Form ebenso zu erfüllen gewußt hatte, wie er die Zufälle des Moments und des Materials für seine Zwecke derart zu nutzen verstand, daß das Produkt sowohl regelmäßig war als auch einmalig, zugleich beeindruckte und bezauberte.

Ingrid hatte Christian den Kris bereitwillig in die Hand gedrückt, der wurde nicht müde, ihn zu befingern und zu bewegen. Sobald man den Dolch ein wenig aus der Scheide herauszog, verbreitete sich ein schwerer, starker Duft, offenbar durch ein Öl bewirkt, mit welchem die

Klinge eingerieben worden war. Während Ingrid vom glücklichen Fund und dem überaus günstigen Kauf des Kris berichtete – »Hundertdreißig Mark, geschenkt, oder?« –, während Franz das gute Stück bewertete und klassifizierte – »Ein Kris im typischen Palaststil von Surakarta, erkennbar am wunderbar gearbeiteten siebenflächigen Griff aus Kemuning-Holz mit dem eingeschnitzten, stark abstrahierten Schlangenkopf sowie am bootähnlichen Scheidenansatz aus Trembalo« –, währenddessen konnte Christian nicht davon ablassen, vergleichend hin und her zu blicken, vom schönen Objekt in der Hand zu den schönen Menschen am Wasser, vom schimmernden Holz zu glatter Haut, von den überraschenden Asymmetrien des Dolches zum ungewöhnlichen Umriß der Frauen und Männer, die allesamt Lust zu verspüren schienen, mitten in ausdrucksvoller Bewegung innezuhalten, statuenhaft zu verharren und erneut die Haltung zu wechseln. Das geschah langsam, scheinbar planlos und wirkte doch so, als sorge da unbewußte Kontrolle für den durchgehenden Eindruck unschuldiger Raffinesse und streng stilisierter Sinnlichkeit. Christian, der schon lange nicht mehr den Wunsch verspürt hatte, irgend etwas zu besitzen, fiel es schwer, den Kris aus der Hand zu geben.

»Gefällt dir unser Kris?« fragte Ingrid.

»Wieso denn unser?« entgegnete Christian mit einer Heftigkeit, die ihn selber erschreckte. »Meiner!« fügte er mit mimenhaft rollendem R hinzu und stach fuchtelnd dreimal in die Luft, so, als wolle er die drei um ihn gescharten Zeugen seines Raubes auslöschen: »Meiner! Meiner! Meiner!« Dann richtete er die Waffe gegen sich selber. *Is this a dagger which I see before me«*, begann er, doch da bereits wußte er nicht mehr, wie die weiteren Zeilen des Macbeth lauteten, »the … the … the …«

»*The kris is Indonesian kris*«, sagte Sari in die Stille, »*Indonesian kris very beautiful, yah!*«

»Ja, ja!« Christian nickte zustimmend und drückte Ingrid den Dolch in die Hände.

Das Heiligtum des Borobodur sei mehr als tausend Jahre alt, mehr als dreißig Meter hoch und dreigeteilt, erklärte Franz, damit entspreche es den drei Ebenen des irdischen Daseins im Mahayana-Buddhismus. Die untere werde *Kamadhatu* genannt und stehe für das alltägliche Dasein, die mittlere, *Rapadhatu*, sei dessen vergeistigte Form, und die oberste Ebene – er zeigte in die Höhe, dorthin, wo kleinere glockenförmige Stupen die krönende Zentral-stupa umgaben –, die entspreche der *Arupadhatu,* der vollständigen Abstraktion und Loslösung von der diessei-tigen Welt.

»Da brauchen wir nicht rauf«, sagte Christian und um-faßte Ingrids Schulter mit ritueller Gebärde, »da sind wir schon längst.«

Unwirsch entwand sich Ingrid. Wenn völlige Abstrak-tion das Ziel sei, fragte sie, weshalb dann diese Bilderfülle, diese kilometerlangen Reliefs, diese unzähligen Buddha-statuen? Und warum so viele Darstellungen, die das schie-re Dasein derart unverstellt feierten, also keineswegs, wie vorhin gesagt, als Leiden ohne Ende vorführten?

Vorhin – da hatte Franz, von Christian beifällig unter-stützt, die vier Heiligen Weisheiten Buddhas referiert: Al-les Leben ist Leiden. Alles Leiden entspringt den Lüsten und Wünschen. Der Verzicht auf Wünsche beendet das Leiden. Den Weg zur Befreiung stellt der heilige achtfälti-ge Pfad dar.

Jetzt standen sie am Fuß der Anlage, an einer jener Stellen, wo die sonst von einer Stützmauer verdeckten Reliefs der untersten Ebene zu sehen waren, Szenen voll schönen Getiers und fruchtbarer Pflanzen. Vor allem aber vollgestopft mit Menschen, die stehend, hockend und sit-zend die schwellenden Körper aneinanderdrängten.

»Die leiden doch nicht!« ereiferte sich Ingrid und zeigte auf ein Relief, dessen äußerst begrenzte Fläche dennoch fünf halbnackten, reich geschmückten Figuren Platz bot, drei offenbar dienenden im Hintergrund und den beiden Hauptpersonen, einem nebeneinandersitzenden fleischigen Paar, das seine fleischliche Zusammengehörigkeit ungeniert dadurch bewies, daß die vollbusige Frau zur Rechten die weiche, fast zerlaufende Hand auf das linke Knie des Mannes gelegt und er seinen dicken Fuß auf den Gürtel gebettet hatte, welcher ihre Scham schmückte.

»Was weißt denn du, ob da wer und worunter wer da leidet?« Christian klopfte der Frau strafend auf die steinerne Hand. »Den ganzen Tag diese dicke schwitzende Pfote auf dem Knie, und das bei diesen Temperaturen!« Er lüftete den Strohhut, wischte sich die Stirn und wiederholte seine Klage, sie hätten früher losfahren müssen. Laut Reiseführer sei der Borobodur im Morgendunst am schönsten und zugleich ruhigsten, jetzt dagegen – er zeigte leidend auf die Touristen, die unübersehbar Treppen und Ebenen des Tempelbergs bevölkerten.

Warum überhaupt diese Stützmauer? fragte Ingrid unbeirrt. Wenn sie richtig verstanden habe, seien die Reliefdarstellungen des alltäglichen Daseins zum allergrößten Teil sogleich nach der Fertigstellung wieder eingemauert und erst tausend Jahre später, anläßlich einer Restaurierung, entdeckt worden. Nun verdecke sie erneut der Stützsockel – weshalb?

Zu diesem Sockel gebe es zwei Theorien, antwortete Franz. Die eine führe Konstruktionsmängel ins Feld – ohne eilig um das Bauwerk gezogene Stütze wäre der Berg aus exakt behauenen, jedoch unverfugten Steinen wegen einsickernder Feuchtigkeit auseinandergebrochen –, die andere argumentiere mit menschlichen Schwachstellen: Man habe die Mönche und Gläubigen während ihrer kultischen Umzüge auf dem Borobodur nicht durch allzu weltliche Szenen ablenken wollen.

»Theorie zwei leuchtet mir mehr ein«, sagte Christian. »Es können ja nicht alle Borobodur-Pilger sittlich so gefestigt gewesen sein wie wir. Meint ihr wirklich, daß auch wir da oben rauf müssen?«

Hatte er erst zum Spaß unten bleiben wollen, so gab sich Christian nun, beim Aufstieg und beim Abschreiten der Galerien, ernster. Schon glaubte Ingrid ihn wenn nicht geläutert, so doch besänftigt, als der Eintritt in die Sphäre der Abstraktion noch einmal heftige Gelüste in den Männern weckte. Nach all den Buddha-Darstellungen, welche die vier Besucher bereits in den unteren Ebenen gesehen hatten, halbplastisch auf den nicht enden wollenden Friesen, vollplastisch in zahllosen Nischen, erwarteten sie nun noch zweiundsiebzig unsichtbare Buddhastatuen. Unter rhombenförmig oder rechteckig durchbrochenen Steinglocken meditierten die Entrückten überlebensgroß und fanden dennoch keinen Frieden. Besucherhände griffen nach ihnen, unter Anstrengungen, da der schräge, hohe Sockel dem einige Akrobatik abverlangte, der seinen Arm in die unterste Öffnung schieben wollte. Doch was bezweckten die Greifenden? Christian fragte Franz, der wandte sich an einen der Greifer, einen Indonesier, der auf englisch antwortete: Es gehe darum, die *vital parts* der Statue zu berühren, das sei gut.

Gut für wen?

Für die eigenen *vital parts*, antwortete der Befragte lachend.

Schon wollte die Gruppe weiterziehen, hinauf zur krönenden und größten Stupa, einem Gebilde, dessen reine Formen ebenso von der Vollkommenheit des Nirwana kündeten, wie sie an ehrwürdige Inbilder der lebensspendenden Zweiheit von Kreis und Quadrat, Ruhendem und Ragendem, Kugel und Schaft gemahnten, da hielt Franz die anderen zurück. Er schien die Information des Greifenden als Aufforderung, ja Herausforderung begriffen zu haben, es ihm gleichzutun, und nach einigem Zureden gelang es ihm, den Schwager für einen Wettkampf zu gewinnen: »Komm, das sind wir den Damen ganz einfach schuldig!«

Zögernd folgte Christian, wie ein Gladiator winkte Franz der zurückwinkenden Sari zu, mit starrem Lächeln verfolgte Ingrid, wie die beiden Männer links und rechts der Stupa Aufstellung nahmen, wie sie noch rasch zur Regel machten, es sei unstatthaft, auf den gewölbten Rand der Stupa zu treten, wie sie hinderliche Kleidungsstücke und Taschen ablegten, wie Franz ein umständliches Kommando gab, worauf die Körper vorschnellten und die Arme bis zur Achsel in den rautenförmigen Öffnungen verschwanden. Schien Christian zuerst durch seine Größe im Vorteil, so machte Franz dieses Handicap durch Reaktionsschnelligkeit, vielleicht auch schlichten Bluff wett. »Hab' ihn!« rief er.

Das könne nicht sein, eiferte sich Christian, er habe ihn nämlich.

Dann müsse dieser Buddha mit zwei vitalen Teilen ausgestattet sein, entgegnete Franz, und das halte er für schlicht undenkbar.

Ihn habe bereits gewundert, daß der Buddha – zumal auf dieser Stufe der Vergeistigung – überhaupt mit einem vitalen Teil ausgestattet sei, sagte Christian. Ob ihnen der Eingeborene vielleicht etwas vorgeschwindelt habe?

Ingrid trat einen Schritt zurück und blickte um sich. Da der Borobodur auf flachem Land, der arkadischen Kedu-Senke, errichtet worden war, hatte sich der Ausblick von Terrasse zu Terrasse stetig und stets überraschend erweitert. Nun, kurz vor Erreichen des Nirwana, lag den Buddhas eine Welt von bezwingendem Reiz zu Füßen, immergrünes Kulturland voll mächtiger Bambushaine und riesenhafter Bäume, das sich bis zu einer blauen Bergkette hinzog, gekrönt von zwei Vulkanen. Um so unbedingter wirkte die Entscheidung der Planer und Erbauer, die ohnehin in weltabgewandter Meditation Versunkenen nicht nur aller Augen zu entziehen, sondern sie zugleich keiner Aussicht auszusetzen. Wenn jemand Ruhe verdient hatte, dann diese gänzlich In-sich-Gekehrten, gerade das aber schien den Außenstehenden keine Ruhe zu lassen. So angestrengt Ingrid versuchte, lediglich die paradiesische Ferne vor ihr wahrzunehmen, so unüberhörbar war die Unruhe, welche die beiden Männer hinter ihr verbreiteten.

Ob sie den Begriff vitale Teile nicht möglicherweise etwas eng ausgelegt hätten, fragte der eine.

Daß das, was er im ersten Überschwang für den vitalen Teil gehalten habe, vermutlich eine Ferse des Erleuchteten sei, räumte der andere ein.

Daß es sich bei seinem eigenen Fund höchstwahrscheinlich ebenso verhalte, bekundete der eine. Dieser Buddha meditiere sicherlich im Lotossitz, daher habe er beide Fersen in die Lendengegend gebettet.

Daß die Ferse ja eigentlich ebenfalls ein vital wichtiger Körperteil sei, da sie es verhindere, daß der Mensch hintüberkippe, sagte der andere.

Wiewohl sie ihn leider nicht davor bewahren könne, vornüberzufallen, erwiderte der eine.

Darauf herrschte Schweigen. Schon wollte sich Ingrid umdrehen, als erneuter Lärm sie innehalten ließ.

Jetzt habe er aber etwas sehr Vitales dingfest gemacht, rief der eine aus, etwas Warmes, Langes, Rundliches.

Das sei doch seine Hand, protestierte der andere, er solle sofort seine Hand loslassen, die zu berühren bringe nämlich Unglück.

Scharrendem Gezerre und scherzhaft übertriebenem Geächze folgte Stille. Als Ingrid sich umwandte, sah sie, wie Christian scheinbar verängstigt seine Finger zählte, um sodann, vorgeblich erleichtert, die Faust in Siegerpose hochzureißen. In gespielter Wut gab Franz derweil vor, den Konkurrenten mit Boxschlägen niederstrecken zu wollen. Lächelnd folgte Sari dem Spektakel, mit hoher Stimme rief sie Ingrid etwas zu. Die begriff nur unter Schwierigkeiten, doch schließlich verstand sie.

Die Männer sind so lustig, hatte Sari gemeint. Ob nicht »komisch« der passendere Ausdruck wäre, wollte Ingrid zurückfragen, doch sie unterließ es.

Seit ihrem Kennenlernen waren warmes Meer und heißer Strand für Ingrid und Christian Orte geradezu zelebrierten Zu-zweit-Seins gewesen, von Gemeinsamkeitsfeiern, die nach Möglichkeit unter Ausschluß der Öffentlichkeit stattzufinden hatten. Schon die erste gemeinsame Reise hatte sie an die Südküste Kretas geführt, Jahre bevor der Touristenstrom sich den Weg dorthin bahnte, und die erste rauschhafte Erfahrung selbstauferlegter Bedürfnislosigkeit hatte Maßstäbe gesetzt, welchen sie in der Folgezeit zu genügen suchten, zuerst eifrig, dann eifernd und schließlich mit einer regelrechten Eifersucht auf jene wunschlos Glücklichen, die vor Jahren am schattenlosen, menschenleeren Strand von Luft und Liebe gelebt und mit trockenem Brot, harzigem Wein und in Öl konservierten Fischen auch noch herrlich und in Freuden überlebt hatten. Das lag nun Jahrzehnte zurück, verpflichtete jedoch noch immer. So sehr, daß die beiden das südliche Meer bereits seit einigen Jahren wie auf Absprache bei ihren Urlaubsplanungen erst ausgespart, dann ausgeschlossen hatten. Doch wie dem warmen Meer auf einer südlichen Insel entgehen?

Der brüllend heiße Strand von Pelabuhan Ratu machte es den Ankömmlingen leicht. Auf den ersten Blick entzückte er nicht, daher konnte er auch nicht ängstigen. Die schöngeschwungene Bucht war keineswegs unberührt.

Die Behausungen der Fischer zur Linken und das Bunga-
lowdorf der Touristen im Rücken wurden vom Hotel zur
Rechten in den Schatten gestellt, einem Betonklotz, der
weiß und unmäßig aus den Palmen ragte. Ein Makel, den
Christian geradezu erleichtert zur Kenntnis nahm, er be-
wunderte ungern. Franz versuchte die Stimmung mit einer Legende zu heben: Pelabuhan Ratu bedeute »Hafen
der Meereskönigin«. Der Sage nach habe einst an dieser
Küste der Neid und die Eifersucht der Konkubinen die
wunderschöne Tochter eines greisen Herrschers verhext,
worauf ein Geist ihr geboten habe, sich zur Wiedererlan-
gung ihres Glücks ins Meer zu stürzen. Seither herrsche
sie im Meer, beherrsche allerdings auch die Küste. In dem
Kasten da, dem Samudra Beach Hotel, sei das Zimmer
dreizehn ausschließlich der Meereskönigin und der ihr
gewidmeten Meditation reserviert. Manchmal freilich sei
die schöne Herrscherin auch als Geist, als sogenannter
hantu, am Strand zu sehen, tagsüber, wenn man den Berichten glauben dürfe.

»Ach was!« sagte Christian höflich und schaute sich
nochmals um, schweißgebadet und zufrieden. Ein Traumstrand war das wirklich nicht. Heiter folgte er den anderen zum Jeep; ab Mittag, so hatte man ihnen an der Rezeption mitgeteilt, sei der Bungalow beziehbar.

Zehn Stunden später wußte er, daß er sich zu früh gefreut hatte. Er lauschte Ingrids ruhigen Atemzügen und
beneidete sie um ihren Schlaf. Die Erfahrung, daß in ein-
facheren Unterkünften nicht mit einer Nachttischbe-
leuchtung zu rechnen war, hatte ihn veranlaßt, in Yogya
eine Taschenlampe zu kaufen. In deren Schein versuchte
er zu lesen und konnte dennoch nicht davon ablassen, die
Niederlagen des Tages zu bilanzieren und auf die letzte zu
warten. Doch noch war von nebenan nicht mehr zu hören
als vereinzeltes halblautes Gemurmel und, dann und
wann, gedämpftes Gelächter.

Als Franz zur Mittagszeit die bastgeflochtene Trenn-
wand zwischen ihren Apartments nach *peep holes* abge-
sucht hatte, allen Ernstes – »Solche Löcher sind in den
hiesigen Absteigen häufig, man muß immer etwas zum
Verkleben dabeihaben« – und unter Scherzen – »Eigentlich ist es ja zu begrüßen, wenn Nachbarn sich füreinan-
der interessieren« –, da hatte Christian noch standhaft
mitgehalten: »Kein Loch? Schade, ich hatte mich schon so
darauf gefreut, heute nacht den Voyeuren zugucken zu
können.«

Dann aber, als die Mittagshitze nachließ und schützende Wolkenschleier die furchtbare Sonnenglut dämpften,
als fremdartige Stimmen ihn weckten und seltsame Ge-
räusche ihn dazu veranlaßten, die schlafende Ingrid und
das gekühlte Apartment zu verlassen, da erkannte Christian auf einen Blick, wie fehl sie hier am Platze waren,
Ingrid und er.

Bis zur entfernten Mole waren Strand und Meer nun in
Bewegung. Vor seinen Augen stürzten sich Gäste des Fe-
riendorfes in die warme Brandung des Indischen Ozeans.
Hand in Hand versuchten Sari und Franz einem Brecher
zu entkommen, der sie jedoch aufbrausend einholte und
strudelnd zu Boden warf. Halbnackte braune Kinder be-
lachten Franz' komische Verzweiflung, dann rannten sie
los. Ein Wettkampf hielt sie in Atem, bei welchem es offenbar darum ging, ein ebenso schlichtes wie wirkungs-
volles Spielzeug in möglichst schnelle Bewegung zu setzen, aus Palmblättern gefertigte Windmühlen, die an
meterhohen, schlanken Bambusstangen angebracht waren.

Fremd und festlich wie diese Luftspiele schien Christian auch das, was sich am Strand und im flachen Wasser
tat. Obwohl er rasch begriff, daß da Fischer und ihre Familien dabei waren, die Boote für den nächtlichen Fang
vorzubereiten, fiel es ihm schwer, diese Einsicht mit dem

in Einklang zu bringen, was er sah. Schon die Schiffe schienen ihm eher seltsam musealen Lustbarken denn Arbeitsgeräten unserer Tage zu gleichen, zu abenteuerlich wirkte ihr fischmaulartig aufgerissener Bug mit den aufgemalten großen starrenden Augen, zu farbig leuchteten die unterschiedlich gemusterten Dreiecksegel über dem langgezogenen Rumpf, den die schöngeschwungenen Ausleger aus dickem Bambusrohr im Gleichgewicht hielten. In den Booten und im Wasser um sie herum war alles voller Menschen. Voll arbeitender Menschen, sagte sich Christian, und doch schienen ihm diese Palavernden eher einen Ausflug vorzubereiten als eine Ausfahrt, derart heiter wirkten sie in ihren bunten Drapierungen, ihren verwegenen Lendenschurzen, ihren enggeschlungenen Sarongs.

Er ging den Strand entlang und konnte sich nicht satt sehen. Dem Zehnjährigen hatte ein Film, »Der Dieb von Bagdad«, ein ebenso prägendes wie prächtiges Inbild des Orients vermittelt. Bilder und Berichte der nachfolgenden Jahrzehnte hatten es ständig blasser werden lassen, schließlich fast ausgelöscht. Nun tauchte es unvermittelt und wie unversehrt aus dem Meere auf, zum Greifen nahe und gänzlich entrückt.

Immer wieder nötigten ihn die *Hello-Mister*-Rufe der Kinder, stehen zu bleiben. Er grüßte zurück und bemerkte, wie auch junge Frauen ihn verstohlen musterten. Die Mütter der Rufenden? Ihre älteren Schwestern? Eine im Sand kauernde Greisin richtete sich bei seinem Anblick auf. Mit dem Handrücken vollzog sie eine Geste, die Christian als Wegscheuchen gedeutet hätte, wäre sie nicht von unverständlichen, jedoch deutlich lockenden Lauten aus zahnlos schwarzem Mund begleitet gewesen. So trat er näher, während er zugleich achselzuckend sein Nichtverstehen zum Ausdruck brachte. Da, als er sie erreicht hatte, erhob sich die Alte, streichelte seinen Arm und äußerte ein Wort, welches wie *massahsch* klang. Das tat sie so ausdauernd, bis Christian grausend begriff, daß die Zahnlose in der Tat »Massage« meinte. In entsetzlicher Verlegenheit ging er weiter, doch er kam nicht weit.

Immer widersprüchlichere Bilder ließen ihn immer häufiger innehalten. Rechts die festliche Flottille, sanft bewegt von Wassern, die, zumindest der Landkarte nach, zu den reinsten des Erdballs gehören mußten, da sich von der Bucht bis hin zur fernen Antarktis eine einzige Wasserfläche spannte, von keinerlei Insel oder gar Festland unterbrochen und getrübt. Links dagegen zunehmend klägliche Hütten und Behausungen, im Schatten der Palmen, die den Strand säumten, und umgeben von Ausgesondertem und Unrat, wüstem Zeug, das man besser nicht allzu genau anschaute. Doch da versperrte es bereits den Weg. Schillernd und breit verzweigt suchte ein flaches Flüßchen den Weg ins Meer, an seinen Rändern gestrandete Kunststofflaschen, in seinen Untiefen halb im Sand versunkene Delphinskelette, deren Köpfe so weit unversehrt waren, daß die aufgerissenen Augen immer noch zu brechen schienen. Christian machte sich auf den Rückweg.

Als er sich jener Stelle näherte, an welcher die Alte ihr gespenstisches Ansinnen geäußert hatte, wollte er rascher gehen, wurde jedoch ein weiteres Mal durch *massahsch, massahsch*-Rufe aufgehalten. Diesmal freilich hockte und rief da nicht nur die Greisin. Zwei junge Frauen taten es ihr gleich, von schöner Trägheit die eine, die andere von hinreißender Hübschheit. Die erhob sich zu allem Überfluß auch noch und lockte mit scheuchendem Handrükken. Nicht weit hinter den Frauen stand eine strohgeflochtene Hütte im Grün, die windschiefe Tür einladend geöffnet. Der Massagesalon?

Wieder hatte Christian verlegen abgewehrt, doch diesmal war er nicht entsetzt, sondern belustigt, ja beflügelt weitergegangen.

Ein schnalzendes Geräusch veranlaßte ihn, die Taschenlampe gegen die weißgekalkte Decke des Bungalows zu richten. Dort lärmte kopfüberhängend ein kleiner Gecko, ein wegen seiner Rufe Cicak genanntes Tier. Eilig überquerte es die Bettstatt des Paares, gesammelt folgte Christian seinem Weg. Er lenkte den Strahl jedoch sogleich auf die bastgeflochtene Wand, als er zu hören glaubte, daß die im benachbarten Apartment endlich zur Sache kamen.

Doch auch diesmal wurde das, was wie das rücksichtslose Knarren einer mächtigen Bettstatt klang, von einem Gecko erzeugt, vom freilich ungleich größeren Tokeh. Franz hatte die Gäste bereits während des Abendessens über die Ursachen des allgegenwärtigen, geisterhaft weitschallenden *tokeh* unterrichtet, und Sari hatte mitzuteilen versucht, es sei Brauch, den Ruf des Tokeh als Orakel zu nutzen. Wenn dieses normalerweise schweigsame Tier schon mal Laut gebe, dann gleich mehrfach, allerdings in unregelmäßigen Abständen und selten häufiger als acht-, neunmal. So sei es einfach, ihm zu folgen: Er liebt mich, er liebt mich nicht – »Wie bei unserem Gänseblümchen!« hatte Ingrid unbedacht dazwischengerufen und damit einen ausufernden Vergleich der beiden Männer provoziert, die einer angestrengt lauschenden Sari begreiflich zu machen versuchten, sie, die plumpen *orang putih,* vertrauten ihr Schicksal in Liebesdingen den samtenen Blütenblättern einer schönen Blume an, die angeblich so raffinierten Indonesier aber ließen sich vom mißtönenden Lärm eines widerwärtig dunklen Reptils über ihre Zukunft aufklären – wer denn da für sich in Anspruch nehmen dürfe, einer höheren Kultur anzugehören?

»Ganseblumschen …«, hatte Sari gesagt und nachdenklich eine schwarzglänzende Locke um den langen Finger gewickelt.

Nach fünf Rufen schwieg der Tokeh, doch Christian

wußte bereits, daß sich dieses Orakel durchaus längere Unterbrechungen gestattete. Während er noch mit der Taschenlampe forschend Decke, Bastwände und Einbauschränke absuchte, hub das Reptil in der Tat von neuem zu orgeln an, dreimal insgesamt, dann hielt es endgültig inne, so, als sei es ihm vor allem darum gegangen, einen ursprünglich scheinbar positiven Bescheid mit Nachdruck ins Negative zu verkehren: Definitiv nein.

Obwohl Christian sein Anliegen bewußt vage gehalten hatte, kränkte ihn dessen Ablehnung. Doch war nach dem letzten Knarren wenigstens Ruhe eingekehrt, auch nebenan schien alles zu schlafen. Die Glücklichen! Und er mal wieder der einzige Schlaflose weit und breit. Gerade wollte Christian die Lektüre wieder aufnehmen, da erkannte er mit schmerzhaftem Erschrecken, daß er sich abermals geirrt hatte.

»Jetzt ist es raus«, sagte Ingrid, starr gegen die Decke gerichtet. »Du liebst mich nicht.«

Daß zwischen Tag und Nacht in den Tropen in der Tat ein Unterschied wie zwischen Tag und Nacht bestehe, sagte Christian, als sie am folgenden Morgen den Strand entlanggingen. Woher das wohl komme, sinnierte er laut, da sich niemand sonst zu Wort meldete. Das habe wahrscheinlich ebenso mit dem fast schlagartigen Wechsel von der Tages- zur Nachtzeit zu tun wie damit, daß beide das ganze Jahr über zur gleichen Stunde einsetzten und beiden exakt die gleiche Länge zugemessen sei, je zwölf Stunden. Und außerdem dürfe man natürlich nicht die Tatsache außer acht lassen, wie hell hier die Tage seien und wie dunkel die Nächte, nicht zuletzt deswegen, weil die künstliche Beleuchtung sich auf ein Minimum beschränke, kein Wunder, man befinde sich ja in einem Entwicklungsland …

»Wer zuerst bei der Fischhalle ist!« rief Franz, winkte

den Gästen aufmunternd zu und gab Sari einen Stoß, der sie fast zum Straucheln gebracht hätte.

»No sports«, rief Christian den beiden Davonrennenden nach und blickte suchend um sich.

Alles schien verändert. Nicht nur, daß die Bucht im Sonnenlicht lag, das Meer sich deutlich zurückgezogen hatte und kein ankerndes Boot mehr das ruhige Wasser belebte, auch die Menschen fehlten fast völlig. Dazu kam, daß das morgendliche Gegenlicht Palmen, Behausungen und begrenzende Bergketten zu einem zwar unterschiedlich abgestuften, jedoch einheitlich blauen Hintergrund zusammenzog; lediglich das Wellblechdach der Fischhalle leuchtete gleißend aus dem Dunst.

Fast ein Traumstrand, dachte Christian und ging rascher.

»Jetzt fängst du auch noch an zu rennen«, rief Ingrid hinter ihm her.

Sie seien ja auch viel zu spät aufgebrochen, antwortete er, ohne sich umzuwenden. Franz habe ausdrücklich geraten, möglichst kurz nach Sonnenaufgang in der Fischhalle einzutreffen, dann herrsche dort Hochbetrieb. »Und wie spät haben wir es jetzt?« fragte er in so klagendem Ton, daß Ingrid eine Anklage herauszuhören glaubte.

»Ich denke, wir machen hier Ferien«, sagte sie. »Außerdem habe ich schlecht geschlafen.«

»Ich etwa nicht?« erwiderte Christian heftig. »Verrat du mir mal, wie jemand schlafen soll, wenn der andere partout ein Beziehungsgespräch führen will.«

»Die andere. Und außerdem wollte ich nicht über unsere Beziehung reden, sondern über uns.«

»Vielleicht kannst du mich mal bei Gelegenheit darüber aufklären, wo da der Unterschied liegt. Aber bitte nicht jetzt. Denn jetzt würde ich gerne einen ungestörten Blick auf den Indischen Ozean werfen können. Und das fällt mir leider schwer, wenn ich zugleich semantische Probleme lösen soll, die nach Lage der Dinge ...«

»Ja?«

Schweigend ging Christian weiter, doch unvermittelt wandte er sich lachend um. »Hier war's!«

»Was?«

»Hier hat man mir gestern am hellichten Nachmittag eine Massage angeboten.«

»Man?«

»Frau.«

»Und? Wie war's?«

»Nichts war. Ich wollte nicht.«

»Und warum nicht?«

»War es überhaupt hier?« Auf einmal schienen Christian Zweifel zu kommen. »War es nicht weiter drüben?« fragte er sich derart eindringlich, als ob unendlich viel von der Beantwortung dieser Frage abhinge. »Doch! Es war hier! Da oben ist ja die Hütte.«

Diesmal war deren Tür geschlossen; sosehr sich Christian mühte, es gelang ihm nicht, eine der Bewohnerinnen im umgebenden Grün auszumachen. Zögernd ging er weiter, im Gleichschritt blieb Ingrid an seiner Seite.

»Versteh doch! Ich habe nicht das geringste davon, wenn du dich nicht massieren läßt. Mir wäre es viel lieber, wenn du dich massieren ließest. Laß dich doch mal massieren! Vielleicht bist du danach auch imstande ...«

Sie brach ab, da sie Christians vollständige Aufmerksamkeit von drei entgegenkommenden Frauen beansprucht sah, zwei jungen und einer alten, jede etwas in Händen, das im Gegenlicht wie Fächer aus großen Blättern wirkte, sich beim Näherkommen jedoch als Bündel von jeweils fünf an der Schwanzflosse zusammengebundenen Fischen entpuppte.

»Die kommen von der Fischhalle! Vielleicht sind wir doch nicht zu spät!« Doch diesmal war es Christian, der stehenblieb und, als er schließlich weiterging, wiederholt Blicke zurückwarf, ohne freilich den erhofften Gegenblick zu erhaschen.

»Nun komm schon!« mahnte Ingrid.

»Ist sowieso alles zu spät«, antwortete er düster.

Er sollte recht behalten. Da sie Franz und Sari nicht vor der Halle antrafen, vermuteten sie die beiden im Innern, doch dort erwartete sie statt des versprochenen prächtigen Schauspiels nur noch ein kläglicher Epilog. Schon auf den ersten Blick gab sich der quadratische, von halbhohen Mauern unterteilte Raum als Leichenhalle zu erkennen. Quer durch den lehmigen Boden führte eine auszementierte Rinne, in der häuften sich Fischinnereien und Reste von Meerestieren. Links und rechts dieser Rinne lag aufgereiht, was noch keinen Käufer gefunden hatte, vor allem eine Strecke glasiger Haie, die Ingrid und Christian nun suchend abschritten. Wegen des immer stärker werdenden Gestanks im aufgeheizten Raum gingen sie rascher, vor einem großen, bleichen Rochen hielt Christian empört inne: Das sei aber keine Art, einen so schönen Fisch derart brutal zu zerhacken und die Einzelteile sandverklebt den Fliegen auszusetzen! Als sie sicher waren, weder Franz noch Sari übersehen zu haben, kehrten sie um, wieder mußten sie an den Haien vorbei. Wie Opfer einer Strafexpedition kamen sie Christian vor, wie zur Abschreckung zwischen all den Schmutz und stinkenden Unrat geworfen. So furchterregend die klaffenden Mäuler auch vor Zähnen starrten, wie alarmierend die Rückenflosse selbst noch beim toten Tier wirkte, etwas mehr Respekt hätten die Menschen hier dem erlegten Gegner schon entgegenbringen können. Die wenigen aber, die sich noch in der Halle aufhielten, schienen von keinem Gefühl weiter entfernt zu sein. Leicht bekleidet und barfuß gingen sie durch den feuchten Dreck, Haken in Händen, mit denen sie die Kadaver nach Bedarf hin und her wendeten oder hinter sich herschleiften. Abdecker, dachte Christian.

Als sie aufatmend ins Freie traten, kam ihnen Franz entgegen, der pfeifend eine Bambusgerte durch die Luft sausen ließ und sie nach Lehrerart anherrschte: Wo sie so spät herkämen? Ob sie eine Entschuldigung vorzuweisen hätten? Daß das eigentlich eine Strafarbeit nach sich ziehen müßte, er aber Gnade vor Recht ergehen lassen wolle: Für das entgangene Schauspiel des Vormittags solle sie ein ganz einzigartiges Nachmittagsspektakel entschädigen. Er sage nur Gua Rava Kalong!

»Uh!« entfuhr es Sari.

Ingrid hatte eine Naturschönheit erwartet oder ein Kulturdenkmal, einen Aussichtspunkt oder einen Tempel, statt dessen hieß Franz die Gäste auf flachem Feld aussteigen, zur Rechten die See, die sich eintönig am gänzlich leeren Strand brach, zur Linken eine nahe Anhöhe, zu der ein Feldweg führte. Nichts deutete auf eine Sehenswürdigkeit hin, außer zwei geparkten Wagen, deren Insassen sich dem Hügel bereits genähert und vor ihm Aufstellung genommen hatten.

Was es dort zu sehen gab, war auf den ersten Blick ernüchternd genug. Eine Grotte, mehr breit als hoch, führte ins Innere des Hügels, doch war der Zugang durch Verschläge und Stacheldraht versperrt. Die sinkende Sonne leuchtete einen Teil der Höhle aus, den Boden aus hellem Kiesgeröll und bleiche Höhlenwände, die freilich bis auf wenige, nicht befallene Stellen durchweg von samtschwarzen Flechten überwachsen zu sein schienen. »Was ist denn daran sehenswert?« fragte Ingrid.

»Wart's ab«, entgegnete Franz und schritt auf die Höhle zu.

Die wurde beim Näherkommen nicht malerischer. Ingrid schien es im Gegenteil so, als ob dies ein Ort sei, den zu meiden sowohl Gefühl wie Verstand nahelegten. Ein Eindruck, den auch die Absperrungen unterstützten. Hinter Stachel- und Maschendraht scharrten zwar ein paar Hühner im bereits leicht rosig eingefärbten Höhlenboden, doch wirkte ihre Anwesenheit in dem erkennbar großen, nicht abschätzbar tiefen und sonderbar dunklen Halbrund reichlich fehl am Platz. Anders jene zahlreichen Schwalben, die am Scheitel des Höhlenbogens in unstetem Zickzack aus- und einflogen. Oder hatte es lediglich den Anschein?

Sobald die Vögel den Hintergrund wechselten, vom hellen Himmel und den strahlenden Felswänden zum samtdunkeln Höhleninnern, verschwanden sie mit einem Mal. Nur langsam gewöhnten sich Ingrids Augen an die Kontraste, je länger sie schaute, desto deutlicher glaubte sie, auch in der Höhle rastlose Bewegung wahrnehmen zu können, nicht nur flatterndes Schwirren im hohen Rund, sondern auch seltsame Verschiebungen der Hell-Dunkel-Flecken an der Höhlenwand. Sie fragte Franz danach. Der setzte zu Erklärungen an: Das seien keine Schwalben, sondern Salangane, Seglervögel, die Hersteller der berühmten eßbaren Nester, und was die anderen betreffe …

»Welche anderen?« wollte Ingrid fragen, doch Christian kam ihr zuvor.

»Was ist denn das?« rief er mit ausgestrecktem Arm.

Auf den ersten Blick glaubte Ingrid, er ereifere sich über eine magere Katze, die, kurzschwänzig – verstümmelt? – wie die meisten Katzen der Insel, quer durch die Hühnerschar schritt, dann aber erblickte auch sie den Anlaß seines durchaus lustvollen Erschreckens und Erstaunens, ein kurzbeiniges, fettes, züngelndes Reptil, das langsam aus der Schattenzone der Höhle ins Abendlicht trat und Ingrid allein durch seine schiere Größe einen Schauder einjagte: Hörte das denn nie auf?

»Das da? Ein Waran.«

»So groß?«

Oh, es gebe noch viel größere Warane, allerdings nicht auf Java. Der da sei ein Bindenwaran, der könne bis zu zwei Metern lang werden. Also noch moderat, verglichen mit dem Komodo-Waran, der drei Meter und mehr messe.

»Und wo lebt der?«

»Auf Komodo. Sagt ja schon der Name.«

»Und was ist das?«

»Eine Insel.«

»Und wo liegt die?«

Franz kam nicht dazu, zu antworten. Sei es, weil sie den Waran erblickt hatte, sei es, weil sie ahnte, welches Schauspiel ihnen noch bevorstand, blieb Sari mit unwilligem Gesichtsausdruck stehen. Beruhigend sprach Franz auf sie ein, alarmiert wandte sich Ingrid an Christian. Was sich denn in dieser Höhle ständig bewege? Alles Seglervögel?

»Alles Flattermäuse.«

Da endlich begriff auch sie. Was da so verwirrend unstet im Höhlenbogen umherflog, was durch Abflug, Landung und erneuten Abflug dafür sorgte, daß sich die Partien scheinbar samtigen Bewuchses auf den Höhlenwänden ständig veränderten, war eine Unzahl von Fledermäusen. Doch als ob eine unsichtbare Schranke sie davon abhielte, die Höhle zu verlassen, erfüllten die Tiere lediglich das Innere mit immer dichter und drängender wirkendem Gewimmel, während es draußen der Flug der Salangane war, der die von Minute zu Minute stärker aufglühende Felswand und den Abendhimmel schraffierte. Erleichtert ließ sich Ingrid zu einigen weiteren Schritten überreden, um mit den anderen weitere Minuten in das unheimlich belebte Dunkel zu blicken. Dann hatte sie genug von dem Spektakel. Sie wandte sich der untergehenden Sonne zu und lobte lauthals die Schönheit der aufstrahlenden Wolken und die Grenzenlosigkeit des schimmernden Meeres. Sie bemerkte verärgert, daß niemand ihren Anpreisungen Gehör schenkte, und weigerte sich daher anfangs, Christians aufgeregtem Rufen Folge zu leisten. Was immer in dieser Höhle vor sich ging, es konnte nur langweilig und widerwärtig sein. Unwillig drehte sie sich schließlich um, ihren ungläubigen Ausruf beantworteten die Männer mit einem beinahe triumphierenden Gelächter. Franz hatte seinen Arm schützend um Saris Schulter gelegt, Ingrid widerstand der Aufwallung, bei Christian Beistand zu suchen, alle starrten sie in die Höhle. Nicht länger waren einzelne, wenn auch zahlreiche Fledermäuse in flatternder Bewegung, die Unruhe schien auf die Gesamtheit der Tiere übergegriffen zu haben. Als ob kochende Erregung sie antreibe, war die Höhle nun vollkommen von einem pulsierenden Schwarm erfüllt, der sich mit jedem Ausdehnen weniger um die vor kurzem noch so verbindliche unsichtbare Barriere kümmerte. Schon war dieser Schwarm einige Male hinausgeschwappt, allerdings nur, um sich sogleich wieder ins Höhleninnere zusammenzuziehen, da, wie auf Verabredung, begann der Auszug.

Ingrid, die einen Ausbruch erwartet, fast befürchtet hatte, war erstaunt darüber, in welch dünner, geordneter Formation sich die Fledermäuse dem Meer und der untergehenden Sonne zubewegten. Schon wollte sie Franz danach fragen, wie viele Tiere eigentlich in dieser Höhle lebten, doch sicherlich Tausende, als sie der Fortgang des Ausflugs sprachlos machte. Was als Rinnsal begonnen hatte, war nun ein flatternder Strom, der sich anschickte, den Himmel zu verdunkeln. Der Schwarm schien bereits die Grenze des Vorstellbaren erreicht zu haben und schwoll dennoch fortwährend an. Er verbreitete sich derart, daß die Beobachter eilig zurückwichen. Mit den sich ständig mehrenden Tieren nämlich quoll auch bestialischer Gestank aus der Höhle. Als ob sie nur darauf gewartet hätten, erleichterten sich die Ausflügler zu Zehntausenden. Oder waren es noch mehr? Ein feiner Schleier von Ausscheidungen ging unablässig nieder, erschreckt sah sich Ingrid nach Schutz um. Dabei hörte sie, wie Franz zu Christian gewandt »Ach was, viel mehr« sagte und »Schätzungsweise drei bis vier Millionen«.

»Höllisch, wie?« rief Christian ihr lachend zu.

So standen sie gut zehn Minuten. Ununterbrochen strömten die Kreaturen der Nacht aus dem Hügel, um, seltsam genug, zuerst Kurs auf das Licht zu nehmen. Erst weit hinten überm Meer drehten sie ab, eine noch deutliche, großflächige Trübung des gleißenden Himmels, nun aber offenbar nicht mehr Bestandteile eines kompakten Schwarmes, sondern zusehends Mitglieder von Gruppen oder Einzeljäger auf dem Wege in die nächtlichen Reviere längs der Küste. So, wie der Auszug begonnen hatte, endete er nach weiteren fünf Minuten. Der Strom verengte sich wieder zum Rinnsal, und schließlich hatten sich auch die allerletzten Nachzügler dazu bequemt, ihr Nachtwerk zu beginnen.

»Ende der Vorstellung!« sagte Franz.

Wo denn der Waran abgeblieben sei, fragte Christian, als sie schon auf dem Wege zum Jeep waren. Er müsse unbedingt noch einmal den Waran sehen. Welch ein Wesen!

Er wollte umkehren, doch Franz hielt ihn zurück. Der Waran habe sich längst verkrochen, und ein Betreten der Gua Rava Kalong sei verboten. Außerdem werde es rasch dunkel, er plädiere für sofortige Heimfahrt.

»Was bedeutet dieser Name eigentlich?« fragte Christian.

»Fledermaussumpfhöhle«, antwortete Franz.

Wenn sie das vorher gewußt hätte, wäre sie mit Sicherheit nicht mitgekommen, sagte Ingrid. Eine abschreckendere Ortsbezeichnung sei schwerlich denkbar.

»Und was ist mit Rattenberg in Österreich?« wollte Christian wissen. »Was mit Schlangenbad in Hessen? Was mit Mauskau in Rußland?«

»Meinst du Moskau?«

»So lautet die verharmloste Fassung.«

Beim Jeep angelangt, bat Christian darum, einen Augenblick zu warten. Er wolle sich die Szenerie noch einmal einprägen, möglicherweise ließe sich etwas über diese Höhle schreiben.

»Ich denke, das Blatt ist an Bali interessiert«, sagte Ingrid. »Wer will denn etwas über eine Fledermaussumpfhöhle lesen?«

»Fledermaussumpfhöhlenfans«, antwortete Christian und wandte sich an Sari: Ob ihr die Höhle und die Fledermäuse gefallen hätten?

Sie schüttelte energisch den Kopf. Aber die Fledermaus sei doch ein sehr nützliches Tier, insistierte Christian, außerdem von Gott geschaffen wie der Mensch.

Sari blickte hilflos zu Franz, der sprang ihr bei: Sari sei Muslim, möglicherweise betrachte der Islam Allah gar nicht als den Schöpfer der Fledermaus.

»Und wer war's dann?« fragte Christian, doch als er nachhaken wollte, mahnte Ingrid zum Aufbruch.

Während der Rückfahrt längs des nun bereits dunklen Meeres ließ ihm das Thema keine Ruhe. Interessant – offenbar hätten die Frauen weltweit eine Abneigung gegen Fledermäuse, vermutlich träfe das auch zu für anderes Kleingetier wie Nager, Reptilien, Würmer und Insekten. Woher dieser Abscheu? Vielleicht, weil es allesamt Geschöpfe der Dunkelheit und des Verborgenen seien? Und weil ihr Ans-Licht-Kommen als Verletzung tabuisierter Grenzen, demnach als Bedrohung empfunden werde? Diese Erklärung könne man für Sari gelten lassen. Nicht aber für Ingrid, die doch selber gerne ans Licht zerre, was eigentlich …

»Was eigentlich?«

Den Rest der Fahrt hatte Christian vielsagend geschwiegen, bei der Ankunft im Dorf war er unter Entschuldigungen noch einmal zum Bungalow gegangen. Er müsse einige Notizen machen, die anderen sollten ihm im Restaurant einen Platz freihalten.

Als er dort eintraf, war Franz bereits beim Fruchtsalat. Zusammengerückt sangen Sari und Ingrid einander Lieder der Heimat vor; gerade hatte die eine unter Lachen geendet und die andere »Kein schöner Land in dieser Zeit« begonnen.

»Nicht stören lassen, weitersingen«, sagte Christian leutselig, nahm neben Franz Platz und fragte ihn, sich verschwörerisch vorbeugend, welche Art Etablissement dieses Feriendorf hier eigentlich sei.

Wieso?

Er habe vorhin im Bungalow eine Flasche Bier geordert, und der Angestellte habe ihn bei der Überreichung gefragt, ob er auch eine Frau wünsche.

»Und? Was hast du gesagt?«

»Die Wahrheit. Daß ich schon eine Frau habe und daß mir eine eigentlich reiche, weil …«

Er verstummte, da Ingrid ihr Lied plötzlich unterbrochen hatte und ungewöhnlich aufmerksam zu ihm herübersah.

»Ist was?« fragte er.

»Natürlich ist was.«

»Was denn?«

»Hinter dir steht jemand, der gerne deine Bestellung aufnehmen würde.«

Er solle den gebratenen Fisch nehmen, riet Franz, der sei lecker. Oh, da drüben säßen ja Bekannte aus Jakarta – er sei gleich wieder zurück!

»Laß dir Zeit!«

Während Christian auf sein Gericht wartete, blickte er

um sich. Weißer Mann, braune Frau, weißer Mann, braune Frau, brauner Mann, braune Frau, weißer Mann, braune Frau, weißer Mann, weiße Frau, weißer Mann – die Tischgesellschaft, zu der sich Franz gesellt hatte, schien in ihrer Zusammensetzung nur unwesentlich von der anderer Tische abzuweichen. Vor einem Farbfernseher aber hatten sich ausschließlich braune Frauen versammelt, geschäftig verfolgten sie eine Quiz-Sendung, bei welcher die vorgeblichen Kontrahenten fortwährend lachten und der Quizmaster allen miteinander ununterbrochen Beifall spendete. Befriedigt konstatierte Christian, daß all diese schönen Menschen nicht auch noch zu den allerhellsten gehörten, da sah er diesen Frieden schon wieder bedroht. Der Angestellte, welcher ihm zuvor das Bier gebracht hatte, trat auf die Gruppe der Frauen zu und wechselte einige Worte mit ihnen. Lächelnd erhob sich ein Mädchen, strich seinen Jeans-Rock glatt und folgte dem Mann. Sich aufrichtend versuchte Christian zu ermitteln, wohin die beiden gingen, doch verstellte im gleichen Moment ein weiterer Angestellter den Blick; es war der Kellner, welcher den Fisch servierte und in eigenwilligem Englisch danach fragte, ob der Mister auch etwas trinken wolle. Palmblätter raschelten in der abendlichen Brise, ungezählte Grillen lärmten, die Luft war voll Jasmin. Er wolle ein Bier, sagte Christian rasch, doch als sich der Kellner entfernt hatte, war vom Mädchen nichts mehr zu sehen.

An einem Mittwoch näherten die vier sich wieder Jakarta. Ab Montag erwarte ihn dort ein absolutes Himmelfahrtskommando, klagte Franz, vier Tage nur noch sei es ihm vergönnt, als normaler Mensch normalen Tätigkeiten nachzugehen, danach aber …

Prüfend sah Ingrid den Bruder an, hilfreich fragte Christian nach der Ursache seiner Befürchtungen. Doch der Schwager gefiel sich in weiteren Andeutungen: Daß der Schritt von der Theorie zur Praxis stets gefährlich sei, daß er sich ab Montag anschicke, seine Theorien auf einem Feld zu praktizieren, das Tausende von Praktikern bisher ungestört beackert und – vor allem – beerntet hätten, daß solche Absahner einerseits wenig von Konkurrenz hielten, andererseits über alle Mittel verfügten, sich diese Konkurrenz vom Leibe zu halten ...

»Wenn ich dich richtig verstanden habe, bist du im *Highway Safety Program* tätig«, unterbrach Christian. »Was ist denn an einem *Safety Program* so gefährlich?«

»Die *Safety*.«

»Aha.«

Dann aber wechselte Franz unversehens das Thema: Sie seien hier in der Nähe des Taman Mini, den sollten sie unbedingt noch mitnehmen.

»Doch nicht wieder so ein Naturschauspiel?« fragte Ingrid streng. »Ein Kulturschauspiel«, erwiderte Franz, und Sari gelang es, ihre Befürchtungen gänzlich zu zerstreuen: Der Taman Mini sei sehr schön, yah!

Zwei Stunden später schloß sich Christian diesem Urteil an. Er finde dieses Klein-Indonesien äußerst bildend und unterhaltend, all diese Ausstellungshäuser im Stil der jeweiligen Inseln, all dieses Kunsthandwerk, all diese lokalen Tänze. Vor allem das Kinderballett aus Bali habe ihm gefallen, das mit den Bugs-Bunny-Masken und den Schwänzchen auf den traditionell straff gewickelten Tüchern – eine überzeugende Symbiose der scheinbar so gegensätzlichen Kulturen. Aber für die Indonesier sei ja auch die Schreibmaschine eine *maschin tik* und der Auspuff ein *knallpot*, und wenn es eines weiteren Beweises ihrer Fortschrittlichkeit bedurft hätte, dann liege er hier unwiderlegbar vor Augen – Christian zeigte auf das Zentrum des Vergnügungsparks, einen ausgedehnten künstlichen See, aus welchem sich bemalte Betonnachbildungen der größeren indonesischen Inseln erhoben, überquert von einer Kabinenbahn und umkreist von bunten Elektrobooten.

»Schau!« rief Christian aus. »Sari und Franz erreichen gerade Bali! So wie wir nächste Woche!«

»Wie du«, sagte Ingrid, ohne ihn anzuschauen. »Ich werde nämlich nicht dabeisein.«

»Wieso denn nicht?«

Schellengeklingel und Trommelschlag verhinderten eine rasche Antwort, zugleich zog eine Gauklertruppe auf, ein schwarzgekleideter, schmutziger Haufen, dem einige erwachsene Männer angehörten, drei Kinder und eine Frau. So eintönig ihre Musik klang, so schwerfällig wirkten ihre Bewegungen. Daß es sich dabei um einen Kunstgriff der Artisten handeln müsse, dachte Christian, um gewollte Plumpheit, vor welcher die folgenden Darbietungen um so leichtfüßiger wirken sollten. Doch darin täuschte er sich, und diese Täuschung war zugleich die einzige, welche den Gauklern gelang. Wenn sie es überhaupt auf Täuschung abgesehen hatten. Denn weder waren ihre Schaustellungen von der Art, daß sie dem Betrachter die Illusion vermittelten, die Gesetze der physikalischen Welt seien für einen glückhaften Moment aufgehoben, noch gaben die Schausteller vor, wenn schon nicht übermäßig talentierte, so doch zumindest gutgelaunte Gaukler zu sein: Was immer sie auch vorführten, stets teilte sich der Eindruck schwerer, ungern verrichteter Arbeit mit.

Daß inmitten all der Grazilen und Ausdrucksvollen ausgerechnet die Artisten derb und verbiestert agierten, wollte Christian lange Zeit nicht wahrhaben. Er glaubte noch an eine überraschende Wendung, als ihm die von Beginn an mitleidlos desinteressierten Reaktionen der zufälligen einheimischen Zuschauer längst hätten deutlich gemacht haben müssen, daß die Agierenden einem verachteten Gewerbe angehörten und verächtlichen Beschäftigungen nachgingen.

Dies taten sie mit beachtlicher Gier. Kaum hatten sie die erste Nummer glücklich zu Ende gebracht, eine stets vom Zusammenbruch bedrohte Pyramide wackelnder menschlicher Leiber, gekrönt vom angstvoll strampelnden Kopfstand eines der Kinder, da versuchte die Frau auch schon, Geld einzusammeln. Fordernd hielt sie den Schaulustigen ein Tablett vor, auf welchem sich verwunderlicherweise einige Glühbirnen befanden.

Sooft Christian in den kommenden Tagen an das Gespräch mit Ingrid zurückdachte, stets vermischten sich dessen zähe Inhalte mit den Bildern einer nicht weniger schwerfälligen Außenwelt. Während ein Greis eine tieftönende Trommel schlug, ein Knabe vorgab, in Trance zu fallen, und ein schwarzer Mann ihm mit einer langen, geflochtenen Peitsche Schläge zufügte, unter denen der vorgeblich Gefühllose erkennbar zusammenzuckte – währenddessen holte auch Ingrid zu Schlägen aus, indes Christian ebenfalls den Part des Unempfindlichen spielte.

Daß sie seinem Glück nicht länger im Wege stehen wolle – »Welchem Glück denn?« – Daß er doch wenigstens einmal ehrlich sein solle – »Wer? Ich?« – Daß es ihr einfach das Herz zerreiße – »Du hast ein Herz? Seit wann denn?« –: ein mühseliger, freilich stets kontrollierter Schlagabtausch, der endete, wie er begonnen hatte. Denn nochmals bekräftigte Ingrid, daß sie bleiben werde. In der Villa, welche ihr Bruder mit weiteren Angestellten anderer europäischer Firmen bewohne, sei zufällig ein Apartment frei. Das wolle sie beziehen, er könne währenddessen Bali unsicher machen – »Unsicher!«

Mittlerweile war der leidende Knabe durch einen jungen Mann abgelöst worden, der sich, noch leidender, an einer verzweifelt unschönen und bestürzend sinnlosen Nummer versuchte. Im Sitzen hatte er das rechte Bein sowie den unbekleideten, unangebracht fetten Oberkörper in eine aus Brettern gefertigte boden- und deckellose Tonne gesteckt, nun ging es darum, den Rest des Körpers sowie das linke Bein folgen zu lassen. Der Augenschein verneinte die Möglichkeit, der Wanst könnte durch die nicht allzu umfangreiche Öffnung gequetscht werden, die Erfahrung lehrte, er werde widerlegt werden. Das geschah denn auch, jedoch auf derart rüde Weise, daß in Christian Wut aufstieg und sich mit derjenigen mischte, welche Ingrids Insistieren auf Deutlichkeit und Redlichkeit in ihm ausgelöst hatte. Da wurde doch gerade vorgemacht, wohin diese vorgeblichen Tugenden führten! Nun hatte sich die ganze Truppe um den Tölpel im Faß versammelt. Unter dem höhnisch klingenden Gelächter der Umstehenden zogen und schoben sie so lange am Eingeklemmten herum, bis der Kopf, die Schultern und schließlich auch die Arme das Korsett passiert hatten. Sodann stellten sie den Halbbefreiten auf und überließen es ihm, den Rest durch ächzendes Rütteln und Schütteln zu besorgen. Kaum war das Faß glücklich zu Boden gefallen, da machte auch schon die sammelnde Frau wieder die Runde. Rasch zerstreuten sich die Zuschauer, Ingrid und Christian wären ihnen gerne gefolgt. Doch noch dachten Franz und Sari nicht an die Rückkehr zum Bootsverleih. »Die sind jetzt in Neuguinea«, sagte Christian und warf grob tausend Rupien aufs Tablett. »Ist das nicht ein bißchen viel?« fragte Ingrid. Verärgert legte er einen weiteren Schein neben die Glühbirnen. »Ich mach gerade den Taman Mini etwas unsicher – was dagegen?«

Derweil gönnte sich der soeben Befreite keine Ruhe. Als ob er etwas gutzumachen habe, griff er sich eine junge, erkennbar zarte Kokosnuß und begann sie mit Hilfe seiner Zähne zu zerreißen. Das war nun ganz und gar stupide und zugleich, so schien es Christian, ein fast schon überdeutlicher Kommentar zu Ingrids Drängen, er möge seinen Gefühlen Ausdruck verleihen. Als ob nicht jedes erklärende Wort ein Gefühl versehrte, jeder enthüllende Satz ihm nie wieder verheilende Verletzungen zufügte. Und war man schließlich am Ziel all dieses Sezierens angelangt, hatte man schließlich jenen sagenhaften Kern bloßgelegt, der auf die verschiedensten Namen hörte, auf Wahrheit und Echtheit, Ursprünglichkeit und Natürlichkeit, Eigentlichkeit und Authentizität, dann verflüchtigte sich das, was da freigelegt worden war, so zwangsläufig wie die Milch der Kokosnuß, die nun dem Tölpel an den Mundwinkeln herablief, um sodann Hals und Oberkörper zu beflecken.

Angewidert wandte sich Ingrid ab. Sieh doch hin, sieh doch hin, dachte Christian aufgebracht, da legte das erwartete Elektroboot an.

»Haben euch die Gaukler gefallen?« fragte Franz, während er Sari an Land half. Dann, ohne auf die abwinkenden, fast abwehrenden Gesten zu achten, rief er aus: »Aber das Beste kommt erst! Die haben ja ihre Glühbirnen noch gar nicht verputzt!«

Doch Ingrid verlangte zu gehen. Noch so eine quälende Nummer vertrage sie ganz einfach nicht.

»Die essen die Glühbirnen wirklich?« fragte Christian mit lüsternem Abscheu.

»Nicht wirklich. Sie zerbeißen sie und spülen anschließend den Mund aus.«

»Wie widerlich!«

Auf der Fahrt in die Innenstadt wurde der Schwager davon unterrichtet, daß Ingrid sich keinen weiteren Flug zumuten, also auch nicht nach Bali mitkommen wolle, weshalb Christian diese Reise leider alleine antreten müsse. Mitteilungen, die Franz verständnisvoll, fast allzu ungerührt zur Kenntnis nahm. Hat sie ihn etwa schon vor mir eingeweiht? fragte sich Christian verärgert und unterbrach die Überlegungen des Schwagers, wie Ingrid die verbleibende Zeit am sinnvollsten nutzen könne:

»Gibt es irgendwas, das ich beim Bali-Trip beachten sollte?«

Das werde sich alles in Bali finden, antwortete Franz, in Jakarta getätigte Buchungen würden den Aufenthalt nur verteuern, mehr als ein Ticket nach Denpasar brauche er nicht. Und für die Schwester sei ihm auch das Passende eingefallen, ruhig, exotisch, erholsam: die Thousand Islands, wundervolle Koralleninseln im Java-Meer, mit dem Schiff von Jakarta in zwei Stunden zu erreichen. Bei der Erwähnung der Worte »*Thousand Islands*« nickte Sari Ingrid bekräftigend zu. »*Wonderful*«, sagte sie mit ungewohntem Nachdruck.

Am Morgen des nächsten Tages stand Christian früh auf. Einer verschlafenen Ingrid teilte er mit, er wolle ein Bad im Pool nehmen, statt dessen verharrte er kurz darauf vor der Glaswand eines Reisebüros, das neben anderen Läden und Dienstleistungsunternehmen dazu beitrug, der Hotel-Lobby einen basarähnlichen Anstrich zu geben. Längere Zeit betrachtete er die Plakate, so, als ob er sich noch entscheiden müsse, dabei war sein Ziel doch schon ausgemacht, seitdem er tags zuvor entdeckt hatte, daß da nicht nur die Bilder zauberhafter Prinzessinnen zum Reisen animierten, sondern auch die urwelthafter Drachen. Entschlossen betrat er das Büro; als er suchend um sich blickte, verwies ihn ein älterer Chinese, der Besitzer oder Leiter des Unternehmens, an eine reife Frau, Chinesin auch sie, die, kaum daß er seinen Wunsch in groben Zügen umrissen hatte, nach einer Kollegin rief, einer jungen Asiatin von blendender Schönheit, deren schwarzes, geschlitztes Kleid in Christian unbestimmte Erinnerungen an laszive Schanghai-Lilis in lasterhaften Opiumhöhlen weckte. Als ob er sein ungebührliches Interesse durch rasches Reden verschleiern müsse, begann er damit, hastige Fragen zu stellen, deren Verständlichkeit allerdings dadurch beein-

trächtigt wurde, daß er das englische Wort für »Waran«
nicht wußte. Von *»Komodo animals«* und *»Monsters«*
sprach er so lange, bis die Schöne *»Ah! Dragons!«* ausrief
und sich endlich einen Reim auf seine etwas konfusen
Wünsche machen konnte.

Von da ab hatte Christian das Gefühl, sich in besten
Händen zu befinden. Natürlich könne er hier eine Ko-
modo-Tour buchen. Natürlich ließe sich das mit einem
Aufenthalt auf Lombok verbinden, obwohl die Insel
nach ihren Informationen vollständig ausgebucht sei.
Nach Bali wolle er nicht? Dann frage sie mal nach, ob in
Lombok was zu machen sei, Moment … Nach kurzem
Telefonat schon konnte sie Christian die gute Nachricht
geben, sie sei in der Lage, einen wunderbaren Bungalow
im renommierten Sasaka Beach Hotel für ihn zu buchen,
und das auch noch zu einem *special price* – ob das o.k.
sei? Dann schlage sie die folgende Route vor: Java –
Lombok – Sumbawa – Flores mit dem Flugzeug, von
Flores nach Komodo mit dem Schiff, Übernachtung auf
dem Schiff, am nächsten Morgen Besichtigung der Ko-
modo-Drachen, Rückkehr nach Labuan Bajo in Flores …

»Und diese Übernachtungen in den Hotels und auf
dem Schiff sind alle mit Klimaanlage?«

»Natürlich.«

»Und im Preis ist alles enthalten, Fahrten, Unterbrin-
gungen, Mahlzeiten?«

»Natürlich.«

»Und ist es möglich, heute nachmittag bereits zu erfahren, wann ich reisen kann?«

»Natürlich.«

Beschwingt unterschrieb Christian eine Auftragsbestä-
tigung, mit einem fast schon freundschaftlichen Lächeln
überreichte die hilfreiche Schöne dem zufriedenen Kunden zum Abschied ihre Karte: Falls er während der Reise

irgendwelche Probleme habe, könne er sie jederzeit unter dieser Nummer hier erreichen.

»Lucky Holiday«, las Christian und »Li Bai Hua, Tour Operator«.

Am Vorabend seiner Reise nahm Franz den Schwager beiseite. Um ihn geistig auf Bali einzustimmen, wolle er ihm etwas zeigen, sagte er, zog aus dem vollgestopften Bücherregal eine Ausgabe des *National Geographic Magazine* und begann in dem ungewöhnlich umfangreichen Heft zu blättern. Dies sei die Jubiläumsnummer zum hundertjährigen Bestehen der Zeitschrift, erklärte er, er habe sie in Jakarta gekauft und sei auf diese Weise in den Besitz eines veritablen Unikats gekommen – hier! Erwartungsvoll hielt er Christian das geöffnete Heft entgegen, doch der begriff nicht sogleich. Bräunliche Abbildungen, offenbar Fotografien aus der Frühzeit des Magazins, zeigten kindlich schöne Balinesinnen bei kultischen oder alltäglichen Tätigkeiten. Alles nicht weiter bemerkenswert, wären da nicht hin und wieder breite Filzstiftkrakel auf den Bildern zu sehen gewesen. Irgend jemand hatte einige der Fotos so übermalt, daß die Oberkörper der Mädchen wie ausgestrichen und gelöscht wirkten. Aber wer tat so etwas? Doch nicht Franz selber?

»Alles Handarbeit!« begeisterte der sich.

»Schön«, sagte Christian halbherzig.

»Sehr schön, nicht wahr? Besser sind die Orient-Okzident-Mißverständnisse dieses Jahrhunderts doch nun wirklich nicht zu illustrieren – oder?«

»Wieso?«

Nun – diese Bilder hätten weiße Männer um 1910 von braunen Frauen gemacht, worauf es sich in der ganzen Welt herumgesprochen habe, die braunen Frauen zeigten in paradiesischer Unschuld das, was ihre weißen Schwestern schicklich bedeckten. Diese Freizügigkeit freilich habe nicht nur weiße Schwärmerei und weiße Lüsternheit, sondern auch weiße Unduldsamkeit und, in ihrem Gefolge, braune Beschämung nach sich gezogen. All das habe dazu geführt, daß sich auf Bali heutzutage keine braunen Frauen mehr entblößten, sondern nur noch weiße, jedenfalls am Strand, und der indonesische Zensor lasse sie der Devisen wegen auch gewähren. Eifrig, regelmäßig und eigenhändig aber schreite er immer dann ein, wenn er in den Druckerzeugnissen der Weißen Abbildungen finde, die die Moral seiner braunen Bürger unterminieren könnten – und wenn es sich dabei um Fotografien seiner eigenen Urgroßmütter im Mädchenalter handle: Welch verkehrte Welt!

Dann aber hatte Franz fast wehmütig hinzugefügt, Bali sei natürlich immer noch traumhaft und Kuta ein unheimlich heißes Pflaster – er beneide den Reisenden um seine Reise, ehrlich. Der Angesprochene hatte verlegen gelächelt und den Schwager gebeten, auf die Frauen aufzupassen, man höre ja so einiges …

»Mach' ich, falls mir in der Zwischenzeit nichts zustößt.«

»Aber ich bin doch nur elf Tage weg!«

»Um mich aus dem Verkehr zu ziehen, braucht es nicht mal elf Minuten.«

»Komm!«

»Ehrlich!«

Am nächsten Morgen brach Christian auf, eilig und noch bei vollkommener Dunkelheit. Ingrid erbot sich, ihn zum Flughafen zu begleiten, er wehrte mit erhobenen Händen ab.

»Mach Bali unsicher. Versprichst du mir das?«

Er nickte.

»Und ruf hier mal an.«

Er nickte abermals.

»Und bring mir was mit. Machst du das?«

Zum dritten Mal nickte er.

Gerade setzten sie zu einer Umarmung an, als die Rezeption mitteilte, daß das Taxi warte.

II

Als er elf Tage später zurückkehrte, aufgewühlt, mußte Christian an sich halten, um nicht sogleich im Reisebüro vorstellig zu werden. Statt dessen nannte er dem Taxifahrer Franz' Adresse, der empfing ihn mit reservierter Herzlichkeit: »Dich gibt es also auch noch!«

Christian breitete entschuldigend die Arme aus. Er habe anrufen wollen, doch bereits von Lombok aus sei es nicht mehr möglich gewesen, nach Jakarta durchzukommen.

»Ich denke, du warst in Bali!«

Christian zuckte die Achseln. »Sind denn hier wenigstens alle gesund und munter?«

Franz nickte. Er wisse nichts Gegenteiliges. Ingrid und Sari seien allerdings noch auf den Thousand Islands, sie kämen erst übermorgen abend zurück. Und er selber führe seit einer Woche ein vorbildlich ruhiges Leben, ungestört von Frauen, unbehelligt von Widersachern, noch jedenfalls, toi, toi, toi …

Auf all das ging Christian nicht ein. Er habe eine Wahnsinnsreise hinter sich, sagte er, ob es zufällig irgendwo ein Bier gebe. Nein, Wahnsinnsreise sei eigentlich nicht das richtige Wort, er sollte lieber: eine wahnsinnig wichtige Reise sagen, noch richtiger: »Eine für mich wahnsinnig wichtige Reise«.

»Ach ja?« Franz überlegte einen Moment. »Ich schlage vor, daß du erst einmal dein Gepäck raufbringen läßt, dich erfrischst und daß wir dann hier etwas essen. Ich sag der Köchin Bescheid. Bier ist im Kühlschrank.«

Während des Essens, das in der geräumigen Diele aufgetragen wurde, auf dem großen, kreisrunden Tisch unter dem sich stetig drehenden Ventilator, war Christian, so schien es Franz, ungewöhnlich schweigsam. Ob es daran lag, daß sie das erste Mal in ihrem Leben zusammensaßen, ohne daß Ingrid bei ihnen oder zumindest in ihrer Nähe war? Als ob deren schiere Gegenwart ein einigendes Kraftfeld gewesen wäre, so haltlos drohte nun ihr Beisammensein zu verlaufen. Christian aß wenig, goß häufig vom Bier nach und klagte darüber, daß die ständige Hitze es eigentlich verbiete, sich mal so richtig abzufüllen. Jedenfalls spüre er, daß sein Körper, seit der sich in den Tropen befinde, andauernd heftige Einwände gegen ein jegliches Übermaß an Giften vorbringe. Die Frage sei freilich, ob der Kopf auf den Körper zu hören habe oder umgekehrt.

»Wenn der Körper etwas gegen Gifte hat, dann wird der Kopf wenig erreichen können«, meinte Franz.

»Und was ist, wenn der Kopf etwas gegen Körper hat?« fragte Christian.

»Warum soll denn der eine etwas gegen den anderen haben?«

»Vielleicht, weil der andere Gift für den einen ist.«

»Von welchem Kopf redest du eigentlich?«

»Vorn abendländischen Philosophenkopf. Von dem Kopf, in dem der Satz entstehen konnte: ›Es ist der Geist, der sich den Körper baut.‹«

Darauf schwieg Christian, erst beim Fruchtsalat wurde er wieder beredt. Ob noch etwas von dem Duty-Free-Cognac existiere?

»Die ganze Flasche.«

»Wunderbar!« Christian trank sein Bier aus und schob das Glas beiseite. Dann werde er mal den Kopf gegen den Körper antreten lassen – ob Franz etwas Zeit erübrigen und bei diesem Schlagabtausch assistieren, vielleicht sogar als Schiedsrichter fungieren könne?

»Wie du willst«, erwiderte Franz. »Morgen ist Sonntag, der Cognac steht in meinem Zimmer – wollen wir rübergehen?«

Und dort, inmitten von glänzenden Ikat-Stoffen aus Sumba und unbewegt starrenden Masken aus Bali, Schattenspielfiguren aus Java und Fetischen aus Sumatra, gerahmten Batiken und Prunkdolchen in Haltern aus Ebenholz, in diesem Gemisch von Schatzkammer und Räuberhöhle, streifte Christian seine Sandalen ab, ließ sich auf getürmten Kissen nieder, schenkte sich fast ein halbes Wasserglas aus der Cognacflasche ein und begann: »Von einer wahnsinnig wichtigen Reise sprach ich, doch ihr haftete auch etwas Wahnhaftes an. Mein Wahn aber bestand in der – wie ich heute weiß – unschuldigen Vorstellung, ich hätte das alte europäische Übel der weltweit betriebenen Unschuldserwartung, Unschuldssuche und Unschuldsunterstellung bereits dadurch überwunden, daß ich jedwede Paradiesvorstellung zu einem verzeihlichen, jedoch durchsichtigen Betrug respektive Selbstbetrug erklärt hatte und jede Hoffnung darauf, es könnte so etwas geben wie ein natürliches Gefühl, ebenso verlachte wie die Möglichkeit eines authentischen Lebens, in welchem Winkel der Welt auch immer. All das – und mit dieser Meinung stand ich bei Gott nicht allein – sei schon deshalb individuell nicht zu leisten, weil das jeweilige Kollektiv das je einzelne Individuum dermaßen programmiert und konditioniert habe, daß es gerade da, wo es ganz und gar bei sich zu sein glaube, am meisten Gefahr laufe, sich auf jenen Bahnen zu bewegen, die Klasse, Kaste, Stamm oder Gruppe vorgezeichnet hätten. Aber etwas zu erkennen und auch noch danach zu leben, ist bekanntlich zweierlei, auf jeden Fall zuviel für einen einzelnen Menschen. Weder mein Wissen und schon gar nicht mein Hohn hatten mich davor bewahren können, eine Reise anzutreten, die bereits deswegen zum Scheitern verurteilt war, weil ich sie, wider bessere Einsicht, als Reisender – und nicht etwa als Tourist – zu bestreiten gedachte.

Dem allseits verächtlichen Touristenstatus glaubte ich durch einen einfachen Kunstgriff entkommen zu sein, durch meine Entscheidung, nicht nach Bali zu fahren. Nichts naheliegender, als dem weltweit erklingenden Lockruf exotisch zarten Fleisches zu folgen. Nichts abwegiger dagegen, so jedenfalls dachte ich vor zehn Tagen noch, als zu den Waranen nach Komodo zu reisen, schließlich sind weniger verlockende Lebewesen kaum denkbar; auch hatte ich bisher nichts von einem – analog zum Sextourismus betriebenen – Waran-Tourismus gehört. Ich begriff mich also als einen Reisenden, als einen Nachfolger nicht sexdurstiger, sondern erkenntnishungriger Männer wie Cook, Forster, Humboldt, dabei war doch von denen keiner vor Antritt seiner Reise in ein Reisebüro gegangen. Das aber tat ich. Indem ich eine Tour nach Komodo buchte, stellte ich die Weichen. Nicht genug, daß mich diese Buchung eindeutig vom Waran-Reisenden zum Waran-Touristen degradierte, sie sollte in der Folgezeit ein ständiger Stachel in jenem ungemein empfindlichen Körperteil des Touristen sein, der sich fortwährend gezwungen sieht, Angebot und Leistung zu vergleichen, dem Kopf.«

Bei wem er denn gebucht habe, wollte Franz wissen. »Ach Gott, diese Verbrecher«, sagte er, als Christian ihm den Namen des Reisebüros genannt hatte.

»So habe ich sie ebenfalls oft und oft während meiner Reise tituliert«, räumte Christian ein, »zurückgekehrt, sehe ich sie milder. Oder mich härter?« Er richtete das Cognacglas auf sein Gegenüber. »Du machst alles richtig, darauf komme ich noch. Aber erst müssen wir durch all das durch, was ich falsch gemacht habe. Nein: falsch gesehen. Nein: gefälscht. Nein …«

»Ja?« fragte Franz.

»Es war natürlich Wahnsinn, hier in Jakarta und ausgerechnet in diesem chinesischen Reisebüro eine vollständige Reise, die sogenannte *package tour*, zu buchen und zu bezahlen. Man hatte mir bei Lucky Holiday das gute Geld zwar nicht ohne Gegengabe aus den Rippen geleiert, ich war vor Antritt der Reise in den Besitz eines umfangreichen *vouchers* gelangt, eines detaillierten Programms also, doch gerade dessen manchmal geradezu hinreißend plastisch ausgemalte Versprechungen ließen mich im Verlauf der Programmabwicklung die Widersprüche zwischen *voucher* und Wirklichkeit um so schmerzlicher empfinden. Wenn doch auch der Preis für die Reise wenigstens annähernd so detailliert aufgeschlüsselt worden wäre! Den aber …« – Christian hielt Franz ein maschinenbeschriebenes Stück Papier entgegen, das über und über mit handschriftlichen Notizen bedeckt war – »den aber hatte die saubere Firma lediglich en bloc am Schluß aufgeführt, vermutlich in der Hoffnung, keine Sau werde seine Zusammensetzung nachprüfen. Mit Verlaub – ich bin nun mal so eine Sau. Anders wäre ich wahrscheinlich nicht Journalist geworden, auch wenn es dann leider nur zum Feuilletonisten gereicht hat. Wie immer – jede Reise hat etwas von einem Feldzug. Vor allem natürlich die Fernreise in naturgemäß unterentwickelte Gebiete. Da stoßen Kontrahenten mit äußerst unterschiedlichen, auch unterschiedlich klaren Interessen aufeinander. Während es der Eingeborene einzig und allein auf das Geld und die Güter des Besuchers abgesehen hat, sind dessen Motive weniger rein. Sonne, Freizeit, Abenteuer, Niedrigpreise, Kultur und Sex – selten ist es lediglich *ein* Beweggrund, der ihn die Erdkugel umqueren und einen ihm fremden Ort mit fremden Menschen und einem fast feindlichen Klima aufsuchen läßt. Meist liegt eine Mischmotivation vor, doch immer, behaupte ich, ist ihr zumindest ein Gran jener Paradieserwartung beigemischt, die der abendländische Reisende bereits vor Jahrhunderten stets dann im Herzen bewegte, wenn er sich wieder einmal einer ihm fremden Küste näherte: Würde er sie dort antreffen, jene ersehnten edlen Wilden, Menschenkinder voller Grazie und Unschuld – wobei der Prüfstein letzterer schlicht darin bestand, daß die Unschuldigen über Besitztümer verfügten, deren Wert sie nicht kannten, ob es sich dabei nun um Edelmetalle, Juwelen, Kunstgegenstände, Kultgerät und Kunsthandwerk handelte oder um Land und Boden, Speis und Trank, Tier und Frucht, Frauen und Töchter bzw. deren Unschuld.

Das mag zynisch klingen, ist aber nur ehrlich gemeint. Eine Gratis-Ehrlichkeit, ich weiß. Weder vermag sie es, das Unrecht früherer Reisender wiedergutzumachen, noch hilft sie dem sensiblen Touristen dieser Tage dabei, sich mit jenem Unrecht abzufinden, das ihm heute überall da angetan wird, wo einst sein Vorfahr nach dem Motto verfuhr: Hingehn, reinsehn, mitnehmen – auf den Trauminseln südlicher Meere also. Beispielsweise auf Lombok, jener Nachbarinsel von Bali, dem ersten Stopp meiner Reise, an welchem mich zugleich der erste Programmpunkt der Lucky-Holiday-Tour erwartete, das vorgeblich renommierte Sasaka Beach Hotel. Eigentlich hätte mich bereits der Umstand mißtrauisch machen müssen, daß es dem Reisebüro seinerzeit gelungen war, trotz des angeblich für die gesamte Insel geltenden *fully booked* einen *special price* mit dem Hotel auszuhandeln. Auch hätte mich das Gefährt warnen können, vor welchem Mr. Kun, der lokale Agent der Firma, mich am Flughafen von Ampenan erwartete, ein fast schrottreifer VW-Bus ohne Klimaanlage, mit defekter Federung und Sitzen, deren abgeknickte Rückenlehnen sich nicht mehr arretieren ließen. Doch vorerst bezauberte mich die an Albernheit grenzende Servilität des Agenten, sein geradezu manisches Sprücheklopfen: Sie können Bali in Lombok finden, aber nicht Lombok in Bali, haha! Nicht Lombok in Bali!

Erst das Hotel, eine Ansammlung maroder Hütten, auf kahlem Strand fast schutzlos einer brütenden Sonne ausgesetzt, öffnete mir die Augen. Ein mißmutiger Hotelangestellter führte mich über zerbrochene Platten, vorbei an einem fast wasserleeren Swimming-pool, lediglich an seiner tiefsten Stelle trieb allerhand ungutes Zeug, organisches wie unorganisches, in faulender Brühe. Noch bevor wir meine Hütte erreichten, wußte ich genug. Leichengeruch lag über dem ganzen Gelände, ich selber aber war der offensichtlich einzige Gast. Vermutlich der erste seit Tagen – wäre sonst die schwärenbedeckte Hündin derart unwillig knurrend von der Schwelle der mir zugedachten Behausung aufgestanden, hätte sonst die Luft im wegen verzogener Türen und Fenster nur unter Schwierigkeiten geöffneten Raum derart heiß und dumpf, ja verpestet gewirkt? Hier hatten bereits andere das Kommando übernommen! Dunkle Brut, die schon gar nicht mehr damit rechnete, in ihr stockfleckiges Reich könne noch einmal ein Lichtstrahl fallen, Vielbeiniges, das nun erschreckt alle nur erreichbaren Dunkelheiten aufsuchte, Dielenritzen ebenso wie Bettücher. Ich drehte hart den Wasserhahn auf, kein Tropfen entquoll ihm. Ich zeigte streng auf die Klimaanlage, achselzuckend erklärte der Angestellte, die könne wegen Energiemangel nur in den Abendstunden arbeiten. Ich herrschte Mr. Kun an: Dies alles sei ja wohl eine Zumutung! Er nickte traurig und seufzte zustimmend: Eine Zumutung sondergleichen! Ich versuchte, ihn durch Hohn zu treffen: Ein Luxushotel! Er lebte auf und übertraf mich durch Spott: Ein Fünf-Sterne-Hotel! krähte er. Ein Fünfzig-Sterne-Hotel! sagte ich unbedacht, da brach er vor Lachen derart zusammen, daß ich mich ihn zu stützen gezwungen sah: Ein Fünfzig-Sterne-Hotel! prustete und schrie er in meinen Armen:

Sasaka Beach Hotel – Nummer-eins-Hotel von der ganzen Welt!

Ich lehnte es ab, im Beach Hotel zu bleiben, nach zähem Palaver bot mir Mr. Kun ein Ausweichhotel an, mitten in Ampenan.«

»In der Stadt?« fragte Franz stirnrunzelnd. »Wer geht denn auf einer Insel in ein Innenstadthotel?«

»Ich«, erwiderte Christian, »spar dir deine Vorwürfe. Wie schon gesagt: Du machst alles richtig, doch um das noch besser zu verdeutlichen, muß ich meine Fehler noch stärker herausarbeiten, tut mir leid.« Er trank gedankenvoll. »Ich will mich auf zwei dieser Fehler beschränken, doch darfst du über diesen Beispielen nicht vergessen, daß der Sasaka-Schock zu tief saß, um sich nicht als Filter vor alle weitere Wahrnehmung zu schieben. Schon im Beach Hotel hatte ich eine Preisliste mitgehn lassen, fortan rechnete ich alles nach, ließ mir, da ich pauschal bezahlt hatte, von allem und jedem den Preis nennen, addierte und sinnierte – nenn es kleinkariert, ich nannte es: meine Interessen wahrnehmen. Doch worin bestanden die eigentlich? Ich weiß es bis heute nicht so recht, dafür wurde mir Tag für Tag klarer, was ich nicht wollte. Bereits am zweiten Reisetag erwartete mich ein Höhepunkt des Ungewollten und Ungebetenen. ›Besuch eines Weberdorfes‹ – ich hatte diesen Programmpunkt des *vouchers* vollkommen übersehen, so daß ich einigermaßen erstaunt war, als Mr. Kun während einer Inselrundfahrt plötzlich von der asphaltierten Straße auf eine Sandpiste abbog, die zum Dorf führte, einer Ansammlung von etwa hundert Häusern im deutlich traditionellen Stil: Bastmatten und Strohdächer über lehmgemauerten Fundamenten, daneben die Pfahlbauten der Vorratshäuser. Das sei Rambitan, ein typisches Sasakdorf, erläuterte Mr. Kun beim Aussteigen, da begrüßte uns auch schon ein junger Mensch, den er als seinen besten Freund bezeichnete und der seinerseits angab, der staatlich zugelassene Dorfführer zu sein. Also zahle ich Eintritt in die Verkaufsschau, denn nichts anderes erwartet mich natürlich im Weberdorf. Diesmal allerdings bin ich nicht der einzige Tourist, ich stoße auf meinesgleichen, herangekarrt von weiteren Mr. Kuns, und diese Spiegelbilder sind mir während des Rundgangs fortwährend ein Gelächter und eine Scham: Wie sie sich so mir nichts, dir nichts durch die schmalen Eingänge der Häuser drängen, um in fremde Küchen, Wohnzimmer und Arbeitsräume zu starren – hahaha! Wie es wohl in den Angestarrten ausschauen mochte – Schauder!

Damals ahnte ich lediglich, was ich heute zu wissen glaube: Daß es diese Holzhackertouristen waren, die sich angemessen verhielten, und nicht ich, der Möchtegernreisende. Während ich mir angewidert ausmalte, wie ich wohl reagieren würde, wenn indonesische Reisegruppen tagtäglich in meine deutsche Privatsphäre einfielen, während ich also die Beziehungen zwischen Beschauer und Beschautem sentimentalisch personalisierte, verkörperten die starrenden Ungeschlachten unbekümmert jene Idee, welche uns alle miteinander in diese, wie mir schien, bodenlose Situation gebracht hatte, die Idee des europäischen Reisenden, sein, ich sagte es bereits, Credo, er müsse überall hingehn und reingehn, um so viel wie möglich mitzunehmen und so wenig wie möglich dazulassen. Doch war da noch etwas, was mich von den Trampeln schied. Ich wußte etwas, was die nicht wußten: Daß es der Stolz und das Glück des europäischen Reisenden gewesen war, in unerforschte Räume zu blicken, in solche, bei welchen noch nicht ausgemacht war, was ihn darin erwartete: Ein kostbares Kultbild? Ein sinnreicher Gegenstand? Ein sagenhafter Schatz? Eine schöne Frau?

Auf jeden Fall ein Objekt des Interesses, in Rambitan aber hatten sich die Rollen gänzlich verkehrt. Als ob da von Haus zu Haus Rache genommen werden sollte für ungezählte ungebetene Hausbesuche früherer Jahrhunderte, warteten in den Räumen, in die der Europäer dieser Tage schaute, nicht mehr Dinge darauf, von ihm entdeckt zu werden, sondern Menschen, die es auf ihn abgesehen hatten, ihn, das gar nicht obskure, sondern lediglich solvente Objekt jener so zeitgemäßen, weltweit lechzenden Begierde, die auch die Bewohner dieses äußerlich so zurückgebliebenen Gemeinwesens umtrieb: verkaufen, verkaufen.

Dafür war ihnen jede Täuschung recht, auch die der Unschuld und Unzeitgemäßheit. Provozierend grün gestrichene Elektrizitätsmasten führten keine zweihundert Meter am Dorf vorbei, in ihm aber brannte keine Glühbirne und floß kein Wasser aus dem Hahn: Das Tourismus-Department nämlich hatte den Weiler unter Denkmalschutz gestellt, seither darf dort nichts mehr verändert werden – bekanntlich die beste Voraussetzung dafür, aber auch alles auf den Kopf zu stellen.

Ich registrierte, daß die anderen Touristen, vor allem Holländer, fotografierten und kauften, Stolz und Widerwille hinderten mich daran, es ihnen gleichzutun. Vom *guide*, dem Fürsprech der Dörfler, gedrängt, wandte ich mich an Mr. Kun: Er möge ihm begreiflich machen, daß ich keinen Bedarf an gewebten Bändern hätte, ich sei schließlich keine Schönheitskönigin. Er wankte vor Lachen und zögerte keinen Augenblick, seinem vorgeblich besten Freund in den Rücken zu fallen: Er möge Mr. Christian davor verschonen, mit billigem Weiberkram behelligt zu werden. Dieser Verrat brachte mich dermaßen auf, daß ich Mr. Kun ins Gesicht erklärte, die Stoffe seien sehr schön und ich würde auch gerne einen kaufen, die Preise von Lucky Holiday seien jedoch derart räuberisch, daß sie meine gesamte Barschaft aufgezehrt hätten. Das schien ihn für einen Moment zu irritieren, dann war er wieder obenauf: Die Angestellten von Lucky Holiday seien eine Gangsterbande, jubelte er, und Mr. Siheng in Jakarta sei der Boss, haha, der Gangsterboss, hoho.

Im stillen verfluchte ich Mr. Kun, laut nannte ich ihn den meistgesuchten Mann von Lombok. Das brachte ihn derart aus der Fassung, daß er sich vor Lachen fast auf einen der Webstühle gesetzt hätte. Eine schöne, schweigende, webende Frau blickte durch uns durch und durch.

Heute weiß ich, daß Mr. Kun mich in der Tat nach Strich und Faden gelinkt hat – der Hotelwechsel und das im *voucher* bewußt vage gehaltene Programm des Lombok-Aufenthalts erlaubten es ihm, am Ende dieser Tage alle möglichen Extras zu kassieren, doch noch begriff ich mich als jemanden, der moralisch dazu verpflichtet war, im Namen einer Kolonialismus-Wiedergutmachung klaglos, zumindest widerspruchslos zu zahlen. Erst die Begegnung mit Kanisius ließ in mir Zweifel daran aufsteigen, ob ich wirklich dazu verdammt sei, den Fluch der bösen Taten dieser mir unbekannten Vorfahren – besser: Vorangefahrenen – auf ewig zu erdulden und zu sühnen.

Der Ausgangspunkt für Komodo-Besuche ist der Küstenort Labuan Bajo auf der Insel Flores. Dorthin gelangt der Tourist gemeinhin mit dem Flugzeug, wenn ihm nicht, wie es mir geschah, auf dem Umsteigeflughafen Bima mitgeteilt wird, der Anschlußflug falle leider aus, auch sei während des Wochenendes mit keinem weiteren Flug zu rechnen. Die Merpati Airline bedaure und zahle aus schierer Kulanz eine, aber auch nur eine, Hotelübernachtung im Werte von 5000 Rupien, sprich fünf Mark. Und auf einmal stehst du im Merpati-Büro in Bima, der einzige Weiße unter unterschiedlich abgetönten Dunklen, die alle deinen Blick vermeiden, die alle vorgeben, kein Wort Englisch zu verstehen, die alle nur das einzige Interesse haben, dich schnellstens loszuwerden, um weiter einem Müßiggang zu frönen, von dessen Ausschließlichkeit und Unbedingtheit wir Wesen des Westens uns überhaupt keinen Begriff machen können. Später dann, in Flores, erfuhr ich …«

»Du bist also bis Flores gekommen?« fragte Franz mit aufwallendem Interesse.

»Dahin habe ich mich durchgeschlagen«, erwiderte Christian nicht ohne Selbstgefälligkeit. »Und dort traf ich ja auch Kanisius. Nein, dort traf der junge Mann mich. Traf mich, erkannte mich, erwählte mich. So war das.«

»Sag mal«, fragte Franz gedehnt, »du hattest doch nicht etwa etwas mit einem Knaben?«

»Nein, nein, der Knabe hatte etwas mit mir. Nicht, was du denkst, nein! Er bot sich mir lediglich als Diener an.«

»Wo?«

»Bei Mr. Setiadji in Labuan Bajo, wo ich schließlich doch noch gelandet war, nicht mit dem Flugzeug, sondern mit der Fähre, nicht Samstag früh, sondern Sonntag abend – aber mich erwartete ja auch nicht das in Jakarta versprochene komfortable, vollklimatisierte Hotel – etwas, was du in ganz Labuan vergeblich suchen würdest –, sondern ein bescheidenes Zimmer in einem langgestreckten Bungalow, dessen Räume hauptsächlich von lärmenden Perlentauchern belegt waren. Man hatte schon gar nicht mehr mit mir gerechnet, überrascht wies Mr. Setiadji einen jungen Mann an, einen Knaben fast, mit deutlich melanesischem Einschlag im flaumbedeckten Gesicht, mein Gepäck aufs Zimmer zu bringen, es war Kanisius. Von da an wich er nicht mehr von meiner Seite, doch erst, nachdem er das Essen, ein einfaches Fischgericht, abgetragen hatte, rückte er mit seinem Wunsch heraus: Ich sei doch auf dem Wege nach Komodo. – Ja. Warum? – Er wolle mich begleiten und mir kostenlos seine Hilfe anbieten. – Weshalb? – Er wolle sein Englisch schulen und bitte mich daher als Entgelt für seine Dienste, jeden seiner Fehler zu verbessern. – Es heißt nicht *to collect*, Kanisius. Man sagt *to correct!* – *Of course, Mr. Christian. To collect.*

Bereits während unserer gemeinsamen Javareise hatte ich hin und wieder das Gefühl gehabt, mich in einem Schwank wiederzufinden, nun aber, während der Tage mit Kanisius, wich dieses Gefühl grausamer Gewißheit: Ich spielte in einer der ältesten Komödien der Menschheitsgeschichte, der von Diener und Herr, die undankbare Rolle, den Herrn. Einen großmütigen, geradezu großherzigen Herrn selbstredend:

Ob er mir etwas zu trinken bringen könne, fragte der Diener. – Ja, Kanisius, ein Bier. – Er brachte das Gewünschte, blieb stehen und beobachtete jeden meiner Handgriffe. Es sei gewiß etwas Schönes, jetzt in der Hitze des Abends ein Bier trinken zu können. – Ja, sehr schön. Ob er auch eines wolle? – Ja, gern! – Er verschwand abermals und kehrte mit einer weiteren Flasche Bier und einem stämmigen Burschen zurück, einem recht papuamäßigen Typ im T-Shirt, den er als seinen besten Freund Boni vorstellte. – Aha. Sie sollten sich doch setzen. – Gern, Mr. Christian. Doch da ist ein Problem, Mr. Christian. – Welches, Kanisius? – Mein Freund Boni trinkt auch gerne Bier, Mr. Christian.

Boni bekam seine Flasche Bier, natürlich, und ich äußerte, von Kanisius dazu gedrängt, meine Wünsche für die Komodo-Exkursion: Mineralwasser, Brot, Bananen. Aber eigentlich könne ich das auch selber kaufen. – Nein, nein, Mr. Christian! Das erledigt alles Kanisius! – Also gut, ich verlass' mich auf dich. Hier ist Geld, Kanisius. – Danke, Mr. Christian!

Drei ganze Tage lebte ich mit einem Diener zusammen, es waren furchtbar unvergeßliche Tage. Einen Vorgeschmack erhielt ich bereits während der Überfahrt nach Komodo, im kleinen zusammengeflickten Motorboot, das eine Zwei-Mann-Crew aus Vater und Sohn durch die haarsträubende, zu dieser Jahreszeit gottlob ruhige Komodo-See steuerte. Sofern man eine See voll sichtbar reißender Strömungen und kreisender Strudel überhaupt ruhig nennen kann. Jahrtausendelang haben Seeleute diese Gewässer gemieden, anders hätten die Warane wohl kaum überleben können, erst 1912 wurden sie entdeckt, meint natürlich: erstmals von einem Weißen gesehen. Mittlerweile wird die Stückzahl der Echsen auf dreitausend geschätzt. Nicht nur auf Komodo leben sie, sondern auch auf den Nachbarinseln Padar und Rinca. Als wir an Rinca vorbeifuhren, behauptete Kanisius, dort hause lediglich ein einziger, allerdings riesenhafter Waran. Ich überging diesen Unfug und bat um ein Mineralwasser. Ein Ausdruck wilden Wehs trat in seine schönen, runden, braunen Augen: *Me forget de mineral water, Mr. Christian.* – Dann gib mir eine Banane, Kanisius. – *Here, Mr. Christian.* – Danke, Kanisius. Und heb den Rest der Bananen für den Abend auf. – *Of course, Mr. Christian.*

Fortan hörte Kanisius nicht auf, mich zu beschäftigen und zu beeinträchtigen. Zum Abendessen wünschte sich der Herr eine weitere Banane. Kanisius schaute mich groß, fast verwundert an: Da sind keine Bananen! – Nein? Hast du die Bananen etwa gegessen, Kanisius? – *Of course, Mr. Christian.*

»Eine Kolonial-Klamotte erster Güte, ich weiß«, rief Christian aus, schenkte sich erneut ein und hielt die Flasche sodann fragend in den Raum gereckt. Energisch schüttelte Franz den Kopf, verständnisvoll winkte Christian ab. »Du hast sicherlich schon ganz andere Szenarios erlebt und durchlitten. Für mich aber war es das erste Mal, und das ist, wie man weiß, zugleich das intensivste. Mein Diener und ich – ich will es kurz machen. Kanisius, der nicht anzugeben vermag, wofür er eigentlich das ihm anvertraute Geld ausgegeben hat, bis ihm neben einigen etwas merkwürdigen Posten einfällt, daß die Hälfte ja noch in seiner Hosentasche steckt. Kanisius, der mich bereits am frühen Morgen der Waran-Fütterung mit seinen Problemen behelligt: ›*Me very sad, Mr. Christian. Me dream of my darling.*‹ Kanisius, der den Herrn durch seine Unbeeindruckbarkeit verärgert: ›Schau mal, Kanisius, da fliegt ein sehr seltener Vogel, der Weiße Seeadler.‹ – ›*Of course, Mr. Christian*‹, erwidert der Angesprochene, ohne hinzuschauen. Kanisius, der – wir sind wieder in Labuan – den Herrn auf dem schnellsten Wege zum lokalen Vertreter der Fluglinie Merpati bringen soll, die Route aber so legt, daß sie bei all seinen Bekannten und Darlings vorbeiführt, was jedesmal Stopp und Schwatz bedeutet, derart häufig und ausgedehnt, daß die Kinderschar, die uns auf Schritt und Tritt begleitet, zu lachen beginnt – über den dummen Herrn natürlich, der sich solche Dreistigkeiten bieten läßt. Eher zufällig laufen wir dabei Mr. Ensel Soe in die Arme, dem Merpati-Büroleiter, der mir schamlos lachend mitteilt, mein Hinflug sei übrigens deswegen ausgefallen, weil der lokale *district manager* einen Ausflug habe machen wollen, möglicherweise stehe die Maschine aus ähnlich privaten Gründen auch für den Rückflug nicht zur Verfügung. Und mein schon bezahltes Ticket? frage ich fassungslos. Ihr Ticket! lacht mir der Büroleiter ins Gesicht.

Ich beschließe zähneknirschend, die Reise nach Bima am nächsten Morgen sicherheitshalber wieder in der Fähre anzutreten. Es dunkelt, ich will zurück, doch Kanisius hat andere Pläne: Ich müsse mir unbedingt noch die Missionsschule anschauen. Denn Flores ist, schon der Name sagt es, eine von spanischen Katholiken christianisierte Insel, daher auch die heiligmäßigen Vornamen der Kinder, Konstantinus, Severinus oder eben Kanisius. Und der geht einfach weiter, ich aber muß ihm folgen, die Kinderschar im Schlepptau. Denn schon haben wir uns ein ganzes Stück von der Ortschaft entfernt, gehen wir auf verschlungenen Wald- und Feldwegen über rote Erde und durch wucherndes Grün – da findet kein Ortsunkundiger allein zurück. Und so empfängt uns denn auf einer Hochebene eine lebensgroße, grell bemalte Zementplastik von Johannes Paul dem Zweiten, auf einem Sockel und mit ausgebreiteten Armen, dahinter liegen barackenähnliche Gebäude.

›*Der is a missionary school overdis*‹, sagt der Diener und deutet auf die Häuser. Der Herr erinnert sich ihrer Abmachung und versucht, seinen Teil zu erfüllen: ›*Over there, Kanisius*‹, wobei er das Wort aus pädagogischen Gründen überdeutlich ausspricht: ›*Ouver thuäre.*‹

›*Of course*‹, erwidert der Diener, ›*overdis.*‹

›*No, Kanisius, over there.*‹

›*Yes, Mr. Christian, overdis.*‹

›*Kanisius, you are wrong. The missionary school is not overdis but ouver thuäre.*‹

›*No, Mr. Christian, de missionary school is overdis. Look all de nice buildings overdis is missionary school.*‹

›*Over there, Kanisius, over there! The buildings are over there! The missionary school is over there. Your spelling is wrong, Kanisius. I try to help you correcting your English. And the right word is not overdis but ouver thuäre.*‹

Da lenkt der Diener ein, freilich nur, um sogleich aufzutrumpfen. ›*Ouuver thuuääre?*‹ fragt er ungläubig und erregt mit dieser plumpen Parodie auf die Sprache des Herrn das Gelächter der Kinderschar, die natürlich voll und ganz die Partei des Dieners ergreift, was den wiederum zu immer verwegeneren Versionen des nun schon sattsam bekannten Sachverhalts anstachelt: ›*Der is a missionary school ouuuver thuuääre, Mr. Christian.*‹

›*Correct*‹, sagt der Herr bekräftigend, obgleich ihm nicht entgeht, daß wiederum er und nicht der Diener hier der Dumme ist: ›*Over there.*‹

›*Me go overdis*‹ ist alles, was der Diener darauf zu sagen

hat, und da endlich reißt dem Herrn die Geduld: ›Me not want to go ouverdis. Me want to go home!‹

Doch noch als er ihn anderntags zur Fähre bringt, hat der Diener den Herrn fest in der Hand. Er trägt das leichtere der beiden Gepäckstücke, klaglos hat der Herr das schwerere geschultert. Auf dem Weg zur Anlegestelle entwirft der Diener die Modalitäten des Abschieds: ›Ich werde gleich sehr traurig sein, Mr. Christian. Du wirst mir 5000 Rupien geben und für immer mit der Fähre fortgehen.‹ Und so geschah es. An der Fähre angelangt, übernahm ich das leichtere Gepäckstück, übergab Kanisius die 5000 Rupien und machte einen letzten Versuch, den Herrn darzustellen: ›And try to improve your English, Kanisius!‹

›Of course, Mr. Christian.‹

Was für eine Klamotte! In der Rolle des Herrn: Christian Pfeiffer, im Malaiischen Archipel besser bekannt als die Pfeife Christian. Prost auch!«

Sich leicht vorbeugend, hob Franz verbindlich sein Bierglas, stellte es jedoch sogleich, ohne daraus getrunken zu haben, auf das niedrige Teakholztischchen. Anders Christian, der erneut vom Cognac nachschenkte, worauf er Franz eindringlich ermahnte, er müsse unbedingt mal »Almayers Wahn« von Joseph Conrad lesen, da werde auch ordentlich was weggeschluckt.

»Ich kenne das Buch«, warf Franz ein, ohne Christian davon abbringen zu können, umständlich den Inhalt der zentralen Trinkszene zu rekonstruieren: »Da sitzt der Almayer in dieser unheimlichen Hitze der Tropennacht von Borneo – genau wie wir hier! – mit diesen englischen Offizieren zusammen und trinkt und redet die ganze Zeit – genau wie ich jetzt ...« Er verlor den Faden, tatkräftig sprang ihm Franz bei: Ob er denn auf Komodo überhaupt Warane gesehen habe?

Scheinbar ernüchtert setzte sich Christian auf: »Aber

sicher. Warane satt und wie sie im Buche stehen: drei Meter lang, dunkelgrau, mit gespaltenen gelben Zungen. Ehrwürdige, vollkommen ungewöhnliche Tiere, jedenfalls solange sie nicht fressen. Dann bemächtigt sich ihrer eine stumpfe, gemeine, unerbittliche Gier, der man allerdings zugute halten kann, daß sie durch und durch authentisch ist. So wenig sich aus der Mimik dieser riesigen Reptilien ablesen läßt, so unfähig sind sie zur Verstellung. Jeden Morgen, den Gott Touristen schickt – und wir waren zum Schluß etwa fünfzehn, die von verschiedenen Ausgangspunkten und mit unterschiedlichen Booten zur Anlegestelle des Nationalparks gelangt waren und dort in Holzhäusern ohne jeglichen Komfort übernachtet hatten –, an jedem frühen Morgen also, noch vor Sonnenaufgang, wird am Walunggulung, einem Steilhang inmitten des lichten Waldes dieser trockenen Insel, den Waranen eine Ziege geopfert und so an einem der Hinterbeine aufgehängt, daß ihr Kopf etwa drei Meter unter dem Betrachter und zwei Meter über dem Erdboden schwebt. Nicht lange! Denn etwa sechs Warane warten bereits auf das Herablassen der Opfergabe, etwa sechs weitere kommen in kurzer Zeit hinzu, und dann geschieht das Unglaubliche: Die Echsen zerreißen die Ziege nicht etwa, um sich sodann, jeder mit seinem Anteil, zurückzuziehen, nein, gemeinsam lutschen sie die Hängende gleichsam weg, eine scharrende, schnaubende, rülpsende Pyramide, aufeinandergetürmt und in ständiger Veränderung. Das geschieht ebenso bedächtig wie unbeirrt. Zuerst verschwindet der Kopf der Ziege mit Haut und Haar, Horn und Knochen, dann, nun färben sich bereits die mahlenden Schnauzen rot, der Hals, die Vorderbeine, der Oberkörper. Plötzlich aber geht ein unerwartet wilder Ruck durch diese fast abgeklärt Schlingenden. Sie geraten an die offenbar besonders begehrten Innereien, der Magen der Ziege reißt auf, sein Inhalt, frisches, kleingehäckseltes Tamariskenlaub, sprüht als kräftige Fontäne heraus und überzieht die rotgefärbten Köpfe mit einer Lasur grellen Grüns. Ja – und irgendwann war sie dann weg, die Ziege. Ein Schauspiel, das sein Geld wert ist, in jeder Beziehung. Du zahlst, die Ziege stirbt, der Waran schlingt, dir schaudert. Eine saubere Sache, so eine Waranbeziehung. Auf jeden Fall eine Waranbeziehung, die über jeden Zweifel erhaben ist: gute Leistung für gutes Geld. Und noch etwas macht diese Beziehung zu einer ebenso raren wie wahren: Du läufst nie Gefahr, den Waran zu korrumpieren, und der gerät nie in Gefahr, sich zu prostituieren. Auch seid ihr beide von Beginn an dagegen gefeit, euch in euren Bedürfnissen derart zu verfehlen, wie es der weiße Mann und die braune Frau fortwährend tun. Aber ich gehe zu weit. Worüber man nicht reden kann, davon muß man schweigen, und von den Bedürfnissen brauner Frauen weiß ich weißer Mann leider nichts. Mir hat sich ja lediglich ein brauner Mann an den Hals geworfen.«

Franz sah fragend auf, schon wollte er zum Reden ansetzen, da kam Christian ihm mit einem hastigen Lachen zuvor: »Es wird dir nicht verborgen geblieben sein, daß meine Reise ans Ende der Welt unter dem Motto stand: Die Angler mit den Mücken fechten und doch viel lieber hmtata. Ich hoffe, ich habe dir klarmachen können, warum ich mir diesen kleinen Herzenswunsch ganz einfach nicht erfüllen konnte: Wer mit der Kantschen Maxime großgeworden ist, es sei verwerflich, den Mitmenschen lediglich als Mittel und nicht als Zweck zu begreifen, der muß sich in seiner Menschenwürde naturgemäß dann tief verletzt fühlen, wenn eine Frau nur gegen Geld oder geldwerte Vorteile mit ihm zu schlafen bereit ist. Liebe darf doch nichts kosten! Aus schierer Selbstachtung hält er sich daher von diesen berechnenden Wesen fern, reist zu den Waranen, die nicht zu rechnen vermögen, und trifft auf den unberechenbaren Angestellten des Nationalparks, einen schlanken, leichtgewandeten Jüngling, der ihn von der schlichten Rezeption zur einfachen Unterkunft führt. Weiße Kakadus fliegen auf, als sie die Hütte erreichen, kichernd zeigt der Jüngling dem Reisenden die Räume. Der bekundet, alles begriffen zu haben, sein brauner Führer aber denkt nicht daran zu gehen. Vielmehr nutzt er einen schlichten Scherz des Weißen, um dem Ankömmling in die Arme zu fallen. Wie bezaubert umarmt und betätschelt er ihn. Dann gibt er vor, die Toilette benutzen zu müssen, läßt dabei aber die Türe halboffen, tritt schon bald darauf mit noch herabgelassener Hose und gut gefüllter Unterhose aus dem Kabinett, dabei beißt er sich schelmisch auf den Finger, der schöne, glatte Mensch.

Kein Zweifel, er bot sich mir an, nur daß ich den nicht wollte. Daher weiß ich bis auf den heutigen Tag nicht, ob er mich in der Tat als kantischer Unschuldsengel zum reinen Zweck seiner Begierden erkoren hatte oder ob ich in seinen Rehaugen nicht doch das Mittel anschließender Abgreiferei war. Dafür glaube ich jetzt, am Ende dieses fragwürdigen Ausflugs, zu wissen, daß in diesen Breiten der nichts verloren hat, der wie ich dank betrügerischer Wechselkurse für einige Wochen den reichen Mann markieren kann, gleichzeitig aber darauf beharrt, um seiner selbst willen beachtet, bewirtet und geliebt zu werden. Daß vor solch Althergebrachter Verlogenheit sich jene Neue Unschuld geradezu strahlend abhebt, die darin besteht, daß da gar nichts mehr vorgetäuscht, sondern die pure, unkaschierte Berechnung zum Mittelpunkt aller Handlungen gemacht wird. Womit wir mal wieder glücklich bei Kleist gelandet und zugleich bei dir angelangt wären – oder umgekehrt? Wart mal …«

Aus einem metallgetriebenen Gefäß hatte Christian die Stabpuppe einer weißköpfigen, spitznasigen Prinzessin genommen, deren langfingrige Hände er seit geraumer Zeit so führte, daß sie seine Worte zu unterstreichen schienen. Nun aber ließ er die großäugige Frau auf Franz schauen und deuten: »Das weißt du ja, daß du hier alles richtig machst. Bei den Eingeborenen räumst du zwar ab wie einer der ersten Reisenden …« – mit einer etwas fahrigen Handbewegung der Puppe wies Christian auf die sie umgebenden Sammlerstücke –, »du nimmst ihre Güter, nutzt ihre Dienste und schläfst mit ihren Frauen, aber du tust es im Stande der Unschuld, kleistisch gesprochen. Du weißt doch: entweder Marionette oder Tänzerin.«

»Nichts weiß ich«, sagte Franz, worauf Christian umständlich den Inhalt des Kleistschen Aufsatzes referierte: Daß es eine Unschuld vor dem Sündenfall gegeben habe, die heute noch weiterexistiere, freilich nur als mechanische der tanzenden Marionette und als instinktgeleitete des fechtenden Bären. Der ein für allemal aus dem Paradies vertriebene Mensch aber könne diesen vorbewußten Zustand nur dadurch erreichen, indem er gedankenloser Grazie derart ausdauernd und bewußt nacheifere, daß die so erworbenen Fähigkeiten schließlich erneut ohne die Kontrolle des Verstandes abliefen, also unbewußt, wodurch gleichsam eine zweite Unschuld begründet werde …

»Und was hat das alles mit mir zu tun?«

Fast erschrocken ließ Christian die Führungsstöcke der Marionette sinken. »Eigentlich nichts.« Er überlegte. »Eigentlich eine Menge. Paß auf: Du darfst dir hier in aller Unschuld Götter, Diener und Frauen nehmen, weil du auch etwas zu geben in der Lage bist. Der Soldat, der Missionar, der Künstler – sie alle kamen von Anfang an mit der Absicht in die Tropen, einzusacken, sei es materiell, spirituell oder sensuell. Der Arzt, der Wissenschaftler, der Ingenieur dagegen – die bringen etwas. Du zum Beispiel! Du schaust hier nicht nur mal kurz aus Sensationslust in die Hütten, du leistest Tag für Tag eine Arbeit, die jenen zugute kommt, die darin hausen. Du nämlich hast nicht eine solch windige Wissenschaft studiert wie Philosophie, sondern etwas so Reelles wie die Naturgesetze, und die gelten weltweit. Du kommst nicht wie der Künstler hierher, die eigene Seele zu heilen, oder wie der Missionar, der vorgibt, fremde Seelen retten zu wollen, als Ingenieur machst du die Straßen sicherer. Du rettest hier Menschenleben – wer dürfte mit größerem Recht als du die anregenden Früchte dieses gesegneten Landstrichs und seine aufregenden Frauen vernaschen? Du darfst etwas, was ich nicht darf, und das heißt …«

Es klirrte, Christian brach ab. Eine allzu schwungvolle Geste der Wayang-Figur hatte sein Glas umgeworfen, Cognac verbreitete sich auf dem Teakholztischchen. Wiederholt hatte Franz den immer erregter Redenden unterbrechen wollen, nun stand er auf, um eine Papierserviette zu holen. Als er aus der Küche zurückkehrte, prostete ihm Christian zu: »Dein Wohl, Franz-Albert Schweitzer! Auf die Nächstenliebe! Liebe deine Nächste wie dich selbst! Lasset die Kindfrauen zu mir kommen! Aber nee, die sind ja dein Bier. Und das hier ist mein Cognac. Und im Vollbesitz meines Cognacs sage ich dir – doch der ist ja auch deiner. Ich habe ihn dir geschenkt. Und ich trinke ihn dir weg. Prost auch.«

Während Franz den Tisch aufwischte, lehnte sich Christian in die Kissen zurück, dabei fiel sein Blick auf den Halbmond, der strahlend im Geviert des Fensters stand. »*Bulan*«, sagte er und ließ die Stockpuppe feierlich die Arme ausbreiten. »Der *bulan* ist aufgegangen!« Er räusperte sich und begann mit überraschend fester Stimme zu singen. »In der magisch hellen Tropennacht, vor dem Frauenhaus in Java, hat ein roter Mund ihm zugelacht, dem kranken, bleichen Ingenieur. Und das Auge hat ihm zugelacht …« Nun lachte er selber, freilich ohne Franz zum Mitlachen bewegen zu können. Er habe sich in den Worten vergriffen, beteuerte Christian in gespielter Zerknirschung, es müsse natürlich »den starken, schönen Ingenieur« heißen. Franz fuhr nochmals über die Tischplatte, dann richtete er sich auf, blieb aber ein wenig gebückt stehen, als wolle er nicht allzusehr von oben herab auf den Schwager einreden: »Dein Tonfall gefällt mir nicht übermäßig, aber dein Thema geht mir nahe. Deine Beispiele sind läppisch, doch deine Erfahrungen ziehe ich nicht in Zweifel. Auch nicht, daß sie dich verwirrt, ja verstört haben. Wer sich nicht den Kopf darüber zerbricht, was er eigentlich in diesen Breiten verloren hat, dem ist er abhanden gekommen, oder er steckt im Sand, damit sein Träger nicht allzuviel mitkriegt. Du hast zwar keinen Augenblick lang ehrlich mit mir geredet, aber doch von Ehrlichkeit. Du glaubst, einen unverstellten Blick auf dich und deine Verstrickungen in hiesige Umstände geworfen zu haben, ich lade dich ein, von dir abzusehen. Es ist spät geworden, du bist den ganzen Tag gereist, jetzt gehörst du ins Bett. Aber morgen vormittag werde ich dir etwas zeigen, das dich, so hoffe ich, von der Vorstellung kurieren wird, hier könne irgendwer unschuldig bleiben oder es gar wieder werden. Wo doch jeder bereits froh sein darf, wenn er aufgrund seiner Arbeit weder Gesundheit noch Kostbareres riskiert. Aber morgen ist ja Sonntag – da wird schon nichts passieren. Du kommst doch mit, oder?«

»Ganz klar«, sagte Christian und versuchte aufzustehen, aufmunternd reichte ihm Franz die Hand. »Klarheit gegen Wahrheit«, fuhr Christian fort, als er stand, und begann so heftig zu lachen, daß Franz alle Mühe hatte, ihn davor zu bewahren, wieder in die Kissen zu fallen. »Ich komme mit, arschklar! Aber dafür darfst du Ingrid nicht erzählen, wo ich in Wahrheit gewesen bin, versprichst du mir das? Die muß glauben, daß ich Bali unsicher gemacht habe, sonst bricht was in der zusammen, ehrlich. Und du willst doch nicht, daß in deiner Schwester etwas zusammenbricht, nicht wahr?«

Franz schüttelte den Kopf, es war nicht auszumachen, ob er Bejahung, Verneinung, Verwunderung oder Ärger zum Ausdruck bringen wollte. Zielstrebig schob er den Schwankenden aus dem Raum und deutete auf die Treppe. Ob er den Rest alleine schaffe, fragte er den Gast. »Und ob ich das schaffe«, antwortete der. »Sage nie, das schaff' ich nicht, alles schaffst du, will's die Pflicht!«

Behutsam schloß Franz die Tür, lange lauschte er dem Gepolter, doch schließlich herrschte im ganzen Haus Ruhe.

Der Tag begann gleißend hell, Franz drang darauf, rasch zu fahren. Christian rief durch die verschlossene Tür, er sei gleich soweit, und fuhr fort, ein Kreislaufmittel ins Wasserglas zu träufeln. Zehn Tropfen seien die normale Dosis, entnahm er der Gebrauchsanweisung, also entschied er sich für zwanzig. Eine halbe Stunde später saß er neben Franz im Jeep, ein Häufchen Elend, das von Rechts wegen jedweder unbedacht eingegangenen Verpflichtung sofort hätte entbunden werden müssen – hatte der Schwager eigentlich keine Augen im Kopf? Doch dem schien etwas auf den Nägeln zu brennen. Derart unbedingt trug er seine Sache vor, während er den Wagen durch wüste Vororte und unbegreifliche Zwischenlandschaften steuerte, daß er nicht einmal Bekräftigungsworte und Stützlaute abwartete, sondern in einem fort redete.

»Du hast dich weder bei unseren Telefonkontakten noch während deines hiesigen Aufenthalts jemals für das interessiert, was ich hier eigentlich mache. Ich habe dir das weder übelgenommen, noch würde ich dir jetzt davon berichten, hättest du nicht den Anschein zu erwecken versucht, über mich und mein Tun Bescheid zu wissen. Nichts weißt du, ich weiß ja selber kaum, welche Figur ich in diesem kranken Spiel im Moment darstelle – einen Bauern? Einen Springer? Ein Opfer? Einen Täter? – und wer eigentlich zur Zeit die Züge veranlaßt – HUPDAR? Die Arge Indoc? Die Weltbank? Das Innenministerium? Die Armee? Oder die allgegenwärtige und allesverschlingende Krake *Korrupsi*?

Der Beginn dieses Spiels, seine anfänglichen Spieler sowie die ersten Spielzüge verlieren sich im Dunkel der Geschichte, auch für mich. Ich bin ja erst seit zwei Jahren dabei, mein Vorgesetzter Horst, auch Jakarta-Horst genannt, der Direktor des jetzt laufenden Projektes, arbeitet bereits länger als ein Jahrzehnt hier. Er könnte mehr erzählen, doch ob er das täte? Ich vermute, nein. Zuviel stünde auf dem Spiel, eigene Interessen ebenso wie fremde. Und im Durchsetzen von Interessen ist man hier nicht eben pingelig. Aber versuchen wir mal, die Ausgangslage wenigstens in groben Zügen zu skizzieren: Es war einmal ein indonesischer Verkehr, dem viel zu viele Verkehrsteilnehmer zum Opfer fielen, ungefähr viermal so viele wie in der Bundesrepublik, sofern man die Zahl der Opfer in Relation zum Verkehrsaufkommen setzte. Dann war da HUPDAR, das indonesische Verkehrsministerium, dem es oblag, diesen ihm bekannten, beklagenswerten Umstand zu ändern. Und schließlich gab es das Innenministerium, das insofern mit von der Partie war, als für die Führerscheinprüfung und die Fahrzeugregistrierung die Polizei zuständig war und ist – übrigens eine rechte Goldgrube, diese Aufgaben. Schätzungsweise 5000 Polizisten sind mit ihnen befaßt, und seit alters her vergeben sie einen Führerschein nicht nach bestandener Prüfung, sondern nach erfolgter Bestechung. Zur Zeit erhält ein Prüfer für eine Fahrerlaubnis 150 000 Rupien – eine Menge Geld in einem Land, in welchem das Monatsgehalt eines Lehrers 100 000 Rupien beträgt. Doch behält der Bestochene das Bestechungsgeld keineswegs zur Gänze. Nach dem sogenannten *bapak*-System verteilt er den Großteil an Vorgesetzte, denen er verpflichtet ist, und an Untergebene, die er sich verpflichtet weiß, auf der Strecke freilich bleibt die Fahrtüchtigkeit der solcherart hinters Steuer gelangten Verkehrsteilnehmer und damit natürlich auch die Verkehrssicherheit. Da nun wird HUPDAR aktiv, wenn auch vorerst auf Verkehrssektoren, die seinem Weisungsbereich unterstehen. Zur Verbesserung der Verkehrssituation wird ein Autobahnbau ausgeschrieben, diesen Auftrag erhält ein deutsches Firmenkonsortium mit Namen Arge Indoc. Und diese Arge, darauf bedacht, es nicht beim einmaligen Bau zu belassen, regt bei HUPDAR eine Ausweitung der gemeinsamen Aktivitäten an – so werden die Weichen für das *Indonesian Highway Safety Program* gestellt. Und damit kommen ganz massiv zwei weitere Faktoren ins Spiel, der geldliche und der menschliche. Sosehr auch dem Ministerium an der Förderung der Verkehrssicherheit gelegen ist, die Beamten interessiert noch mehr, wie sie ihre eigene Sicherheit befördern können – und sie sind nicht die einzigen, die so denken. Erst mal aber macht die Arge Indoc Vorschläge zur Hebung der indonesischen Verkehrssicherheit. Mit diesen Vorschlägen geht HUPDAR zur Weltbank, um ein projektgebundenes Darlehen zu beantragen. Das wird genehmigt, worauf HUPDAR der Arge grünes Licht gibt. Und nun kann die damit beginnen, weltweit Fachleute für das Projekt zu leasen oder zu kaufen. Auf den ersten Blick eine saubere Sache – warum soll die Weltbank nicht Fachleuten Geld dafür zur Verfügung stellen, daß diese Indonesiern dabei helfen, ihre Verkehrsprobleme besser zu lösen? Und was ist dagegen zu sagen, daß diese Fachleute für diese Hilfe recht fürstlich entlohnt werden? Ich profitiere schließlich selber davon; und obwohl ich lediglich ein Mietling bin und meine Vermieter weit mehr einstecken, als ich erhalte, beträgt mein Anteil immer noch ein Vielfaches von dem, was ich in der Heimat verdienen würde. Doch gilt das auch für die restlichen zwölf Projektmitarbeiter, alles

Weiße unterschiedlicher Nationalität; und wie gesagt: Warum soll gute Arbeit nicht mit gutem Geld vergütet werden? Was aber, wenn die wie immer gut geleistete Arbeit gar keinem guten Zweck dient? Schlechte Zustände vielmehr stützt und stärkt?

Denn wir Fachleute arbeiten nicht ohne Eigeninteressen und schon gar nicht ohne stete Rücksichtnahme auf die Interessen der Indonesier. Als unterschriftsberechtigte *counter parts* können nur sie die Gelder abrufen, als projektbefaßte Spezialisten können nur wir den Verwendungszweck dieser Gelder festlegen. Bereits die Projektausschreibung wird daher die Bedürfnisse leitender HUPDAR-Angestellter ins Kalkül ziehen, wird Informationsflüge in beliebte europäische Metropolen wie London oder Paris ebenso vorsehen wie Fahrzeuge, die niemals dem Projekt zugute kommen werden, sondern ausschließlich und sogleich privater Nutzung, beliebt sind ferner direkte Zuwendungen in Form von Beraterverträgen. Auf diese Weise bleiben etwa zwanzig Prozent des Darlehens an und in indonesischen Händen kleben – ein möglicherweise sogar noch vertretbarer Schwund, auf jeden Fall Geld, das mich eigentlich nichts angeht, da ja nicht ich, sondern das indonesische Volk die Weltbankkredite zurückzahlen muß – gegenwärtig machen Zinsen und Tilgung solcher Darlehen achtundzwanzig Prozent der indonesischen Haushaltsbelastung aus. Aber nochmals: Weshalb rege ich mich überhaupt auf?«

Christian starrte in die Landschaft, auf Reisfelder, die trotz der mildernd getönten Scheiben immer noch derart giftgrün wirkten, daß er leidend den Blick abwandte. »Ja weshalb eigentlich?« fragte er, letzte Reserven von Interesse und Anstand mobilisierend. »So ein bißchen Korruption ist doch wohl normal in diesen Breiten. Und außerdem hast du nur mittelbar damit zu tun, wenn ich dich richtig verstanden habe.«

Wohlmeinende Beschwichtigungen, von denen Franz nichts wissen wollte, im Gegenteil. Als gelte es, einen ernstzunehmenden Einwand zu widerlegen, redete er eindringlich weiter: »Ich bin erst seit zwei Jahren an diesem Projekt beteiligt, seine etwa vierjährige Vorgeschichte kenne ich lediglich aus Erzählungen und den ungefähr fünfzehn fotokopierten Berichten voller Vorschläge zur Verbesserung der Verkehrssicherheit, speziell aber zur Neuregelung der Fahrerlaubnisprüfung. Umfangreiche, auf englisch abgefaßte Werke, von denen das Gerücht geht, kein indonesisches Lebewesen habe sich jemals mit ihnen befaßt, außer den Termiten. Jedenfalls fand man unlängst beim Öffnen eines Aktenschrankes heraus, daß rund die Hälfte der dort gelagerten Schriftstücke von den Tierchen verzehrt worden war, während die etwa achtzig an die zuständigen HUPDAR-Beamten verschickten Exemplare dieser Projektabschlußberichte auf sehr viel weniger Interesse gestoßen sein dürften – nie gab es eine Stellungnahme zu den Inhalten, nie eine Frage.

Das geht dem Vernehmen nach schon seit sechs Jahren so, und diejenigen Fachleute, die bereits längere Zeit für HUPDAR arbeiten, ahnen natürlich zumindest, wie folgenlos ihre Arbeit ist. Dennoch machen sie weiter, sei es, weil sie hier besser verdienen als in der Heimat, sei es, weil sie es dort gar nicht mehr aushalten könnten, so ganz ohne Villa, Pool, Fahrer und sonstiges Gesinde. Also werden sie in ihren Berichten und Vorschlägen weder den Hauptgrund der Verkehrsmisere, die *Korrupsi*, beim Namen nennen noch darauf dringen, daß ihre Empfehlungen Schritt für Schritt realisiert werden. Statt dessen nutzen sie das – natürlich nur in Form eines Schriftstücks – abgeschlossene Projekt als Sprungbrett für weitere Projektvorschläge, indem sie behaupten, die vorgeblich erreichte Stufe habe zwingend eine weitere zur Folge. Dabei ist die einzige zwangsläufige Folge solchen Vorgehens die sich ständig steigernde Entfernung aller Projektteilnehmer von jeglicher Realität. Nimm nur mich und meine jetzige Tätigkeit!«

Christian schrak auf, da Franz unvermittelt bremste und hupte. Bereits seit geraumer Zeit hatte der Wagen die Hauptstraße verlassen, war durch Reisfelder gefahren und hielt nun vor einem breiten, verschlossenen Tor inmitten einer unüberschaubar langen, mit Stacheldraht bewehrten Mauer. »Das PPKB«, sagte Franz und zeigte erst auf das Tor, dann auf das Wärterhäuschen. »Da drin müßte eigentlich ständig jemand sitzen.« Wieder hupte er. »Aber wahrscheinlich palavern alle zwanzig Wächter irgendwo im Schatten, anstatt rundum das Gelände zu sichern. Wenn sie überhaupt palavern und nicht pennen, meine wackeren Beschützer. Aber wo war ich gerade? Ach ja: Stufe eins und Stufe zwei des Projekts waren noch vor meinem Eintritt abgewickelt worden. Die erste hatte in einer generellen Untersuchung der indonesischen Verkehrssituation bestanden, die zweite in Vorschlägen, Gesetzesentwürfen und Verwaltungsvorschriften, beispielsweise in Sachen Fahrerlaubnisprüfung. Die dritte hätte ein Erlaß des Parlaments, sprich des Präsidenten Suharto sein müssen, der die Befugnis zur Prüfung dem Innenministerium wegnahm und dem Verkehrsministerium zusprach, doch so weit ist es nie gekommen. Statt dessen kam ich ins Spiel, der von der Arge Indoc angeheuerte deutsche Fahrerlaubnisspezialist, dem der Projektleiter, der berühmte Jakarta-Horst, den klaren Auftrag erteilte, für HUPDAR das indonesische Prüfverfahren neu zu gestalten, den er jedoch zugleich darüber im unklaren ließ, welche Voraussetzungen für dessen Anwendung fehlten und welche Folgen der erfolgreiche Zugriff HUPDARs für die bereits erwähnten 5000 Polizisten samt Klientel und Klüngel hätte.«

Wieder hupte Franz, aufgebracht und hämmernd.

»Glaubst du, diese ganze Bagage würde ohne Gegenwehr zuschauen, wie ich ihre Milchkuh schlachte? Das glaubst du doch selbst nicht!«

Hastig versicherte Christian, daß er diese Meinung ganz und gar abwegig fände, erleichtert wischte er sich den Schweiß von der Stirn, als Franz gelassener fortfuhr: »Dabei sollte den hiesigen Bullen aufgrund unserer Vorschläge keineswegs nur etwas genommen werden, im Gegenteil. Ein amerikanischer Verkehrsexperte und Projektmitarbeiter schlug allen Ernstes vor, die indonesischen Verkehrspolizisten nach amerikanischem Vorbild mit Harley-Davidsons auszurüsten. Allen Ernstes!«

Christian lächelte hilflos. »Sind die nicht so gut, diese Motorräder?«

»Sagen wir es mal so: Sie sind nicht so wahnsinnig geeignet für jemanden, der bereits Probleme damit hat, eine durchschnittliche Honda aufzubocken.«

»Und wer hat die?«

»Der durchschnittliche Indonesier.«

Franz lachte, da ging das Tor auf. Ein zierlicher Wächter, in blauer Uniform und bewaffnet, grüßte lächelnd, als der Wagen passierte.

»Mein Arbeitsplatz!« sagte Franz und deutete auf vertrocknete Erde, schüttere Bäume und eine Reihe moderner Bauten, die in der Hitze des Vormittags zu wabern schienen. »Das PPKB oder: TÜV auf indonesisch. Du interessierst dich doch für moderne technische KfZ-Überwachungsanlagen?«

An das, was danach ablief, sollte sich Christian in der Folgezeit nur widerwillig erinnern. Beflissen war er einem verzweifelt aufgekratzten Franz gefolgt, ein ungleiches Paar, zugleich die einzigen Menschen weit und breit. Weil doch Sonntag war, mutmaßte Christian, bald wußte er es besser. Doch hatte er nicht bereits beim Aussteigen Verdacht geschöpft?

Auf jeden Fall hatte er sich die ganze Zeit über unwohl gefühlt, während sich Franz in einen Zustand fast besorgniserregender Euphorie hineinzusteigern schien. Strahlend vor Begeisterung hatte er ein Tor nach dem anderen aufgesperrt, um sodann mit wachsender Zufriedenheit den stets gleichlautenden Sachverhalt zu konstatieren: »Alles verkommt!«

In der Tat verkam alles, ohne daß man es den Gebäuden von außen sogleich angesehen hätte. Da sorgten auf den ersten Blick noch korrekt gestutzte Ziergewächse vor leidlich intakten Fassaden für den Eindruck allgemeiner Gepflegtheit, doch bereits ein zweiter Blick, gar der ins Innere, belehrte eines Besseren. In einer Halle, in welcher an nagelneuen Geräten Abgaswerte hätten überprüft werden sollen, hatten Termiten sämtliche Holzverkleidungen und Fensterrahmen ausgehöhlt, im Saal der verrostenden Bremsprüfanlage fehlten Glasplatten des Oberlichts, hingen Fledermäuse im dunklen Dachstuhl, hatten sich die Gummidichtungen der Panoramafenster gelöst und schlängelten sich lianengleich. Zersetzung auch in den anderen Gebäuden, in der Feuerwache, deren verstaubte Wehr wohl nie würde ausrücken müssen, in der Krankenstation, deren Deckenverkleidung sich gewellt hatte und teilweise zu Boden gefallen war, in der Kantine mit den verschmutzten, dem Anschein nach verkoteten Tischen.

All das verfiel, ohne je benutzt worden zu sein. Vor einem liebevoll gearbeiteten, glasgeschützten Modell in der Halle des Hauptgebäudes erläuterte Franz mit geradezu alttestamentarischem Eifer die babylonische Vermessenheit der Anlage: Ursprünglich sei sie doppelt so groß geplant gewesen, mit künstlichem See, einer Teststrecke und weiteren Gebäuden. Von denen seien nur die acht hier gebaut worden, doch belege die Länge der Mauer, daß das Areal der KfZ-Prüfstelle insgesamt drei Quadratkilometer umfasse. Fünfzig Millionen Dollar habe HUPDAR hier für Bauten und japanisches Meßgerät springen lassen, da erst sei – so laute die freundliche Version – irgend jemandem eingefallen, daß man ja ganz vergessen habe, die gesetzlichen und normtechnischen Voraussetzungen für die geplanten KfZ-Prüfungen zu schaffen. Und solange die nicht geklärt seien ... Die unfreundliche Version aber besage, allen Beteiligten sei von Anfang an klar gewesen, daß an die Schaffung solcher Voraussetzungen niemals auch nur zu denken wäre, da angesichts des Zustandes der indonesischen Fahrzeuge die Einführung auch abgemilderter internationaler Standards das Ende der indonesischen Transportwirtschaft, ja des Straßenverkehrs bedeutet hätte. Demnach habe das Ministerium all die sinnlose Verschwendung rings bewußt und allein zum Zwecke der persönlichen Bereicherung veranlaßt ... Es sei denn, man folge einer dritten Version, aufgestellt von einem englischen Projektmitarbeiter: HUPDAR habe hier gar keinen technologischen, sondern einen kultischen Bezirk schaffen wollen, ein Borobodur unserer Tage, doppelt so teuer wie die Renovierung des alten, dafür aber auch in seiner Gänze *Arupadhatu*, der Sphäre des reinen Geistes, geweiht, ein aller Augen entzogenes Sinnbild der Nichtigkeit unserer Existenz ... Wie groß gedacht! Und wie kleinlich daneben die Bemerkung des neu hinzugekommenen deutschen Kollegen, eines für ein Jahr freigestellten hohen Beamten: »Wenn das der Rechnungshof sehen würde! Aber die Indonesier haben ja keinen Rechnungshof ...«

Franz lachte auf, dann wandte er sich mit gedämpfter Stimme an Christian, der bereits seit geraumer Zeit verstohlen die zahlreichen Türen der geräumigen Halle daraufhin musterte, ob sich hinter irgendeiner eine Toilette verbergen könnte: »Und jetzt möchte ich dir eines der bestgehüteten Geheimnisse Indonesiens zeigen, meinen

Arbeitsplatz! Die Prachttreppe hier hoch, den breiten Gang entlang, und da ist er auch schon, der Schulungsraum, in welchem ich seit einer Woche drei Instruktoren ausbilde, die hier ihrerseits im nächsten Halbjahr unter meiner Leitung dreißig Fahrerlaubnisprüfer anlernen werden, welche – natürlich nur nach bestandener Prüfung – anschließend Fahrerlaubnisprüfungen aufgrund der von mir erarbeiteten neuen Prüfungsbögen und Prüfungsmodalitäten abnehmen könnten, wenn sie nur dürften ...« Während dieser Worte war Franz prüfend durch den Raum gegangen, hatte an verzogenen Aktenschränken gerüttelt, den langgestreckten Sitzungstisch von herabgefallenem Putz gereinigt und gegen jene Sessel getreten, deren grüner Kunststoffbezug Löcher aufwies: »Den Ratten gehören sowieso sämtliche Gebäude auf diesem Gelände, da müssen sie ihre Nester nicht ausgerechnet in meinem Hörsaal bauen!«

Franz trat vor ein Bild, das einzige im Raum. Auf dem ausgeblichenen Farbdruck im breiten dunklen Rahmen war wenig zu erkennen, da Staub und Schmutz die Glasscheibe bedeckten. Erst als Franz mit dem Finger drei parallele, von unten nach oben kürzer werdende Linien in den Belag zog, erkannte Christian, daß es sich bei der darunter befindlichen Abbildung um die des Staatspräsidenten Suharto handeln mußte. Aber Franz war auf etwas anderes aus: »*Kamadhatu, Rupadhatu, Arupadhatu* – von unten nach oben geht der traditionelle Weg der Vergeistigung, im Mahayana-Buddhismus ebenso wie beim *Highway Safety Program*. Vorhin verglich ich den Borobodur mit dem PPKB, jetzt müßte dir eigentlich klar geworden sein, daß beide schon deshalb nicht die allerhöchste Stufe des *Super-Arupadhatu* erreicht haben können, da sie noch der Materie verhaftet sind: Die Zentralstupa des Borobodur kannst du ebenso berühren wie das hiesige Bremsprüfgerät. Mag auch die eine leer und das andere ohne

Funktion sein, volle Vergeistigung – und das meint gänzliche Entleertheit von jedwedem Inhalt und bei völliger
Abwesenheit von jeglicher faßbarer Form –: diesen Zustand erreicht der Gläubige erst, wenn er meditierend den
vier Phasen des *Highway Safety Program* folgt ...« –
Franz wies auf die unterste Linie – »wir analysieren die
marode Verkehrssituation, sinnen auf Abhilfe und tun so,
als habe das Parlament unseren Vorschlägen Gesetzes-
kraft zugesprochen.« Franz zog die zweite Linie nach.
»Wir erarbeiten – aufgrund dieser hypothetischen Gesetze – Prüfungsvorschriften.« Franz deutete auf die oberste
Linie: »Wir bilden Instruktoren aus, lebendes Beispiel dafür, wie weit sich unser Tun inzwischen von jeglicher Realität entfernt hat. Aber es geht noch weiter!« Franz setzte
einen pyramidenhaft krönenden Punkt über die Striche.
»Das *Super-Arupadhatu*! Wir erreichen es, indem wir diese Instruktoren ohne Gesetzesgrundlage nach *drivers ma-
nuals* ohne gesetzliche Verankerung Fahrprüfer ausbilden
lassen, die von keinem Gesetz vorgesehen und daher auf
unabsehbare Zeit auch ohne Prüflinge bleiben werden –
käme es überhaupt zu einer Gesetzesänderung, dann
höchstens in einigen Jahren, aber das werden einschlägige
Kreise schon zu verhindern wissen ...« Franz trat ans
Fenster, drehte die Lamellen der Jalousie auf, winkte
Christian zu sich heran und deutete hinaus. Ein Reisfeld
erstreckte sich bis zur fernen, an einigen Stellen bereits
eingestürzten Mauer. Im knöcheltiefen Wasser pflügte ein
alter Bauer. Ein glänzender Wasserbüffel zog das hölzerne
Gerät; leichtgekleidet, mit nackten Beinen und Armen,
auf dem Kopf einen geflochtenen, spitz zulaufenden Hut,
folgte dem Tier der sehnige Mensch; zusammen bildeten
sie eine Gruppe, die unmittelbar zu Herzen ging: Ewiges
Asien. Doch Franz meinte nicht sie. Hinter der Mauer, inmitten von Palmen und lichten Laubbäumen leuchteten
helle, moderne Gebäude. »Rat mal, was das da ist«, sagte

Franz. Christian zuckte die Achseln, verlegen trat er von einem Fuß auf den anderen.

»Eine Ausbildungsstätte. Und rat mal, wem die gehört. HUPDAR, jawohl. Ein voll eingerichtetes, perfekt funktionierendes Schulungszentrum meines Ministeriums. Und warum bin ich mit meinem Kurs nicht dort, sondern in diesem Rattenloch hier untergebracht? Obwohl ich sichere Informationen darüber habe, daß dort jede Menge Platz für mich und meinen Lehrgang wäre? Etwa deswegen, weil mein schlaues Ministerium gar keinen gesteigerten Wert darauf legt, mit meiner hiesigen Tätigkeit in Verbindung gebracht zu werden? Oder ob es lediglich seine Einrichtung für den Fall schonen will, daß Vertreter des Innenministeriums ihren Unmut über das Konkurrenzunternehmen zum Ausdruck bringen sollten?«

Die Pause, die diesen Worten folgte, dehnte sich. »Glaubst du denn allen Ernstes an einen Übergriff der Polizei?« fragte Christian schließlich. Sogleich bereute er seine Worte, da Franz nur darauf gewartet zu haben schien, dem Schwager ein für allemal die verblendeten Augen zu öffnen: »Was glaubst du denn, wo wir hier sind? Doch nicht in einem Rechtsstaat! Hier wie überall sind die Polizisten zwar Ordnungshüter, doch die Ordnung, über deren Bestand sie wachen, ist die der Mächtigen, und das meint auch die eigene. Obwohl dem Innenministerium unterstellt, ist die Polizei nämlich ein Bestandteil der Armee, und die wiederum bildet neben dem Präsidentenclan die unangefochtene Machtelite dieses Staates. Zum Teil ganz legal – seit Anfang der 80er ist die sogenannte *dwifungsi*, die Doppelfunktion der Militärs als Streitmacht und gesellschaftliche Kraft, gesetzlich festgeschrieben, von fünfhundert Abgeordnetensitzen fallen hundert bei Wahlen automatisch an die Armee –, doch meint Macht hierzulande mehr noch als anderswo vor allem, den Besitzstand zu wahren und zu mehren. Auf keinen Fall aber darf der Mächtige zulassen, daß ihm etwas genommen wird – dabei würde er nicht nur Geld, sondern, schlimmer noch, sein Gesicht verlieren. Du magst einwenden...« Christian schüttelte fast angsterfüllt den Kopf, doch Franz fuhr fort, geistesabwesend durch die Jalousie zu reden: »Vielleicht sehe ich das alles auch zu schwarz. Vielleicht nehme ich das alles zu persönlich. Vielleicht sollte ich mich weder darüber erregen, daß die Industrienationen die hiesigen Herrschenden mittels Weltbankschmiergeldern politisch bei der Stange halten, noch darüber, daß Schmiergeldbeschaffer und Schmiergeldverteiler wie mein Vorgesetzter Jakarta-Horst beflissen und unermüdlich dafür sorgen, daß diese Zuwendungen nicht mehr in Form der berühmten goldenen Betten für schwarze Potentaten aus der Frühzeit des Neokolonialismus erfolgen, sondern im – auch für den eigenen Steuerzahler unverfänglichen – Gewande von angeblich hilfreichen Projekten rübergeschoben werden. Aber seitdem ich mich vor zwei Tagen nach Dienstschluß mit einem dieser Instruktoren unterhalten habe, die ich hier auf ihre imaginäre Prüferausbildertätigkeit vorbereite, kann ich das alles nicht mehr so lustig finden. Seither weiß ich nämlich, daß meine Schüler sich hoch verschulden mußten, um sich in diese vermeintlich sicheren Pfründe einkaufen zu können, und daß das mit ziemlicher Sicherheit die Fehlinvestition ihres Lebens gewesen ist. Betrogene Betrüger, magst du nun sagen, da sie ja ihre Schmiergelder in Erwartung von Schmiergeldeinnahmen gezahlt haben, für mich aber sind es arme Schweine, und ich bin ...« Franz verstummte, dann schloß er mit einem Seufzer die Jalousie und wandte sich um. »So viel zum Thema ›Die segensreiche Rolle des weißen Ingenieurs in der Dritten Welt und sein beispielhafter Einsatz für ein besseres Leben der dortigen Menschen‹. Noch Fragen?«

Eindringlich verneinte Christian. Seitdem er begriffen

hatte, von welchem Tier jener Kot stammte, der Fußböden, Tische und Fensterbretter des Prüfzentrums so allgegenwärtig sprenkelte, spürte er kein Verlangen danach, weitere Räume kennenzulernen, gar solche mit Kanalisation. Statt dessen drängte er fast flehentlich, man möge doch an die frische Luft gehen. Bald darauf konnte er aufatmend sein Wasser abschlagen, im Schatten einer kleinen, verfallenden Tankstelle, aus deren vielfach gewölbtem und aufgeplatztem Beton Pflanzen wuchsen, die Folge von Keimen, die sich durchs dunkle Erdreich ans Licht gearbeitet hatten, und von Flugsamen, die in Ritzen und Fugen hängengeblieben und aufgewachsen waren: Ewige Natur. Besinnlich freute sich der Urinierende dieses bedeutenden Bildes, da verstörte ihn das Verhalten einer von ihm gedankenlos genetzten Pflanze. Dieses halbhohe Gewächs, offenbar eine Mimose, schloß nicht nur die feinen Rispen der vom Stiel aus straff in die Höhe strebenden Stengel, wie angewidert knickten auch diese bei der geringsten Belästigung nach unten, so daß an die Stelle wuchernd grüner Fülle in Sekundenschnelle abweisend verschlossene Dürre trat.

Ist doch nur eine Pflanze, dachte Christian trotzig. Die soll sich nicht so haben. Dennoch änderte er die Zielrichtung und war fast erleichtert, als er beim Verschließen der Hose beobachten konnte, wie sich die ersten Stengel wieder aufrichteten, die ersten Rispen wieder öffneten, das ganze Gewächs sich zögernd entfaltete. Ewige Wiederkehr, dachte er besänftigt, da fiel ihm Walter Benjamins herzloser Befund ein: Daß es weitergeht, ist die Katastrophe. Ein Hupen riß Christian aus solchen Gedanken. »Komm ja schon«, rief er dem wartenden Franz zu. Er taumelte leicht, als er den Schatten der Tankstelle verließ, viel hätte nicht gefehlt, und er wäre auf die Mimose getreten. Die hatte sich wieder zur Gänze in die Höhe gereckt, ein Inbild der Unverwüstlichkeit, das Benjamins Schwarzseherei grün und straff widerlegte: Hauptsache, es ging weiter. Während er benommen im Sonnenlicht auf den Jeep zuschritt, glaubte Christian sogar zu wissen, wie es weitergehen müsse.

Noch am gleichen Nachmittag handelte er. Die gesamte Belegschaft von Lucky Holiday schien sich zu freuen, als er die Hotellobby durchquerte und ins Reisebüro trat. Aufmerksam fragte ihn die Schöne danach, ob er eine gute Reise gehabt habe, lächelnd rief ihm die Reife einen Willkommensgruß zu, gemessen grüßte der Alte vom entfernten Schreibtisch.

Die Reise sei sehr interessant gewesen, versicherte Christian, nur gebe es da noch ein kleines, abschließendes Problem. Er sei Journalist, angestellt bei einer großen, sehr bedeutenden deutschen Tageszeitung. Die trage auch einen Teil der Reisekosten, daher sei er gehalten, seinen Lombok-Aufenthalt, wenigstens in groben Zügen, zu spezifizieren, weil er sonst Ärger mit der Buchhaltung bekäme. Ob Lucky Holiday ihm dabei helfen könne?

Zögernd nickte die Schöne, fragend deutete Christian auf das *voucher*, welches sie ihm vor seiner Abreise in die Hand gedrückt hatte. Dieses *overnight* im Sasaka Beach Hotel – was habe denn das zum Beispiel gekostet?

Die Schöne zog einen Aktenordner zu Rate, die Reife blickte prüfend, der Alte las in einer chinesischen Zeitung. Christian sah sich um, ein Plakat fiel ihm ins Auge, das drei lachende braune Frauen vor schneeweißem Korallensand, grünem Palmenlaub und dem unendlichen Blau von Meer und Himmel zeigte. Gemeinsam hielten die Fröhlichen dem Betrachter einen Korb voll tropischer Früchte entgegen, Christian kam es so vor, als sei auch eine Durian darunter. Daß er die immer noch nicht probiert hatte! Er wollte sich bereits anderen Plakaten zuwenden, da traf ihn der Hinweis darauf, daß all diese

Schönheiten auf den Thousand Islands zu entdecken seien.

Mittlerweile war die Schöne fündig geworden: Der Normalpreis im Sasaka Beach Hotel betrage 75 000 Rupien, Lucky Holiday jedoch habe lediglich den *special price* von 50 000 Rupien berechnet, bei drei Übernachtungen mache das also 150 000 Rupien.

Ob er diesen Betrag quittiert haben könne, bat Christian. Die Schöne schaute zur Reifen hinüber, auf deren Nicken hin füllte sie eine Empfangsbestätigung aus, die sie dem Klienten reichte. Der las erfreut, daß Quittung laut Vordruck auf indonesisch offenbar *Kwitansi* hieß, monierte jedoch, daß zwar sein Name und die Summe eingetragen seien, nicht aber der Name des Hotels und der Verwendungszweck des Geldes. Erneuter Blickwechsel, wieder nickte die Reife, nun schaute auch der Alte auf. »Three overnights at Sasaka Beach Hotel, Lombok Rp. 150 000«, las Christian, als er die Quittung ein zweites Mal in Empfang nahm. Auch Stempel, Datum und Unterschrift fehlten nicht, er war am Ziel.

Wie sich denn dieser Preis mit den Angaben in diesem Sasaka-Beach-Hotel-Prospekt vertrage, fragte er und breitete das Faltblatt aus, welches er beim Verlassen der jämmerlichen Rezeption eingesteckt hatte. Wenn er diese Preisliste richtig deute, sei ein Ein-Bett-Bungalow mit 25 000 Rupien ausgewiesen – das heiße doch 25 000? Die Schöne lächelte starr und wandte sich, den Prospekt in unendlich spitzen Fingern, der Reifen zu. Die trat an den Tresen, warf einen Blick auf die Liste und schob sie beiseite. Diese Preisangaben seien unrichtig.

Die Preise seien doch ausgedruckt, antwortete Christian.

Aber keine Endpreise, wehrte die Reife ab. Da fehle ja die Regierungssteuer und das Trinkgeld – Lucky-Holiday-Preise jedoch seien Inklusivpreise.

Inklusivpreise? Christian wies mit trommelndem Finger auf die Liste: »Und was steht hier, kleingedruckt, aber gut sichtbar? ›Die Preise sind Inklusivpreise‹!«

Unterdessen hatte sich auch der Alte erhoben, nun rief er der Reifen etwas zu, worauf die ein bestätigendes A-Aaaah ausstieß und Christian entgegenhielt, er habe die 16 Prozent Bearbeitungsgebühr übersehen, die ein Reisebüro zur Deckung seiner Unkosten aufschlagen dürfe. Zugleich trat der Alte zwischen die Frauen, legte einen Taschenrechner neben die Preisliste und begann Zahlen einzugeben. Das war der Moment, in welchem Christian, ein notorisch schlechter Rechner, möglicherweise schwankend geworden wäre, hätte die Reife nicht versucht, die vorgeblich zahllosen, langen und teuren Telefongespräche ins Spiel zu bringen, die es gebraucht habe, ihm überhaupt einen Platz in diesem Freizeitparadies zu ergattern.

Durch diese Lüge hellwach geworden, dämmerte es Christian zugleich, daß der Alte offenbar den Versuch unternahm, die 25 000 der Preisliste unter Zuhilfenahme der 16 Prozent auf das Doppelte hochzurechnen, und es war wohl diese doppelte Anstrengung, ihn für dumm zu verkaufen, die Christian jene schneidenden Worte eingab, welche solch wundersame Wirkung zeigen sollten.

Weitere Klienten, ein älteres australisches Ehepaar, waren eingetreten, gerade als Christian seinem ruhig vorgetragenen Verdacht Ausdruck verliehen hatte, vom Reisebüro betrogen worden zu sein. Doch bevor er zur Polizei gehe und die Tatsache darüber hinaus seinen sehr zahlreichen Lesern mitteile, wolle er den Angeklagten eine Möglichkeit zur Erwiderung geben. Die fiel anders aus, als Christian erwartet hatte. Wie wenn er angesichts des Sachverhalts und der Zeugen nichts mehr zu verlieren habe, reckte sich der Alte, schwang mit zitternder Hand den Rechner und bekundete mit kreischender Stimme, daß der Fragende selbstredend betrogen worden sei: *Business* sei *monkey business, business* sei *cheating* – auf welcher Welt er denn lebe?

»Soll ich diese Ihre Worte meinen deutschen Lesern zur Kenntnis bringen?« fragte Christian, so salbungsvoll er konnte, denn schon drängte es ihn mit Macht, all die Widersprüche hinausschreiend aufzulisten, die sich im Verlaufe der Reise so unübersehbar zwischen sehnsuchtsvollen Fantasien, bezahlten Versprechungen und erlebter Wirklichkeit aufgetan hatten. »Soll ich schreiben, daß Lucky Holiday seine Kunden betrügt?«

»Jeder will leben«, tobte der Alte. »Jeder muß betrügen. Sie betrügen Ihre Leser, ich betrüge meine Kunden. Wer einen Fehler macht, der wird dafür bestraft – so wie Sie!«

Worin denn sein Fehler bestanden habe, wollte Christian wissen, nun ebenfalls mit erhobener Stimme.

»Sie haben mir vor Erhalt der Ware Geld gegeben. So etwas macht nur ein Narr! Verschwinden Sie!«

»Aha!« Geistesgegenwärtig wies Christian auf die betreten blickenden Australier. »Sie bestätigen also in Gegenwart dieser Herrschaften, daß ausländische Touristen damit rechnen müssen, von indonesischen Reiseveranstaltern offen und schamlos betrogen zu werden? Ist das korrekt?«

Er solle schreiben, was er wolle, wütete der Alte. Obwohl er gerade als Deutscher eigentlich allen Grund hätte, beschämt und still zu sein. Was die Deutschen da neulich wieder angestellt hätten!

»Was?«

»Pornofilme«, schrie der Alte, indes die Reife vergeblich versuchte, mit den Australiern ins Gespräch zu kommen, und die Schöne mit ausdruckslos verengten Augen von einem zum anderen blickte. Pornofilme, hergestellt und verbotenerweise eingeführt von Deutschen, um die

Moral der rechtgläubigen Indonesier zu zerstören, setzte der Alte erneut an; mit einem lauten »Lügner! Lügner!« versuchte Christian den Tobenden zu überschreien und zugleich die sichtlich leidenden Australier zu agitieren.

Obwohl es ihm nicht gelang, den Zweikampf für sich zu entscheiden, genoß er ihn. Schon glaubte er selber an seine zahllosen Leser, derart auftrumpfend pochte er auf seine Verantwortung als Journalist und Ehrenmann. Nach all den Wochen zweideutigster Selbstzweifel konnte er endlich wieder einem Gegner aus Fleisch und Blut handfeste Anklagen aufs Auge drücken. Geradezu höhnisch hielt er ihm *voucher,* Prospekt und *Kwitansi* entgegen: »*I have the documents! I go to the police! It was you who made the mistake! You are the fool!*«

Wann hatte er sich das letzte Mal derart im Recht gefühlt? Wann war er jemals dermaßen im Recht gewesen? Er schrie und schrie.

Seit seiner Reise zu den fernen Inseln hatte die fremde Großstadt ihren Schrecken für Christian verloren, seit seinem Sieg über fernöstliche Tücke durfte sich der Held der westlichen Welt am letzten Tage endlich gehenlassen. Natürlich dachte er keinen Augenblick daran, seine Drohung wahr zu machen. Nicht zur Polizei, zum Büro der Fluggesellschaft ließ er sich fahren. Nachdem man ihm dort bestätigt hatte, daß alles seine Ordnung habe, sein Ticket ebenso wie der morgige Rückflug, gab er dem Taxifahrer als nächste Adresse den Block M an. Dort verbrachte er zwei angeregte Stunden in Antiquitätengeschäften und Trödelläden, indem er durch unschuldige Fragen scheinheilige Antworten provozierte – oder verhielt es sich umgekehrt?

Ob das Stück alt sei? Aber selbstverständlich.

Ob das Stück echt sei? Dafür bürge die schriftliche Garantie.

Ob der Preis das letzte Wort darstelle?

Das tat er nie, und bei einigen besonders obskuren Objekten handelte Christian auch ein wenig, stets ohne zu kaufen, lediglich um in Erfahrung zu bringen, wie dumm sein Gegenüber ihn einschätzte. Er ließ diese Spielchen, als sein vermeintlich größter Triumph – er hatte eine silberne, angeblich antike holländische Taschenuhr, ein äußerst rares Exemplar von 120000 Rupien auf 70000 heruntergehandelt – sich an der nächsten Straßenecke in einen weiteren Beweis seiner Unbedarftheit verwandelte: Dort bot ein brauner Händler an windschiefem Stand die gleiche Uhr für siebentausend Rupien an. Gelassen resignierte der weiße Mann, gezielt kaufte er in einem Antiquariat zwei englischsprachige Bildbände über Bali, wehrlos, fast lustvoll ließ er sich schließlich im letzten Geschäft einen übertеuerten Kris andrehen, ein recht fragwürdiges Stück, bei Licht betrachtet aber immer noch spottbillig, außerdem mußten doch die letzten Rupien unter das Volk gebracht werden. Kaum daß er wieder im Taxi saß, beschlich ihn das Gefühl, etwas Wichtiges vergessen zu haben, erst als er das Haus des Schwagers betrat, fiel ihm ein, worum es sich dabei handelte. Doch nun war das Versäumte nicht wiedergutzumachen: Am runden Tisch unter dem kreisenden Ventilator saß Ingrid ungewohnt braun hinter einem Früchtekorb, aus welchem sie gerade eine Mango herausgenommen hatte.

»Ach«, sagte Christian unbeholfen, »schon zurück?«

Er legte seine Einkäufe auf den Tisch und schickte sich an, sie zu umarmen, da ließen ihn ihre Worte innehalten: Was denn das »schon« bedeute? Warum er denn nicht ebenfalls am Hafen gewesen sei?

»Ich dachte, ihr kommt erst mit der Abendfähre.«

»Wer hat denn das erzählt?«

Christian überlegte. »Franz natürlich«, sagte er schließlich, »wer denn sonst.«

»Aber Franz wußte doch, daß wir früher kommen wollten!«

»Seit wann?«

»Seit gestern abend.«

»Da habe ich möglicherweise schon geschlafen, mir ging's gestern nicht so gut. Aber warum hat mir Franz heute morgen nichts davon gesagt?« Christian blickte Ingrid gedankenvoll an. Ob Franz der Schwester gegenüber ebenso verschwiegen gewesen war? Ihm kamen Zweifel. »Wo ist er denn jetzt?«

»Er hat Sari zu den Eltern gebracht und ist anschließend zur Arbeit gefahren.«

»Sari hat Eltern? Wo denn?«

»Da, wo auch sie wohnt. In Setia Budi.«

»Ich denke, die wohnt hier bei Franz.«

»Hier übernachtet sie manchmal. Normalerweise lebt sie im Kampung.«

»Im Slum?«

»Setia Budi ist noch kein Slum, aber schon eine sehr arme Gegend. Hat dir Franz nichts davon erzählt?«

»Was hat er dir denn erzählt?«

»Worüber?«

»Über … über diesen … über dieses …«

»Über Setia Budi? Nichts. Das weiß ich alles von Sari. Ich war schließlich eine Woche lang mit ihr zusammen.«

»Ach ja richtig! Wie war's denn auf Thousand Islands?«

»Wie war's denn auf Bali?«

»Ach …« Christian hob besänftigend die Hände. Bali sei halt Bali. Sehr balinesisch. Sehr pittoresk. Sehr schön.

»Sehr schöne Frauen?«

Sein Blick fiel auf die beiden Bildbände, die so unübersehbar, geradezu verräterisch, wie ihm schien, auf dem Tisch lagen. Einen Augenblick lang wollte er sie an sich ziehen und wie zufällig bedecken, dann schien es ihm ratsamer, in die Offensive zu gehen: Anhand dieser Fotografien könne sie sich gern selber eine Vorstellung davon machen, daß der weltweite Ruhm der Balinesin zu Recht bestehe.

»Alles Kinder«, sagte Ingrid, nachdem sie flüchtig in einem der Bücher geblättert hatte. »Gab es da eigentlich auch erwachsene Frauen?«

Christian beeilte sich zu versichern, daß die kindliche Tempeltänzerin keineswegs die Balinesin schlechthin sei.

»Wie ist denn die Balinesin schlechthin?«

»Na ja … Die Balinesin schlechthin …« Das Gefühl, keine guten Karten zu haben, kränkte Christian. Halbherzig versuchte er zu bluffen: »Es gibt keine Balinesin schlechthin. Es gibt ja auch nicht die Frau schlechthin oder den Mann schlechthin. Schlechthin ist eine Kategorie, auf die man besser verzichten sollte, wenn man ernsthaft das je einzigartige Gegenüber in den Blick bekommen will.«

»Du hast sie selbst eingebracht. Schon vergessen?« Ingrid lachte, worauf Christian, so abweisend er konnte, auf den kreisenden Ventilator schaute. Er verharrte in dieser Haltung, als Ingrid nachhakte. »Wie waren denn die berühmten Massagen?«

»Nicht so berühmt.«

»Du hast dich also massieren lassen?«

Christian senkte den Blick und vollzog eine Kopfbewegung, die ebenso als Zustimmung wie als Verneinung hätte gedeutet werden können.

»Ich mich auch.«

»Ach ja?« Schon wollte Christian das Spiel hinwerfen, diffuser Stolz ließ ihn weitermachen. Oder war es lediglich Abgebrühtheit? Oder schlichte Neugierde? »Gibt es die denn auch für Frauen?«

»Wen?«

»Diese Massagen?«

Wo er denn seine Augen auf Bali gehabt habe, fragte Ingrid, mit, so kam es ihm vor, übertriebenem Erstaunen. An den indonesischen Stränden werde doch alles massiert, was nach Tourist aussehe, Männchen wie Weibchen.

»Ich weiß, ich weiß!« rief Christian aus, als Ingrid noch deutlicher wurde und Wesen und Wirkung der Strandmassage zu beschreiben begann, dieser meist ruppigen, häufig übertreuerten Behandlung, alles andere als stimulierend, jedenfalls nicht in dem Sinne, welcher in Europa gern mit exotischen Massagen in Verbindung gebracht werde. »Ich weiß!«

»Weißt du auch schon, was du über Bali schreiben wirst?«

»Ach, das Übliche. Hinduismus, Exotismus, Tourismus ...«

»Auch Sexismus?«

»Wie meinst du das?« fragte Christian und glaubte, bereits aus dem Schneider zu sein, da er sich in Sexismus-Debatten einigermaßen firm wußte.

Ob ihm Sari gefalle, wollte Ingrid unvermutet wissen und nahm seine Zustimmung zum Anlaß, aufzutrumpfen: »Arme Sari!«

»Wieso arm? Die hat doch alles!«

»Ach ja! Keinen Beruf, kein Vermögen, keinen Ehemann ...«

»Aber sie hat doch Franz!«

»Franz hat sich ihrer angenommen, das stimmt. Franz bewahrt sie vor dem Schlimmsten. Doch der Rest ist noch schlimm genug.«

Angenommen! erregte sich Christian. Als ob Sari ein zugelaufenes Kätzchen sei, dem Franz aus purem Mitgefühl ein Schälchen Milch und einen warmen Platz hinter dem Ofen überlasse. Der sei doch nicht der heilige Franziskus!

Nein? Ingrid blickte auf den Tisch und lächelte. Da sei

sie nicht so sicher. Aber Sari sei sicherlich kein Kätzchen, darin habe er recht. Ein Kätzchen nämlich sei gerne auf der Welt, Sari dagegen …

»Jetzt sag bloß noch, daß die unglücklich ist!«

»Sondern?«

»Glücklich!«

Glücklich? Ingrid blickte Christian forschend an. Was er denn von den Glücksvorstellungen und den Glückserwartungen der Indonesierin wisse?

Wie unter einem Schuldspruch sank Christian in sich zusammen. Nichts, gestand er. Aber er gehe wohl nicht fehl in der Annahme, daß sie ihm alles über dieses Thema mitteilen könne und werde.

Sie habe soeben eine Woche mit Sari verbracht, entgegnete Ingrid sachlich, eine Woche in Gesellschaft einer sehr liebenswerten, aber auch sehr gefährdeten Frau.

»Sari? Die ist doch mit Abstand die Normalste von uns allen!«

Christians Ungläubigkeit stachelte Ingrids Eifer an. Was er denn überhaupt von Sari wisse? Worauf denn sein Bild von ihr gründe? Doch nur auf dem, was sie habe zeigen oder – schlimmer noch – auf dem, was er habe sehen wollen. Also nicht die arbeitslose, depressive, nach europäischem Maßstab bettelarme und nach indonesischen Vorstellungen gescheiterte, weil unverheiratete und kinderlose Frau über zwanzig, sondern die lockende Exotin ohne Schicksal und Geschichte, die blanke Projektionsfläche verschwommener Männerwunschvorstellungen …

Christian fühlte sich ertappt und zugleich in Sicherheit. Schon wollte er gekränkt aufbegehren, da wechselte Ingrid unvermittelt Tonfall und Thema. »Du hattest in Bali also eine schöne Zeit?«

»Sehr schön. Sagte ich bereits.«

»Auch schöne Stunden?«

»Ach, laß doch!«

»Lief es wieder?«

Christian schwieg. Das war jetzt ihr Spiel. Sie konnte nach Belieben auftrumpfen, ihm blieb nichts anderes übrig, als einzustecken.

»Ich will, daß es bei dir läuft, verstehst du?«

»Ja. Ich verstehe.«

»Es lief also?«

Christian deutete ein Nicken an, Ingrid lehnte sich zurück. Schon glaubte er, es hinter sich zu haben, da setzte sie erneut nach.

»Es hat sich also gelohnt, damals in Borobodur?«

»Was?«

»Der ganze Aufwand mit den *vital parts*?«

»Ach so!« Christian lachte auf. »Dein Gedächtnis, Ingrid!«

»Ja oder nein?«

»Ach, Ingrid!«

»Du hast mich also betrogen?«

Als wolle sie der Frage jeglichen Ernst nehmen, zog Ingrid die o in die Länge. Dankbar griff Christian diese spaßhafte Intonation auf: »Soowiesoo.«

»Lüg mich nicht an!«

Das nun war wieder knapp und hart gesagt, verwirrt wich Christian zurück. »Wie komm' ich denn dazu?« fragte er, so bestimmt er es vermochte. »Außerdem habe ich dir niemals ...«

Er brach ab, da die Hausangestellte den Raum betrat und ihn linkisch lächelnd durchquerte, den Oberkörper vorgebeugt, frische Handtücher über dem rechten Arm, während der linke fast krampfhaft an den Körper gepreßt war.

Ingrid nickte der Verlegenen aufmunternd zu, unaufgefordert dozierte Christian über die Ursachen ihrer Haltung: Die linke Hand sei unrein und werde deshalb, so gut es gehe, verborgen, den Kopf aber senke die braune Frau

deswegen, da sie ihn nicht höher tragen wolle als die ehr-
würdigste Person in diesem Raum, und das sei zweifellos
sie, seine liebe weiße Frau ...

»Apropos liebe Frau«, unterbrach ihn Ingrid. »Der
hattest du ja etwas versprochen.«

»Ach ja? Was denn? Etwa ewige Untreue?«

»Nein, ein kleines Mitbringsel. Weißt du das nicht
mehr? Hast du über den vielen tollen Frauen deine eigene
ganz vergessen? Willst du der jetzt etwa gestehen, daß du
auf Bali keine Zeit oder keine Gelegenheit gefunden hast,
ihren kleinen Herzenswunsch zu erfüllen?«

Später sollte sich Christian noch oft fragen, was wohl
ihn in diesem Augenblick zu einer derart unbedachten, ja
bedenklichen Handlung hingerissen haben mochte. Ingrids insistierendes Gezwitscher? Sein Überlebensinstinkt?
Die Not, sich zu behaupten? Die Lust, sich zu entblößen?
Oder war es einfach nur so ein Einfall gewesen?

»Natürlich habe ich dir etwas mitgebracht«, sagte er
und griff nach dem Portemonnaie. »Etwas Kleines und
Feines, ganz wie gewünscht!« Er öffnete das Geldfach
und schüttelte, Münzen und Quittungen fielen heraus,
eine Kreditkarte und ein paar Scheine. »Hab's gleich«, rief
er beschwörend und fingerte in den Fächern der linken
Hälfte. Mit einem beiläufigen Geräusch, das ihn als wenig
seriös auswies, purzelte ein kleiner, dunkler Gegenstand
auf den Tisch.

Gerade wollte Ingrid das Ding in Augenschein nehmen, da erschien die Hausangestellte erneut in der Tür.
Linkisch trat sie den Rückweg an, geistesgegenwärtig
stellte sich Christian so, daß er das Objekt vor ihren nie-
dergeschlagenen Augen verbarg.

»Ist das wirklich für mich?« fragte Ingrid, kaum daß
die Frau den Raum verlassen hatte. »Das ganze große Geschenk?«

»Da zählt nicht die Größe, sondern die Ausführung«,

sagte Christian und wurde kleinlaut des durchgehend unguten Doppelsinns seiner Worte gewahr. »Balinesisches Miniaturschnitzwerk aus Königsebenholz, wenn du verstehst, was ich meine.«

»Nur zu gut«, erwiderte Ingrid.

Wäre Christian in diesem Augenblick ein Wunsch freigestellt gewesen, er hätte seine tölpelhafte Handlung so rasch wie möglich wieder rückgängig gemacht. Statt dessen mußte er mit ansehn, wie Ingrid den Gegenstand ohne Schonung betrachtete und betastete, das bei aller Winzigkeit monströse Organ, maß man es an der lächerlich kleinen Frau, die es so inbrünstig umklammerte. Peinigend lange verharrte Ingrids Finger an der Bruchstelle des Aufhängers, derart prüfend, daß Christian versuchte, ihr das Amulett in einem überraschenden Ausfall zu entreißen. Behende tauchte Ingrid weg, ergeben legte Christian die Hände auf den Tisch. »Ist wohl nicht das Richtige?«

»Für meinen Geschmack etwas zu klein.«

»Tut mir leid.«

Ingrid stand auf. Noch einmal musterte sie das Ding, hielt es, zwischen Daumen und Zeigefinger geklemmt, gegen das gleißende Fenster, dann wandte sie sich mit ausgestrecktem Arm an Christian: »Ich glaube, das ist eher was für dich.«

»Wie meinst du das?« fragte der, doch Ingrid entgegnete mit ostentativ leidvollem Lächeln, sie sei zu müde für ein Beziehungsgespräch.

»Du merkst dir aber auch alles!« sagte Christian und öffnete die Hand.

»Du merkst aber auch alles«, erwiderte Ingrid und ließ das Amulett fallen.

Sie war schon auf halber Treppe, als sie ihm, kaum das Steigen unterbrechend, etwas mitteilte, das Christian noch beschäftigte, als er bereits wieder in der Redaktion saß und unverfroren Mr. Kun von Lombok auf die Nachbarinsel umsiedelte, schließlich brauchte sein Beitrag über Bali etwas Farbe. Wenn es stimmte, daß Sari noch Jungfrau war – und Christian sah mittlerweile keinen Grund mehr, Ingrids Behauptung in Zweifel zu ziehen –, dann war Franz entweder wirklich ein Heiliger oder er selber in einer Weise ein Narr gewesen, daß er fast zornig auf die verlorene Zeit zurückblickte: An welchem Phantom er sich da abgearbeitet hatte! Die täglichen Skrupel, das nächtliche Geständnis, die wochenlange Verwirrung – alles für die Katz! Er sah Franz und Sari vor sich, wie sie am Strand von Pelabuhan Ratu entlangliefen, immer kleiner wurden und schließlich in der blauen Schattenmasse aufgingen, zu welcher das Gegenlicht alles Vereinzelte zusammenzog. Wie er sie beneidet hatte! Er dachte daran, wie Ingrid und er den beiden bedächtig hadernd gefolgt waren, er der Dumme und sie die Leidtragende. Wie heillos das Ganze! Fast wünschte er sich, noch einmal eine solche Gelegenheit zu erhalten. Wieviel besser sie die Zeit in den Tropen nutzen würden! Doch machte nicht dies die Gelegenheit aus: nicht wiederzukehren?

Weiter im Text, sagte sich Christian und beschloß, die Mimose von der Tankstelle der PPKB ebenfalls nach Bali umzutopfen. Zwar würde er ihr in seinem Text nicht in der Weise zusetzen dürfen, wie er es in Wirklichkeit getan hatte, doch konnte er ja mal kurz für Regensturz und Aufheiterung sorgen und auf diese Weise jenen ebenso plakativen wie symbolischen Vorgang des Sichverschließens und Sich-wieder-Öffnens in Gang setzen. Mit etwas Geschick müßte sich sogar Walter Benjamin unterbringen lassen, dachte Christian und spannte ein neues Blatt ein.

Alles über den Künstler
Zum Werk von Robert Gernhardt
Herausgegeben von Lutz Hagestedt

Band 15769

Schon längst zählen die Bücher des Malers, Zeichners und Schriftstellers Robert Gernhardt zu den Klassikern der Gegenwart. Wie kaum ein anderer paart er in seinen Gedichten, Bildgeschichten, Parodien, Erzählungen und Zeichnungen ungeniert Witz und Tiefsinn. Autoren, Kritiker, Wissenschaftler geben jetzt einen Überblick über das umfangreiche und unvergleichliche Werk Robert Gernhardts. Eingehend wird seine Literatur interpretiert, sein Humor analysiert und sein Spiel mit der Tradition beleuchtet. Ein Buch für alle, die genau wissen wollen, warum Robert Gernhardts Bücher stets aufs Neue begeistern.

»Robert Gernhardt kann, was andere eben nicht oder nicht mehr können: belehren und unterhalten und beides auf höchstem Niveau.«
Ulrich Weinzierl, Die Welt

Fischer Taschenbuch Verlag

Robert Gernhardt

Der letzte Zeichner
Aufsätze zu Kunst und Karikatur
Band 14987

Die Blusen des Böhmen
Geschichten, Bilder, Geschichten in Bildern
und Bilder aus der Geschichte
Band 13228

Es gibt kein richtiges Leben im valschen
Humoresken aus unseren Kreisen
Band 12984

Glück, Glanz, Ruhm
Erzählung, Betrachtung, Bericht
Band 13399

In Zungen reden
Stimmenimitationen von Gott bis Jandl
Band 14759

Körper in Cafés
Gedichte
Band 13398

Lichte Gedichte
Band 14108

Fischer Taschenbuch Verlag

fi 555 034 / 1 / a

Robert Gernhardt

Über alles
Ein Lese- und Bilderbuch
Band 12985

Wege zum Ruhm
13 Hilfestellungen für junge Künstler und 1 Warnung
Band 13400

Weiche Ziele
Gedichte 1984-1994
Band 12986

Wörtersee
Gedichte
Band 13226

Robert Gernhardt / F.W. Bernstein
Besternte Ernte
Gedichte
Band 13229

Robert Gernhardt / F.W. Bernstein
Hört, hört!
Das WimS-Vorlesebuch
Band 13227

Robert Gernhardt / F.W. Bernstein / F.K. Waechter
Die Wahrheit über Arnold Hau
Band 13230

Fischer Taschenbuch Verlag

fi 555 034 / 1 / b

Robert Gernhardt
Im Glück und anderswo
Gedichte
285 Seiten. Gebunden

Robert Gernhardt liegt die Welt zu Füßen, hier und anderswo, im Licht wie im Schatten. Des Menschen Glück als Liebender, als Reisender, als Speisender, faßt er in seine Verse, des Menschen Unglück, als Alternder, als nur noch Begehrender und Verzehrender, bannt er in seine Strophen. Stets ist er im Bilde und macht sich dichtend eins, singt der Gegenwart ein neues Lied, kommt schnell in Fahrt und weiß doch wie tief im Leid man fallen kann. Er nimmt die Welt beim Wort und auch manch andern Dichter, um bei aller Lust am Reimen, bei allem Witz inmitten seiner Zeilen, den nötigen Ernst nicht zu vergessen. Robert Gernhardt ist ein Dichter, der mit allen Formen der Poesie meisterhaft spielt. Ob Sonett oder Blues, Ballade oder Parodie – Gernhardt überrascht stets durch seine Virtuosität. Mit Reim und freien Rhythmen, in klassischen Tönen und modernen Dissonanzen läßt er das Dasein neu erklingen. Welch Glück, daß ihm dies so sehr glückt!

»Robert Gernhardt macht eigentlich nicht Lyrik,
sondern schieres Glück.«
Eva Menasse,
Frankfurter Allgemeine Zeitung

S. Fischer

fi 1-025503 / 1